Regine Kölpin ist 1964 in Oberhausen geboren, lebt seit dem 5. Lebensjahr an der Nordseeküste und schreibt Romane und Geschichten unterschiedlicher Genres. Sie ist auch als Herausgeberin tätig und an verschiedenen Musik- und Bühnenproduktionen beteiligt. Außerdem hat sie etliche Kurztexte publiziert. Regine Kölpin ist verheiratet mit dem Musiker Frank Kölpin. Sie haben fünf erwachsene Kinder, mehrere Enkel und leben in einem kleinen Dorf an der Nordsee. In ihrer Freizeit verreisen sie gern mit ihrem Wohnmobil, um sich für neue Projekte inspirieren zu lassen. Ihre Lesungen gestaltet die Autorin gern mit musikalischem Beiprogramm. Mehr unter www.regine-koelpin.de

Josephine Schwan-Jones wurde 1990 in Nürnberg geboren. Nach der High School in South Carolina absolvierte sie eine Ausbildung zur Grafikdesignerin an der Carl-Hofer-Schule in Karlsruhe. Nach einigen Jahren in Werbeagenturen und Verlagen machte sie sich Anfang 2015 als Grafikerin und Illustratorin selbstständig. In ihrem Büro in Wörth am Rhein illustriert und layoutet sie Bücher und Zeitschriften für verschiedene Verlage im Kinder- und Jugendbereich.

Regine Kölpin

STRANDKORBKÜSSE
ODER DER ANTI-VERLIEBTHEITS-PAKT

Mit Illustrationen von Josy Jones

Oetinger Taschenbuch

Bereits bei Oetinger Taschenbuch erschienen:

Im Zickzackkurs zur Liebe

Originalausgabe
1. Auflage
© 2020 Oetinger Taschenbuch im Verlag Friedrich Oetinger GmbH,
Max-Brauer-Allee 34, 22765 Hamburg
Alle Rechte vorbehalten
© Text: Regine Kölpin
© Covergestaltung: Kathrin Steigerwald unter Verwendung von:
Blume: Cucumber/ fotolia, Strickzeug: Melica/fotolia, Holzhintergrund: rufar/ fotolia, Flipflops: Max/ fotolia, Schaf-Illustration:
Jeneses Imre/ alamy, Eis: misskaterina/fotolia
© Innenillustrationen: Josy Jones
Satz: Datagroup-Int SRL, Timișoara
Druck und Bindung: GGP Media GmbH, Karl-Marx-Straße 24,
07381 Pößneck, Deutschland
Printed 2020
ISBN: 978-3-8415-0629-0

www.oetinger-taschenbuch.de

Für Meiki!
Du wirst immer an meiner Seite sein!

Ein Jahr zuvor

»Wir müssen die Truhe bei Vollmond und um Mitternacht vergraben, Dana«, sagt Fee. »Nur dann hält der Schwur.« Sie zieht die Nase kraus. »Und dabei müssen wir die Worte noch einmal laut und deutlich gemeinsam aussprechen.«

Wir sitzen in meinem Zimmer und planen unsere nächtliche Aktion. Fee hat sich wie immer auf meinem Sofa breitgemacht, ich lümmele auf dem Bett herum. Zur Feier des Tages haben wir auf dem Tisch eine Kerze angezündet, auf der Kommode verbreitet ein Räucherstäbchen seinen Duft, und im Hintergrund laufen die aktuellen Charts. Es ist wie saugemütlich, wie immer, wenn wir zusammen sind.

»Okay, wenn du meinst.« Ich habe unsere sorgfältig verfassten Sätze eben gemeinsam mit Fee aufgeschrieben und schiebe den Zettel zu meiner Freundin hinüber. Sie studiert jedes Wort und nickt am Ende zustimmend. »So können wir es lassen. Dann also heute Nacht.« Ihre Stimme klingt ungemein feierlich und dunkel. »Sind ja nur noch zwei Stunden bis vierundzwanzig Uhr. Geisterstunde!«

Mich gruselt es, wenn sie das so sagt. Überhaupt finde ich es übertrieben, dass wir daraus eine solche Zeremonie machen, aber Fee liest so viele Bücher, in denen es um Magie und Übersinnliches geht, dass ich ihr nicht widerspreche. Wenn es uns am Ende dabei hilft, den Schwur einzuhalten, dann machen wir es eben, wie sie es möchte. Fee ist meine allerbeste Freundin. Wir sind beide dreizehn Jahre alt. Uns trennen nur zwei Tage. Aber das zählt nicht so wirklich.

Weil wir uns gegenseitig genügen und nicht wollen, dass sich daran jemals etwas ändert, haben wir uns eine Sache geschworen: Wir werden uns nicht verlieben!

Das geht in der letzten Zeit um wie eine schwere Krankheit. Mit einem Mal werden die Röcke kürzer, die Lippen sind feuerrot geschminkt, und alle haben irgendeinen Duft aufgetragen, der täglich neu diskutiert wird. Und dann die Frisuren! Plötzlich erscheint es, als hätte jedes Mädchen einen Privatfriseur zu Hause. Wie von Geisterhand verändert, laufen die Mädchen von einem Tag zum nächsten mit Lockenköpfen über den Schulhof, obwohl sie am Vortag ihre Haare noch mit dem Glätteisen malträtiert haben. Manchmal haben sie auch merkwürdige Steckfrisuren oder tragen Extensions, weil über Nacht langes Haar angesagt ist. Und dann die Jeans, wenn sie sich gegen den Minirock entschieden haben! Meist sind sie so eng, dass ich mich frage, wie sie da ohne Hilfe reingekommen sind. Das kann doch nicht bequem sein! Also nichts gegen Jeans, aber man muss sich schon noch darin bewegen können.

Und das passiert alles nur, weil sie irgendeinen Typen total hot finden. Und wie sich unsere Mitschülerinnen auch sonst verändern, nervt einfach! Dieses ewige Gekicher und Gegacker geht Fee und mir so was von auf den Geist.

Nein, da wollen wir nicht mitmachen. Wir sind wir! Wir haben uns, und das reicht. Und wir haben unseren MiFüUhTe!

Der MiFüUhTe ist unser Mittwoch. Fünfzehn. Uhr. Termin. Da treffen Fee und ich uns zum Stricken im Wintergarten unserer Deichschäferei. Während wir die Maschen für einen Loop oder einen Pullover oder etwas anderes anschlagen, kauen wir alles durch, was in den letzten Wochen in der Schule und sonst so passiert ist.

Manchmal sind wir mit den Rädern unterwegs und fahren nach

Wesens, das ist die nächste Kleinstadt, wo auch unsere Schule ist. Im Sommer sind wir oft am nahe gelegenen Strand und baden in der Nordsee oder stapfen durch den Schlick. Im Winter fahren wir auf den Gräben, die man hier Schlote nennt, Schlittschuh.

Kurzum: Wir brauchen keine Jungs. Nicht in der Schule, nicht in der Freizeit, nicht zum Spaßhaben und schon gar nicht zum Verlieben.

Weil Fee und ich die Entwicklung unserer Klassenkameradinnen sehr argwöhnisch betrachten und es als Gefahr für unsere Freundschaft sehen, wenn wir uns genauso verhalten, haben wir beschlossen, diesen Schwur zu verfassen, um den Fall X unter allen Umständen zu vermeiden. Jetzt steht es schwarz auf weiß auf diesem Papier, dass wir uns vor unserem achtzehnten Geburtstag auf keinen Fall verlieben oder mit Jungs näher einlassen. Damit es wirklich und wahrhaftig ist, unterschreiben wir es nun feierlich und stecken das Papier in eine kleine Truhe.

»Sonst haben wir immer Truhe gesagt«, meint Fee plötzlich und wie aus dem Nichts. Das macht sie ab und zu. »Ich finde das Wort Schatulle aber irgendwie schöner«, erklärt sie mit einem Leuchten in den Augen.

Ich grinse nur. Ist doch völlig egal, wie wir das Ding nennen. Wichtig ist einzig der Inhalt. »Meinetwegen Schatulle«, sage ich.

Wie abgesprochen, werden wir den Schwur heute um Mitternacht unter der Kirsche, die vor dem Wintergarten steht, einbuddeln und erst zu meinem achtzehnten Geburtstag wieder hervorholen. Nach langem Hin und Her haben wir uns entschlossen, meinen Geburtstag als Stichtag zu nehmen, weil es auf die zwei Tage, die Fee jünger ist, nicht ankommt.

Fee schläft deshalb heute bei mir, damit wir uns rausschleichen können. Glücklicherweise passt es mit dem Wochenende und dem

Vollmond. Natürlich dürfen unsere Eltern nichts von all dem wissen. Wir wollen uns einfach nicht dreinreden lassen.

Die Lammzeit ist vorbei, und Ma und Pa müssen nachts nicht mehr so oft raus. Deshalb werden sie uns vermutlich nicht bemerken, weil sie froh sind, endlich wieder durchschlafen zu können.

Aufgeregt verstecken wir unsere Truhe, in der sich außer dem Papier mit dem Schwur auch zwei Muscheln mit unseren eingeritzten Initialen befinden, vorläufig unter meinem Bett und sind ziemlich hibbelig. Ma und Pa haben uns vorhin beim Abendessen zwar ständig eigenartig angesehen, als würden sie ahnen, dass wir etwas aushecken, aber sie haben nicht nachgehakt.

»Wollen wir den Wecker stellen?«, fragt Fee und gähnt ausgiebig.

»Du willst doch jetzt nicht schlafen?«, necke ich sie.

Fee grinst. »Ne, so müde kann ich gar nicht sein.«

Sie rekelt sich auf dem Sofa, ich lege mich aufs Bett. Dann sagt Fee plötzlich: »Meinst du, wir sollten Miri von der Sache erzählen?«

»Wieso das?« Miri geht in unsere Klasse und ist ganz nett. Aber zu einer wirklichen Freundschaft hat es nie gereicht. Sie ist mir zu still. Zu schüchtern. Zu blass. Fee hat öfter mit ihr zu tun. Dass sie sie nun einweihen will, passt mir nicht.

»Dachte nur.« Fee greift nach ihrer Apfelschorle. »Dann bleibt es eben unser großes Geheimnis.«

»Genau. Fee und Dana. Dazwischen passt kein Blatt!« Ich stehe auf und hole ein paar Salzstangen. Die Zeit will einfach nicht vergehen. Deshalb diskutieren wir noch ein bisschen darüber, wie blöd die anderen sind, dass sie sich so an die Jungs ranwanzen und viel Zeit damit verplempern, sich zu stylen. Fee und ich sind eher die natürlichen Typen. Sie hat ihr schwarz gelocktes Haar immer sorgfältig gekämmt und trägt es meist zu einem Zopf gebunden.

Ich mag keine Schminke im Gesicht. Warum soll ich mir Farbe auf die Augenlider klatschen? Und Fee sieht so oder so einfach nur schön aus und braucht das erst recht nicht.

Wir steigern uns richtig rein.

»Gut, dass wir nicht aussehen wie durch den erstbesten Tuschkasten gezogen«, sagt Fee lachend. »Findet Miri übrigens auch.«

Schon wieder Miri. Ich beiße mir aber auf die Zunge, weil ich darüber jetzt nicht mit Fee diskutieren will. Besser, wir bleiben beim Thema. »Und welcher Junge will schon ein Mädchen, wo er sich nachher total erschrickt, wenn er dann bemerkt, wie sie in echt aussieht«, füge ich deshalb schnell hinzu.

»Überhaupt – warum soll ich einem Jungen nachlaufen? Und mich für ihn verändern? Ich bin doch gut, so wie ich bin.« Fee sagt dies mit voller Überzeugung. »Wenn, dann muss er kommen. Und sich richtig Mühe geben.«

Ich nicke. Fee hat recht. Wir sind so, wie wir sind. Punkt.

Und natürlich sind wir uns am Ende einig darüber, wie gut unsere Entscheidung und wie genial der Schwur ist. Wir werden auf diese Weise unsere Freundschaft nicht gefährden, weil wir so vermeiden, dass wir uns gegenseitig den Freund ausspannen.

Endlich nähern sich beide Zeiger der Zwölf.

»Wir müssen das Loch noch graben«, sage ich. »Lass uns schon mal rausgehen!«

Fee nickt. Sie ist vor Aufregung ganz blass.

»Wie lange haben wir Zeit?«, frage ich.

»Von vierundzwanzig Uhr bis um eins. Also bis die Geisterstunde vorbei ist.«

Leise schlüpfen wir in unsere Anziehsachen und schleichen die Treppe hinunter. Wir schaffen es, mucksmäuschenstill in den Gar-

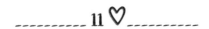

ten zu kommen, nicht einmal die Treppe hat geknarrt. Es ist eine sternenklare Nacht, und der Mond erscheint uns am Himmel riesig.

»Hast du die Taschenlampe?«, flüstere ich.

»Ja«, wispert Fee zurück. Sie knipst sie an, und so ist es noch ein bisschen heller. Ich fühle mich nun etwas sicherer.

Rasch hole ich den Spaten aus der Remise. Das ist das Gebäude, wo sich die Trecker und andere Gerätschaften befinden. Mein Vater ist immer sehr darauf bedacht, dass dort alles aufgeräumt ist und an seinem Platz steht. Denn er mag es nicht, wenn die Arbeit in der Schäferei wegen einer Unordnung aufgehalten wird. Da kann er fuchsteufelswild werden. Es gibt nur eine Ecke hinten rechts, wo alte Decken, Körbe, Seile und andere Dinge, die wir nur selten brauchen, herumliegen.

Fee leuchtet uns den Weg in den Garten.

Bevor wir unsere Truhe vergraben, stechen wir zuvor eine viereckige Grassode, etwas breiter und länger als unsere Schatulle, aus. Dazu schlage ich den Spaten mit der scharfen Kante fest in den Rasen. Fee nimmt den Grasfladen hoch, und ich kann das Loch jetzt weiter ausheben. Es soll schließlich tief genug sein, damit unsere beiden Hütehunde, Sandy und Sally, die Truhe nicht gleich wieder ausbuddeln. Neugierig, wie die beiden Border Collies sind.

»Jetzt ist es tief genug«, beschließe ich. »Leuchte bitte noch einmal hinein.«

Der Lichtkegel tanzt in dem schwarzen Loch. Mich überkommt Gänsehaut, vor allem, wo jetzt die Glocke der Dorfkirche von Diekhusen zwölfmal schlägt.

»Sieht ein bisschen aus wie ein Grab«, sagt Fee. Die Grassode hat sie neben sich abgelegt. »Hauptsache, wir finden das Ding in ein paar Jahren selbst wieder, denn um den Schwur aufzulösen, müssen wir das Papier verbrennen und uns die Muscheln gegenseitig schenken. Sonst bleibt das alles ewig an uns kleben, und wir werden sehr unglückliche Beziehungen haben. Aber ich möchte schon irgendwann heiraten und Kinder kriegen ...«

Höre ich da Zweifel in Fees Stimme? »Hey, komm! Nun gilt der Schwur, er ist auf ein paar Jahre festgelegt und wird dich nicht an deinem Glück hindern. Versprochen!«

Mich nervt, dass Fee ausgerechnet jetzt ans Heiraten denkt! Das ist wirklich noch eine Weile hin, und bis zu ihrem achtzehnten Geburtstag wird ihr schon kein Typ begegnen, der ihrer Liebe wert ist. Nun gilt es schließlich, uns die Jungs bis dahin vom Leib zu halten!

»Wir finden es wieder, keine Bange«, sage ich. »Unseren Garten kenne ich gut genug.«

»Okay, ich wollte es ja nur noch einmal gesagt haben.« Fee sieht richtig feierlich aus. »Nun müssen wir es noch einmal zusammen laut vorlesen, dann kann es vergraben werden«, sagt sie mit ernstem Gesicht. »Danach gibt es kein Zurück mehr.«

»Wir haben doch schon unterschrieben«, wende ich ein, »kann das nicht einfach so in die Erde?« Ich schaue immer wieder besorgt zum Haus – nicht dass Ma und Pa uns doch zufällig beobachten. Aber Fee sagt, es gilt nur, wenn alles noch einmal laut gesagt wird und wir uns dabei an den Händen halten. Ich beginne mit zitternder Stimme, und Fee stimmt mit ein. Irgendwie ist das wirklich aufregend, als wir alles mit dumpfer Stimme lesen.

Wir, Dana Weerts und Felicitas Pérez, schwören, dass wir uns vor dem achtzehnten Geburtstag nicht verlieben. Erst am Geburtstag von Dana Weerts wird der Schwur aufgelöst. Besondere Vorkommnisse sind nicht eingeplant.

Um den Schwur endgültig aufzulösen, ist es nötig, dieses Papier zu vernichten, am besten durch Feuer. Es ist wichtig, das Papier den Elementen zurückzugeben.

Die Muscheln werden gegenseitig als Zeichen der ewigen Freundschaft miteinander ausgetauscht. Mit diesem feierlichen Akt erhalten wir unsere Freundschaft auf immer und ewig.

Dana Weerts
Felicitas Pérez

Fee rollt das Geschriebene ein und steckt es in eine leere Plastikhülse, damit es nicht feucht wird. Dann verstaut sie es in der Truhe und schließt den Deckel. »Ins Loch hineinlegen müssen wir es auch gemeinsam!«, flüstert sie. Vorsichtig umfassen wir die Holzkiste und lassen sie in die Grube gleiten.

Anschließend schaufele ich die kleine Grube mit Erde zu. Danach legen wir die Grassode zurück und treten sie fest. Nun sieht man kaum, dass wir hier etwas vergraben haben. Man muss schon sehr genau hinsehen.

Fee schaut zum Himmel, über uns flimmert die Milchstraße mit ihren vielen kleinen und großen Sternen. Uns ist so feierlich zumute! Fee schließt kurz die Augen und sagt mit rauer Stimme: »Auf unsere Freundschaft! Ohne Jungs.«

»Ohne Jungs«, bekräftige ich.

Ein Jahr später

1

Der Wecker klingelt wie immer unangenehm, und das Scheppern reißt mich aus dem Schlaf. Ich schlage ihn aus und recke mich erst einmal. Es scheint ein schöner Tag zu sein, denn ein paar Sonnenstrahlen schummeln sich an meinem Vorhang vorbei und lassen die Staubkörner im Licht tanzen.

Viel Zeit habe ich aber nicht, liegen zu bleiben. Der Schulbus wartet leider nicht, und ich möchte in Ruhe mit meiner Mutter frühstücken. Pa ist sicher schon im Stall.

Im Augenblick ist Lammzeit, und auf dem Hof ist deswegen die Hölle los, weil wir die Schafe zu keiner Zeit unbewacht im Stall lassen dürfen. Die Lammzeit beginnt immer Anfang März und dauert etwa vier Wochen. Währenddessen sind die Stunden, die man als Familie miteinander hat, stets gezählt, weil einer meiner Eltern ständig bei den Schafen sein muss. Momentan kommen Tag und Nacht mehrere Lämmer auf die Welt, manchmal sogar gleichzeitig. Ich finde es immer wieder aufregend, auch wenn es in unserer Deichschäferei dann stressig zugeht.

In einer Woche beginnen allerdings die Osterferien. Ich bin froh darüber, denn dann darf ich auch in der Nacht bei den Geburten helfen. Es ist immer unglaublich aufregend, das zu tun. Welch toller Augenblick, wenn ein Lämmchen auf die Welt kommt und den ersten Atemzug tut! Ich bin inzwischen in der Geburtshilfe ganz gut, das kommt von allein, wenn man damit groß wird und sich ein bisschen dafür interessiert. Während der Schulzeit erlauben mir meine Eltern nicht, nachts bei den Geburten zu helfen, weil ich für die Schule fit sein muss. Ist zwar verständlich, aber ich fiebere trotzdem immer den Ferien entgegen, damit ich mehr im Stall sein kann. Das ist in diesem Jahr besonders wichtig für mich, weil der Geburtstermin meines Lieblingsschafs Miep näher rückt. Ich will unbedingt dabei sein, wenn sie lammt; auch wenn es nachts passiert. Miep ist wirklich mein absolutes Lieblingstier. Sie hat eine leicht grau melierte Wolle, und ich habe sie selbst mit der Flasche großgezogen. Deswegen sind Miep und ich auch die allerbesten Freundinnen. Neben Fee, versteht sich. Wer behauptet, Schafe wären dumm, hat Miep noch nicht kennengelernt. Sie ist ziemlich gewitzt und kann sogar Weidetore öffnen. Pa achtet immer sehr darauf, dass die Riegel wirklich gut einrasten, sonst kann es passieren, dass meine Schafdame sie einfach aufmacht. Überhaupt kennen uns unsere Tiere. Miep freut sich immer unbändig. Wenn ich den Stall betrete, blökt sie wie verrückt und läuft sofort auf mich zu. So ein bisschen bin ich schließlich wie ihre Mama. Diese Schaffreundschaft ist etwas sehr Besonderes.

Ich beeile mich im Bad, denn ich höre Ma schon in der Küche hantieren. Das Frühstück ist unsere heilige Zeit, die wir unglaublich genießen, weil wir momentan nur dann ein paar Dinge in Ruhe besprechen können. Meine Morgentoilette geht ohnehin immer fix. Ich dusche, springe in meine Klamotten, die in der Regel aus einer Jeans und einem einfachen Sweater bestehen, und kämme meine roten Locken, was allerdings zwecklos ist. Sie lassen sich nicht bändigen. Ich strecke mir, wie jeden Morgen, die Zunge raus, weil ich mich selbst nicht besonders hübsch finde. Rote Locken nebst fast weißer Haut, die nicht nur im Gesicht über und über mit Sommersprossen bedeckt ist, sind echt nicht der Hit. Außerdem bin ich viel zu groß. Das alles werten auch die dunkelgrünen Augen nicht auf, um die Fee mich beneidet. Als ob sie das nötig hätte! Sie mit ihrer schlanken Figur, und den hüftlangen, pechschwarzen Haaren und dunkelbraunen Schokoaugen! Also, wenn ich ein Junge wäre … Ich verbiete mir diesen Gedanken, schließlich gibt es unseren Schwur, und deshalb ist es besser, wenn sich kein Typ für Fee interessiert. Das würde sie womöglich in unnötige Konflikte bringen.

»Dana!«, ruft Ma von unten durchs Treppenhaus. »Frühstück ist fertig.«

Als ich die Treppe hinabsteige, begrüßen mich Sandy und Sally mit einem leisen »Wuff« und heftigem Schwanzwedeln. Natürlich knuddle ich beide erst einmal ausgiebig, bis sie sich rasch wieder in ihre Körbchen unter der Treppe in der Diele trollen.

Es riecht schon lecker nach Kaffee, Rührei mit Speck und frisch gebackenem Brot. Dazu zieht der süßliche Duft von Kakao durch die Küche. Bei uns gibt es immer ein sehr deftiges Frühstück, zu dem Ma jeden Morgen Brot backt, weil auch unsere beiden Mitarbeiter später etwas Kräftiges zu essen brauchen. Zur Schafschur ist bei uns mehr los, da haben wir meist noch zwei Lohnarbeiter da, die meine Eltern und unsere Mitarbeiter Hilmar und Hero unterstützen. Hilmar wohnt auf dem Hof im Landarbeiterhaus an der Zuwegung, Hero kommt aus dem Dorf. Ich kann beide supergut leiden, weil sie so typisch friesisch sind und nur dann etwas sagen, wenn es was zu sagen gibt.

»Da bist du ja«, begrüßt Ma mich mit einem Kuss auf die Wange. Sie strahlt sogar so früh am Morgen freundlich, das finde ich wunderbar. Meine Mutter ist leicht rundlich gebaut, und das rote, lockige

Haar habe ich von ihr geerbt, wobei ich finde, dass es ihr viel besser steht als mir. Sie trägt es aber auch nur kinnlang, manchmal steht es von ihrem Kopf ab, als hätte sie einen feuerroten Helm auf. Sie schert sich aber nicht darum, sondern bindet dann allenfalls einfach ein Kopftuch darüber. Mehr Styling braucht sie nicht.

Ich setze mich an den Tisch, den meine Mutter schon für fünf Personen gedeckt hat. »Kakao oder Tee?«, fragt sie und hält eine Karaffe und eine Kanne hoch.

Ich entscheide mich für Tee, greife nach der Dose mit den Kluntjes, das sind dicke Kandisstücke, und warte auf das leichte Knacken, wenn der heiße Tee darüberläuft. Natürlich darf auch der Sahneklecks, den wir hier Wulkje nennen, nicht fehlen. Er verteilt sich wie eine Wolke im Braun des Tees. Umrühren darf man das alles nicht. Danach belege ich meine Brotschnitte mit Käse und platziere eine Scheibe Gurke darauf. Während ich genüsslich in das noch warme Brot beiße, angle ich nach einer kleinen Tomate.

Fee kommt aus Spanien, wo man nicht so viel frühstückt. Sie isst immer nur ein Croissant mit Marmelade, davon würde ich nicht satt werden. Bei ihnen gibt es auch oft Churros, das ist ein spanisches Gebäck, das in Öl ausgebacken wird. Ihre Mutter kann das meisterhaft. Mit Nuss-Nugat-Creme schmeckt es toll, aber nur Süßes zum Frühstück geht bei mir gar nicht.

»Kommt Fee heute?«, fragt Ma. »Es ist doch Mittwoch und MiFüUhTe.«

Ich nicke mit vollem Mund und greife nach der Schüssel mit dem Rührei.

»Dann heize ich den Kaminofen im Wintergarten vorher ein«, schlägt Ma vor. »Ich hoffe, es kommen zuvor nicht zu viele Lämmer auf einmal. Bitte erinnere mich nachher daran, wenn du aus der

Schule kommst. Ich möchte, dass ihr es muckelig warm habt. Die Sonne kommt zwar immer wieder raus, aber ohne Ofen ist es im Wintergarten viel zu kalt.«

Ich lächele meiner Mutter zu. Es ist so süß, wie sie sich trotz all der Arbeit bei den Schafen immer noch so sehr um Fee und mich sorgt.

Nach dem Frühstück verabschiede ich mich von meiner Mutter, schlüpfe in meine warme Jacke, wickle den gestrickten Schal um, schnappe die Mütze und überquere den Hof. Mein Rad ist in der Remise untergebracht. Schon jetzt fröstele ich, denn es sah wegen des strahlend blauen Himmels zwar sehr warm aus, aber der Wind pfeift unangenehm um die Ecke der Stallungen. Ich zurre den Schal fester um meinen Hals und rücke die Pudelmütze zurecht. Einen Augenblick zögere ich noch, weil ich überlege, Handschuhe mitzunehmen, aber ich habe keine Lust, zurück ins Haus zu laufen. Auf den zwei Kilometern ins Dorf zur Bushaltestelle werden mir meine Hände schon nicht abfrieren. Also rauf aufs Fahrrad und los.

Schon nach kurzer Zeit sind meine Hände feuerrot und fast gefühllos. Mit steif gefrorenen Fingern versuche ich, mein Rad in Diekhusen an der Bushaltestelle abzuschließen. Dabei gleitet mir der Schlüssel dreimal aus der Hand. Als ich es endlich geschafft habe, warte ich auf Fee, die wie immer auf die Minute pünktlich um die Ecke saust.

Wer sie kennt, braucht eigentlich keine Uhr. Wie sie das Timing so exakt hinbekommt, ist mir ein Rätsel. Sie ist der am besten organisierte Mensch, den ich kenne.

Fee wohnt in einem Neubau am Rand von Diekhusen. Es ist schön und modern bei ihnen. Ich mag den Garten besonders, der wie ein spanischer Innenhof gestaltet ist. Dort stehen große Blumenkübel um einen kleinen Brunnen herum. Es sind sogar kleine Palmen dabei. Die müssen sie zum Überwintern aber immer in die Garage stellen. Überall im Hof sind Wege angelegt, und auf den Beeten befinden sich Tonfiguren und riesige Amphoren. Die Terrassen sind alle mit Terrakottafliesen gepflastert.

»Mann, ist das kalt heute«, sagt Fee nun bibbernd. Sie friert immer noch eine Spur mehr als ich. Die Bushaltestelle ist vor dem Wind kaum geschützt, weil sie direkt an der baumfreien Landstraße steht. Deshalb ist es hier sehr zugig. Wir sind froh, dass der Bus nicht lange auf sich warten lässt und wir endlich einsteigen können. An sich fahre ich nur ungern Bus, weil es meist eng und stickig ist, aber heute bin ich wirklich froh, nicht die ganze Strecke bis nach Wesens mit dem Rad fahren zu müssen. Bei dem starken Wind muss man an der Küste ordentlich strampeln, und es ist unangenehm, den ganzen Tag mit verschwitzten Klamotten im Klassenzimmer zu sitzen. Im Sommer radeln wir aber trotzdem oft die sieben Kilometer dorthin.

Die Fahrt zur Schule zieht sich unendlich. Alle hängen müde auf den Sitzen und tippen auf den Handys herum. Auch so etwas, was mich nervt. Ich sehe lieber aus dem Fenster und schaue in die vorüberziehende Landschaft. Irgendwas gibt es immer zu sehen. Im Sommer die Kühe, Schafe und Pferde. Hier in Ostfriesland werden die Tiere noch draußen gehalten, das finde ich super. Aber auch ohne Weidetiere ist es besser, die Landschaft zu betrachten als das Display des Handys. Eben entdecke ich einen Bussard, der auf einer Wiese landet. Ich tippe Fee an, aber die ruft gerade ihre Chats ab, und als sie aufsieht, sind wir auch schon an dem Greifvogel vorbeigefahren.

Als der Bus an der nächsten Haltestelle in Deekendorf anhält, steigen zwei Jungs ein. Das ist normalerweise recht unspektakulär, denn der eine heißt Chris und wohnt schon ewig hier. Er ist ein unscheinbarer Typ mit blondem Haar, das ihm stets in die Stirn fällt, und einem Piercing im rechten Ohr. Seine Schokoaugen sind zwar auffallend, aber sonst finde ich ihn stinklangweilig. Er macht gern einen auf cool, vor allem, wenn er mit seinem BMX-Rad unterwegs ist. Mich kann er damit nicht beeindrucken. Chris ist für mich einfach ein LL, also ein Langweiler-Loser. Er wirkt auf mich immer so, als stünde er im Schatten der anderen Jungs. Eine Zeit lang hat er mit Timor abgehangen. Der ist ein superguter BMXer, trägt immer, wenn er nicht gerade BMX fährt, Lederjacken und tut so, als wäre er gefährlich. Als ob es Angst macht, wenn er eine Kette aus der Hosentasche hängen lässt!

Danach ist Chris hinter Patrick hergehuscht, bis der einen anderen gefunden hat, der ihm die Füße küsst.

Als ich einen Blick zu Fee werfe, sehe ich, dass sie feuerrot anläuft, als sie Chris entdeckt! Oder ist es wegen des anderen Typen, der ihm folgt? Den habe ich noch nie gesehen, und es sieht so aus, als könnte Chris in ihm ein neues Idol gefunden haben. Es wirkt tatsächlich so, als bahne er dem Neuen nur den Weg.

Fee starrt beide noch immer mit großen Augen an. Und da ist sie nicht die Einzige. Es scheint so, als hätte der Anblick des großen Unbekannten allen Mädchen im Bus die Sprache verschlagen. Es stimmt, bei uns auf dem Land ist kaum etwas los, aber so ein Weltwunder ist der Typ ja nun auch nicht! Er hat dunkles, kinnlanges Haar und eisblaue Augen. Mit ihnen schaut er suchend durch den Bus. Sein Blick bleibt sofort an mir und meinen roten Locken hängen, und er grinst unverschämt. Dann beugt er sich zu Chris und flüstert ihm etwas ins Ohr, was dem wiederum ein hämisches Grinsen ins Gesicht lockt.

Ich schaue lieber wieder betont gelangweilt aus dem Fenster. Ist

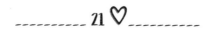

ja wieder klar, was die ablästern. Ich höre ihre Worte in Gedanken. »Hey, eine Hexe fährt Bus, wo hat sie denn ihren Besen? Sie kann dann doch besser fliegen – Hauptsache, ihre Sommersprossen bleiben im Gesicht und versprenkeln dann nicht die Landschaft.«

Manchmal vergleichen sie mich auch mit Pippi Langstrumpf, obwohl die ja nun wirklich keine roten Locken, sondern geflochtene Zöpfe hat. »Hey Pippi Langstrumpf, talahi, talaha, talahopsasa … Und wo ist ihr Pferd?«

Lauter so ein dummes Zeug. Ich bin da wegen meiner Haare echt eine Menge gewohnt und kann es wirklich nicht mehr hören.

Fee aber rammt mir jetzt ihren Ellenbogen unsanft in die Seite. »Guck mal«, raunt sie. »Kennst du den?«

»Zum Glück nicht.«

»Guck doch«, formt sie ihre Worte lautlos. »Und Chris ist so nett und zeigt ihm alles.«

Ich rolle mit den Augen. Chris und nett! Das kann unmöglich ihr Ernst sein!

»Du willst mir jetzt nicht sagen, dass du diesen Neuen und den LL irgendwie hot findest, oder?«, flüstere ich und bin froh, dass der Motor des Busses so laut ist.

Fee bleibt unbeirrt und sitzt so gerade, als hätte sie einen Stock verschluckt. »Chris hat eine neue Frisur! Sieht gut aus«, flüstert sie ehrfürchtig. »Guck doch, sein Pony ist vorn etwas kürzer!«

Ich zucke heftig zusammen. Das wäre mir niemals aufgefallen, aber wenn meine Freundin das merkt, stimmt etwas nicht. Chris ist ein Junge. Ein überaus blöder Junge, um das noch ein wenig zu steigern. Und deshalb sollten er und alle anderen für uns uninteressant sein. Wir haben einen Schwur! Wenn aber Fee so etwas Belangloses wie eine neue Frisur sofort bemerkt … Ich will nicht länger darüber nachdenken. Chris und sein neuer Kumpel haben sich inzwischen durch den Gang an uns vorbeigearbeitet und lassen sich gleich hinter uns auf die Sitze fallen.

Fees Blick folgt ihnen, als wäre sie hypnotisiert.

Das kann jetzt echt nicht sein! »Erde an Fee! Es sind nur zwei Jungs, und dazu nicht einmal welche, für die sich ein Blick lohnt«, maule ich sie leise an. Bloß kein Aufsehen erregen, das würden die beiden vermutlich cool finden, wobei ich davon überzeugt bin, dass der Neue es darauf anlegt, aufzufallen. Solche Typen muss ich gar nicht erst kennenlernen. Ich rieche drei Meilen gegen den Wind, dass die keinen einzigen Blick wert sind.

Fee hört aber nicht auf, nach hinten zu sehen.

»Nun starre die Typen nicht so an«, zische ich.

»Mach ich doch gar nicht.« Fee wendet den Kopf nach vorn und senkt rasch den Blick.

»Guck mal, da draußen fliegt ein Reiher«, grummele ich, aber meine Freundin zieht nur ihre Stirn kraus.

Ich spitze die Lippen und atme einmal tief ein. Dann quetsche ich hervor: »Die Typen hinter uns sind uninteressant. Chris ist eben Chris, und der Neue ist ein Angeber, das merke ich sofort.«

Fee seufzt, guckt aber wenigstens wieder nach vorn. Ich bin froh, als wir an der Schule ankommen und sich alle aus dem Bus nach draußen drängeln.

Zum Glück tauchen auch Chris und der Neue rasch im Getümmel ab.

2

Der Neue ist von Beginn an *die* Sensation in der Schule. In unserer Gegend passiert einfach so wenig Spannendes, dass ein Fremder sofort auffällt. Vor allem, wenn er lange dunkle Haare hat und sich cool und unnahbar gibt. Das stachelt die Mädchen erst recht an.

Wie ein Lauffeuer verbreitet es sich, dass er Mick heißt, oder besser, sich Mick nennen lässt. Richtig heißt er Michael Breidenbaum, und er ist erst vorgestern von Bremen nach Deekendorf gezogen. Chris weicht ihm nicht von der Seite und hat offenbar einen Narren an ihm gefressen. Sein neues Idol eben. Das habe ich gleich richtig erkannt.

Unser Schulhof ist recht groß und wird an drei Seiten von den Schulgebäuden flankiert. Nach hinten raus geht es zur Turnhalle und den Sportanlagen. Auf der rechten Seite befinden sich Hochbeete, um die man Mauern gezogen hat. Darauf sitzt Mick in den Pausen lässig und lässt den Blick über den rechteckigen Schulhof schweifen, als zähle er seine Untertanen. Er redet viel mit den Händen, ab und zu lässt er sich zu einem Lächeln herab. Und wie einstudiert streicht er sich ständig eine dunkle Locke aus dem Gesicht. Chris eifert ihm nach, versucht sich ebenfalls cool zu geben, aber es wirkt bei ihm einfach nur albern. Er ist kein König, er ist ein Langweiler-Loser. Egal, wie lässig er tut.

Fee sieht das leider ein wenig anders. Sie bleibt mitten auf dem Schulhof stehen und starrt zu ihm hinüber. »Ist das nicht voll nett von Chris, wie sehr er sich um den Neuen kümmert? Muss ja schwer sein, wenn man keinen kennt.«

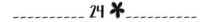

Ich rolle mit den Augen. »Kann dir doch egal sein. Die sind einen Jahrgang höher als wir und halten uns für aufgescheuchte Hühner. Lass uns lieber nach hinten zur Volleyballwiese gehen und den Mädels beim Spielen zusehen.«

Doch Fee schüttelt den Kopf. »Man muss dem Neuen helfen, sich einzugewöhnen. Du hast nur Vorurteile. Aber nun musst du zugeben, dass sie auf Chris nicht zutreffen. Er könnte schließlich auch mit den anderen kicken.«

Langsam mache ich mir wirklich Gedanken.

Überhaupt scheine ich die Einzige zu sein, die sich nicht um den Typen schert. Ständig flanieren die Mädchen an Mick vorbei, manchmal sieht er huldvoll auf, grinst sein überhebliches Lächeln und legt den Kopf zur Seite, um sich danach sofort wieder dem Display des Handys zu widmen. Natürlich hat er zuvor seine Strähne nach hinten gefegt. Ätzend! Die anderen Jungs betrachten Mick mit einer Mischung aus Respekt und Ehrfurcht. Der ganze Schulhof wirkt auf mich wie hypnotisiert.

An Chris und Mick bewegt sich inzwischen ein wahrer Ameisenstrom vorbei. Komisch, was für eine Wirkung manche Menschen auf andere haben! Ich kümmere mich deshalb bewusst nicht weiter um Mick. Fee und ich haben unseren Schwur, von daher müssen wir uns weder mit ihm noch mit Chris befassen. Sie können uns nie und nimmer gefährlich werden. Ich denke das allerdings ein bisschen zu oft, weil mir Fees Gequatsche über Chris wirklich Sorgen bereitet und ich nicht weiß, wie ich reagieren soll.

Ich muss mal, und als ich von der Toilette komme, ist meine Freundin verschwunden. Ich suche sie eine ganze Weile vergeblich. Als ich sie dann endlich entdecke, spaziert sie mit Miri, die heute wieder ganz in Grau gekleidet ist, in Richtung Mick und Chris und schließt sich so der allgemeinen Völkerwanderung zum neuen Guru an. Ausgerechnet mit Miri! Klar, sie widerspricht Fee nicht, sondern tut alles, um ihr zu gefallen. Darauf kann Fee bei mir lange warten. Ich sage, was mir nicht passt!

Jetzt haben sie Chris und Mick erreicht. Natürlich tun sie so, als wäre das rein zufällig, aber mir kann Fee als beste Freundin natürlich nichts vormachen. Ich sehe doch, was für Blicke sie diesen beiden Typen zuwirft. Und Miri tut es ihr gleich. Fast habe ich Mitleid mit ihr, denn sie läuft feuerrot an, als Mick ihr einen Blick gönnt. Fee und Miri sind also auf der Balz!

Mir bleibt wohl keine Wahl, als dazwischenzugehen, bevor das größere Ausmaße annimmt. Ich laufe mit ausgreifenden Schritten über den Asphalt und habe Fee und Miri schon bald eingeholt. Natürlich tue ich so, als hätte ich nicht bemerkt, was Fee vorhat.

»Hi!« Ich hake mich bei ihr ein, schenke Mick und Chris aber bewusst keinen Blick. »Kannst du mir gleich noch einmal die Seite für die Mathehausaufgaben geben, Fee? Ich hab vorhin leider nicht zugehört«, versuche ich ein Gespräch zu beginnen, aber das erscheint zwecklos. »Ist es sehr kompliziert, was wir da machen sollen?«

Natürlich störe ich die beiden mit dieser Frage. Mathe hat in ihrem Denken gerade einen extrem niedrigen Stellenwert. Ihre Hirnwindungen sind mit Chris- und Mick-Gedanken verstopft. Wenigstens bringe ich sie damit kurzfristig aus dem Konzept, und sie starren nicht unentwegt zu den beiden.

»Mathe?«, fragt Fee zerstreut. »Erklär ich dir später.«

War klar, Fee hat es natürlich verstanden und sie weiß auch, welche Hausaufgaben wir aufhaben. Sie ist echt ein Überflieger, egal in welchem Fach.

Chris und Mick nicken mir nur kurz zu, stehen von ihrer Mauer

auf und trollen sich dann in Richtung Schulkiosk. Fee und Miri sehen ihnen mit leuchtenden Augen hinterher.

»Ich muss dann auch«, sagt Miri und hat es plötzlich eilig, in genau dieselbe Richtung zu verschwinden. »Brauche noch Kaugummis.«

Ich sehe Fee an, dass ihr ebenfalls durch den Kopf geht, was sie vielleicht noch vom Kiosk haben müsste, aber ich packe sie am Ärmel.

»Hiergeblieben!«

Fee zuckt wie ertappt zusammen. »Der Neue, dieser Mick, ist auch BMXer, genau wie Chris«, erzählt sie mit einem merkwürdigen Leuchten in den Augen. »Miri hat in der letzten Pause schon allein mit ihm gesprochen. Er ist echt cool und sehr nett!«

»Was du nicht sagst. Eure Bewunderung ist kaum zu übersehen«, seufze ich und runzle die Stirn. »Wenn er auch BMX fährt, hat er, genau wie die anderen, vermutlich überall blaue Flecken, Schrammen und nicht viel im Kopf, weil er zu oft daraufgeknallt ist.« Diese BMXer sind echt Typen für sich. Einer hat sich mal eine Wunde mit Sekundenkleber zugeklebt, weil er kein Pflaster hatte. Auf solche Jungs muss man wirklich nicht scharf sein.

Fee sieht mich befremdet an, weil mein Ton vermutlich äußerst abwertend war. »Was hast du denn auf einmal? Ist doch spannend, wenn ein Neuer da ist.« Sie stupst mich an. »Verstehe gar nicht, warum du so mies drauf bist. Ich finde es eben aufregend, wenn in unserem Kaff mal was passiert. Außer dass Tant Janßen gestorben ist oder Onkel Willi einen über den Durst getrunken hat. Also: keep cool, Dana. Lern Mick doch einfach mal kennen!«

»Muss ich nicht. Keine Jungs, schon vergessen? Von daher lässt es mich kalt, ob er nett ist oder nicht. Ob er Spiegelei mag oder Spinat. Ob er BMX fährt oder Fußball spielt. Es. Ist. Mir. Egal!« Ich rege mich wahnsinnig darüber auf, wie verrückt alle nach diesem neuen

Typen sind. Er interessiert mich nicht die Bohne, und Fee sollte es ebenfalls gleichgültig sein. Wir haben uns.

Plötzlich steht Miri wieder neben uns. Sie hat inzwischen ein Kaugummi im Mund und ploppt damit herum. Das soll wohl lässig wirken. Ich finde es albern. Wir sind schließlich keine Kleinkinder mehr. Aber ich halte meinen Mund. Dann aber fällt mir etwas auf. Miri riecht anders. Süßlich.

»Hast du Parfüm drauf?«, frage ich sie sofort.

Miri läuft wieder feuerrot an.

»Von meiner Mutter. La vie est belle.« Sie zupft an ihrem braun-blonden Pferdeschwanz herum. Ich habe sie noch nie mit einer anderen Frisur als dieser gesehen. Immer alles streng nach hinten gekämmt und mit einem Zopfgummi gehalten. Aber die Frisur passt zu ihr, weil sie eben ist, wie sie ist.

»Riecht gut«, sagt Fee. »Hast du die Jungs noch gesehen?«

Ich kann es bald nicht mehr hören. Aber ich verkneife mir einen Kommentar.

»Sie haben sich eine Cola geholt und sind dann weg. Schade. – Aber sieht Mick nicht süß aus! Allein diese Augen!« Miri sendet einen verzückten Blick zum Himmel. »Wenn ich mir ihn auf seinem Bike vorstelle. Mit so einem richtig schweren Trick. Einen klasse One-Eighty oder Barspin.« Sie klärt uns noch kurz auf, was das genau für Tricks sind, aber das interessiert mich auch nicht weiter. Mir ist es so was von egal, ob Michael Breidenbaum sich mit seinem BMX in der Luft um 180 Grad dreht oder den Lenker beim Sprung um 360 Grad herumsausen lässt.

»Woher weißt du überhaupt, was das alles ist?«, frage ich sie.

»Mick ist erst seit heute an der Schule, und du wirfst mit diesen Fach-ausdrücken um dich, als wärst du selbst BMXer.«

Miri sieht mich scheu von unten her an. »Hab ich in der Mathestunde heimlich gegoogelt. Ist doch voll peinlich, wenn sie was erzählen und ich weiß nicht, was das ist.«

Ich rolle genervt mit den Augen. Hier läuft echt so einiges schief.

Jetzt erzählt Miri noch, dass die Jungs entweder Street fahren und dabei sämtliche Mauern, Treppen und Parkbänke für ihre Tricks nutzen, oder sie fahren Park. Das ist, wenn sie auf den Skateranlagen die Rampen hoch- und runterfahren und Sprünge machen und so etwas.

Fee lauscht andächtig, und wenn sie etwas nicht verstanden hat, lässt sie es sich erklären.

»Wollen wir mal wieder über etwas anderes quatschen?«, schlage ich vor, weil ich mich langweile.

Widerwillig unterbricht Miri ihren Vortrag. »Ich will sowieso noch von Sofie Geschichte abschreiben.« Sie verabschiedet sich. »Aber hat Mick nicht tolle Augen?«

Die Augen sind kalt wie das Eismeer, schießt es mir durch den Kopf, aber ich halte meinen Mund. Es stimmt auch nicht, denn Mick hat tatsächlich fantastische Augen. So, als ob Sterne darin tanzen.

3

Am nächsten Tag bin ich dummerweise krank. Mein Hals schmerzt so sehr, dass ich kaum schlucken kann, und mein Kopf glüht. Deshalb lässt Ma mich zu Hause. »Es sind ja bald Ferien, du verpasst sicher nicht viel. Und mit deiner Grippe steckst du höchstens alle an. Jetzt ist ausruhen angesagt.«

Ich widerspreche ihr nicht, weil ich wirklich nicht gewusst hätte, wie ich zur Schule hätte gehen sollen, so schlapp, wie ich bin. Also genieße ich lieber die freie Zeit, soweit das mit meinen Schmerzen geht. Ma bringt mir Frühstück, und ich kann faulenzen. Sie stellt mir einen kleinen Tisch ans Bett. »Hier hast du eine Kanne Tee, ein paar Kekse und Papiertaschentücher.« Sie streicht mir über den Kopf.

»Hauptsache, Miep lammt nicht, wenn ich hier im Fieberwahn stecke«, überlege ich laut.

Aber Ma kann mich beruhigen. »Es sieht im Augenblick wohl nicht danach aus, als wäre es schon so weit. Deine Schafdame wird sicher warten, bis du wieder gesund bist. Sie will ohne dich ihr Lamm bestimmt nicht bekommen. Tiere spüren so viel, und ihr seid euch sehr wichtig.«

Ich schaue sie zweifelnd an. »Meinst du?«

»Aber ja.« Ma küsst mich auf den Scheitel. »Bleib entspannt und werde lieber schnell wieder gesund.« Dann gibt sie mir etwas gegen das Fieber und die Kopfschmerzen, und ich döse ein wenig ein.

Als die Tablette wirkt, werde ich munterer und greife zu meinem

Buch, das auf dem Nachttisch liegt. Ich lese unglaublich gern und jetzt verschlinge ich *Loving You* von Emily Lewis. Das Buch ist so spannend, und mein Herz klopft heftig mit. Auch wenn ich selbst momentan keine Liebe erleben will: Darüber zu lesen macht auch mir Spaß.

Nur leider dröhnt mein Kopf nach einer Stunde wieder, und ich muss erneut etwas schlafen. Als ich aufwache, zieht sich der Tag fast endlos in die Länge. Ich bin froh, als Fee am Nachmittag zu Besuch kommt. Sie drückt mich einmal fest. »Nicht, dass du auch noch krank wirst«, warne ich sie, aber meine Freundin winkt lachend ab.

»Wenn, dann habe ich mich bestimmt sowieso schon angesteckt. Du hast die Viren sicher auch gestern schon an dir gehabt.«

Ich stopfe mir das Kopfkissen fest in den Rücken, weil wir uns so besser unterhalten können. Fee kuschelt sich auf meinem Sofa in die karierte Decke ein.

Sie erzählt mir, was wir in der Schule durchgenommen haben, und erklärt mir die Hausaufgaben. Ich kann mich allerdings nicht lange konzentrieren. Mein Kopf dröhnt schon wieder, und ich beginne zu frieren. Ich weiß schon jetzt, dass ich in Mathe völlig versagen werde, weil ich bereits gestern nur Bahnhof verstanden habe. Das Fach liegt mir einfach nicht. Mamas Argument, vor Ostern kaum was zu verpassen, war eine Fehleinschätzung, der Unterricht wird gnadenlos bis zur letzten Minute durchgezogen. Fee verspricht, mir bei allem zu helfen, aber mir geht es mittlerweile so mies, dass ich ihr nicht mehr folgen kann. Eine Grippe braucht wirklich kein Mensch. Also berichtet sie mir, was sonst in der Schule los war.

Obwohl ich nicht so richtig bei der Sache bin, fällt mir auf, dass Fee sich anders als sonst benimmt. Sie bemüht sich zwar um Lockerheit, aber sie schweigt immer wieder ungewöhnlich lange und guckt verträumt umher. Und sie wirkt verlegen, wenn Chris' Name fällt. Ich will es genau wissen und frage betont gelangweilt nach: »Was gibt es denn Neues vom King des Schulhofs?«

»Du redest von Mick?« Fee legt den Kopf schief. »Interessiert er dich doch?«

Ich schüttele heftig mit dem Kopf. »Nie im Leben!«

Sie lächelt. »Viel gibt es da nicht. Ich finde es allerdings super, wie freundlich sich Chris bemüht, dass er Anschluss findet.«

»Du wiederholst dich.« Ich angle mir ein Papiertaschentuch und schnäuze meine Nase. »Mich hat auch nur interessiert, ob noch immer alle so abgehen und ihm beinahe huldigen.«

Fee spitzt die Lippen. »Ja, sie sind alle sehr neugierig, was er für ein Typ ist. Er ist fast nur mit Chris zusammen, sonst weiß ich kaum etwas über ihn. Angeblich redet er nicht viel und weicht allen Fragen aus.«

Ich nage an meiner Unterlippe. »Es ist wirklich eigenartig, dass er so kurz vor den Osterferien zu uns gekommen ist.« Schon als ich es ausspreche, ärgere ich mich über diesen Satz. Aber sofort rutscht mir der zweite heraus. »Normalerweise hätte es ja wohl gereicht, wenn er danach aufgeschlagen wäre.«

Wobei es mir lieber gewesen wäre, er wäre gar nicht gekommen, aber das sage ich nicht laut.

Fee zuckt, ebenfalls gelangweilt, mit den Schultern und gähnt. »Keine Ahnung. Er ist vorgestern hierhergezogen und er will wohl nichts verpassen. Dass er aus Bremen kommt, weißt du doch schon.«

»Was für ein Rückschritt«, ulke ich. »Aus der Weltstadt Bremen nach Klein-Deekendorf!«

»Du bist doch sonst nicht so gehässig drauf«, sagt Fee und sieht mich mit befremdetem Blick an. »Was schert es dich, ob er nun in Deekendorf lebt?«

Ich will mich mit meiner Freundin nicht streiten, auch wenn mein schlimmer Verdacht wächst und wächst. Deshalb wechsle ich schnell das Thema. »Nur noch zwei Tage bis zu den Osterferien. Ich bin froh, dass du hierbleibst und nicht nach Spanien fährst.«

»Ich werde meine Oma vermissen, du weißt, ich liebe ihren Kuchen. Aber ihre Hüfte tut ihr echt verdammt weh. Muss ekelig sein, wenn man daran operiert worden ist. Auf jeden Fall wäre es ihr zu viel, wenn ich da bin. Im Sommer werde ich sie dafür etwas länger besuchen.« Fee lächelt mich an. »Mir wird sonst die Paella zu sehr fehlen.«

Das glaube ich ihr aufs Wort. Fee liebt die spanische Küche und vor allem das, was ihre Oma für sie kocht und backt. Ich selbst kann nicht allen Speisen etwas abgewinnen, vor allem, wenn es um diese Tintenfische oder die kleinen Sardellen geht. Aber wenn Fees Mutter Tortilla macht, das ist ein deftiger Kartoffelkuchen, begeistert mich das auch.

Wir klönen noch weiter über das spanische Essen und wechseln dann zum Hofladen meiner Mutter. Dort helfen Fee und ich ab und zu aus.

Es ist toll dort. Ma verkauft selbst angebautes Bio-Gemüse und Bio-Obst. Und ihre herrlichen Marmeladen und Konfitüren! Weil ich Fee das Spinnen beigebracht habe, bieten wir auch unsere gesponnene Wolle dort an. Und natürlich gestrickte Socken und so etwas.

»Was wollen wir eigentlich als Nächstes für den Laden stricken?«, fragt Fee nun. Wir sind jetzt bei meinem Lieblingsthema angekommen.

»Stulpen? – Nein, der Sommer kommt. Eher Armbänder und dünne Loops.«

Wir denken noch über verschiedene Farben und Muster nach, und die Zeit vergeht wie im Flug. Ich finde das gut, vor allem, weil

Mick und Chris kein Thema mehr sind. Allerdings kommt mir Fee weiterhin ein bisschen abwesend vor.

»Ist was?«, hake ich nach. »Du hörst mir manchmal gar nicht richtig zu.«

Fee schrickt zusammen. »Stimmt«, bestätigt sie. »Als ich hergefahren bin, ist mir Mick auf dem Weg begegnet. Aber ohne Chris.«

Nicht schon wieder der. Wir waren doch schon auf einem so guten Weg! »Und?«

»Wir haben uns unterhalten.«

Muss ich Fee denn alles aus der Nase ziehen? »Worüber?« Ich niese und suche nach einem Taschentuch.

»Er hat nach dir gefragt, und ich habe ihm gesagt, dass du eine Grippe hast.«

Endlich habe ich das Taschentuch gefunden und schnäuze meine Nase. »Dann weiß er es jetzt.« Doch plötzlich runzele ich die Stirn. Warum will Mick was über mich wissen? Bevor ich Fee das fragen kann, beginnen ihre Augen zu leuchten, und sie spricht weiter: »Oh, er weiß jetzt auch, dass wir stricken. Er selbst will es aber nicht versuchen.«

Nun muss ich doch lachen. »Das hast du dem Typen nicht ernsthaft vorgeschlagen, oder?« Ich schnäuze erst einmal wieder meine Nase. Sie juckt wirklich meganervig. Weil ich kaum atmen kann, angle ich nach dem Nasenspray. Fee wartet geduldig, bis ich wieder zuhören kann.

»Doch, klar. Er war sogar ziemlich interessiert und wollte es Chris am Ende vorschlagen.«

»Ich stelle mir den Super-Angeber Mick gerade auf seinem BMX mit Strickzeug in der Hand vor. Da muss er bei seinem Dirty Jump nur achtgeben, dass er die Maschen nicht verliert«, näsele ich.

Fee teilt meinen bissigen Humor nicht, sondern plaudert munter weiter. »Und ich habe ihm erzählt, wie toll du bist. Also, dass du Lämmer auf die Welt holen kannst, Trecker fährst. Im Stall arbeitest und das alles.«

Ich weiß, dass Fee mich dafür bewundert. Sie findet alles zwar spannend, würde das aber niemals tun. Sie streichelt gern Lämmer und die Mutterschafe, und das war es dann auch. »Meine Stallarbeit fand er vermutlich höllisch interessant. Dana, die Bauernbraut, mit roten Haaren und einer Forke in der Hand.«

»So denkt er, glaube ich, nicht«, sagt Fee. »Er scheint mir ganz okay zu sein. Und wenn er nach dir fragt, dann erzähle ich ihm, was ich weiß. – Kann ich mir einen Keks nehmen?«

Ich nicke. »Hast du ihm nur von mir erzählt, oder hattet ihr auch noch ein anderes Thema?«

Fee runzelt die Stirn. »Ja, er hat gesagt, dass er mit seinem Vater und dessen neuer Freundin hierhergezogen ist. Da ist er aber schnell still geworden. Als ob ihm was peinlich ist.«

Ich seufze. »Als ob dem was peinlich sein würde! Fee! Denk nach!«

Ich winke ab. »Besser, wir wechseln das Thema.«

»Für die nächsten Tage haben sie grottenschlechtes Wetter angesagt. Scheint gleich loszugehen.« Fee weist zum Fenster, wo man schon die ersten dunklen Wolken sieht. Sie wirkt etwas beleidigt, weil ich mich nicht so sehr für dieses Mick-Thema begeistern kann. »Ich muss jetzt auch nach Hause. Hab echt keine Lust, nass zu werden und dann womöglich die Osterferien doch krank im Bett zu verbringen.« Sie packt ihre Sachen zusammen.

»Ich dachte, du bist unempfindlich gegenüber Viren«, sage ich grinsend.

»Man soll das Schicksal aber nicht herausfordern, oder?«

Als Fee weg ist, stehe ich kurz mit wackeligen Beinen auf und hole mir mein Strickzeug ans Bett. Ich habe gestern ein paar dicke Socken begonnen. Schön bunt sollen sie werden, mit vielen Streifen. So etwas lieben die Feriengäste sehr. Lange halte ich das allerdings nicht durch. Die Grippe schafft mich, und ich bin unglaublich müde.

4

Endlich scheint mal wieder die Sonne, nachdem es die letzten Tage ununterbrochen gegossen hat. Echtes ostfriesisches Schietwetter war das! Zum Glück ist es jetzt besser, denn nun sind Osterferien, ich bin bis auf einen kleinen Restschnupfen wieder gesund und habe absolut keine Lust auf Dauerregen. Weil mich diese Grippe in den letzten Tagen ziemlich hinweggerafft hat, bin ich bislang im Haus geblieben. Miep hat noch nicht gelammt. Das wäre so ärgerlich gewesen, weil ich unmöglich hätte dabei sein können. Bestimmt hat Ma recht, und sie wartet auf mich, weil sie spürt, wie wichtig es für mich ist, dabei zu sein. Dass ich das glaube, erzähle ich aber lieber keinem.

Nun geht es ohnehin aufwärts. Ich fühle mich kräftig genug, länger aufzustehen und auch wieder rauszugehen.

Immerhin habe ich während meiner Krankheit einen Loop für Mama und zwei Paar Socken gestrickt. Und meinen Roman ausgelesen. Fee will mir heute neuen Lesestoff aus der Bücherei mitbringen. Sie ist genauso eine Leseratte wie ich, liest aber viele Bücher auf Spanisch, damit sie die Sprache nicht verlernt.

Eine Böe fegt ums Haus, und es scheppert draußen laut. Ich stelle mich ans Fenster und blicke über den Hof unserer Deichschäferei. Links befinden sich die Stallungen mit der Remise, und rechts liegt die große Scheune mit den roten Dachziegeln. Geradeaus verläuft die Zuwegung, an deren Anfang sich Hilmars Häuschen befindet. Noch sind unsere Schafe im Stall, aber schon bald werden sie mit ihren

Lämmern draußen auf den Weiden sein. Dann geht es viel beschaulicher auf dem Hof zu. Jetzt hört man die Tiere oft blöken, jemand ruft etwas, oder einer unserer Hunde bellt. So wie jetzt. Bestimmt ist es Sally. Sie ist jünger und noch etwas ungestüm.

Der kräftige Wind hat in der Nacht zwar alle Wolken weggeweht, aber er sorgt auch für einen unangenehmen Zug im Haus. So dicht kann man in Ostfriesland wahrscheinlich gar keine Häuser bauen, dass die Fenster den eisigen Ostwind in der kalten Jahreszeit abhalten. Trotzdem ist es ein schöner Tag. Der Himmel zeigt sich in kitschig tiefem Blau, so wie auf den Postkarten, die die Urlauber hier kaufen. Ich entdecke schon die ersten Narzissen, die ihre Knospen in die Sonne richten. Ich liebe den Frühling, wenn alles zu blühen beginnt und ich morgens vom Gesang der Vögel geweckt werde.

Fee geht es genauso. Wir ticken ohnehin ähnlich, beste Freundinnen eben. Deshalb können wir uns auch stundenlang über banale Dinge unterhalten. Welche Vogelart am schönsten singt und so.

Heute ist wieder unser MiFüUhTe. Da werde ich Fee mal ein bisschen ausquetschen, was es Neues von Mick und Chris gibt, denn sie ist jetzt zwei Tage gar nicht hier gewesen. Das ist sehr eigenartig, mir kann sie nichts vormachen: Sie verschweigt mir etwas! Ihre WhatsApps sind zudem so knapp gehalten, dass es mich zusätzlich stutzig werden lässt. Aber wir haben eine Abmachung. Getroffen vor einem Jahr um Mitternacht in einer Vollmondnacht. Fee hat sich daran genauso zu halten wie ich, selbst wenn Pietro Lombardi persönlich hier einschweben und sie bezirzen würde. Den findet Fee nämlich auch cool.

Ein bisschen Zeit ist ja noch, also gehe ich in den Stall zu Miep. Wenn ich meine Ruhe brauche oder mich langweile, ist der Schafstall der beste Ort für mich. Und wenn ich Kummer habe oder mich ärgere, erst recht. Miep hört mir immer zu. Klar, sie kann schließlich nicht reden, nur blöken, aber ich glaube, sie versteht, wenn es mir nicht gut geht.

Auch jetzt scheint sie mich schon erwartet zu haben. Sie steht am Gatter und blökt laut, als sie mich sieht. Ich habe natürlich ein Leckerli für sie dabei. Wir verkriechen uns in die Ecke des großen Laufstalls und kuscheln ein bisschen. »Na, meine Kleine«, sage ich. »Wann bekommst du endlich dein Lamm? Ich bin schon so neugierig!«

Miep stupst mich an. Ihr Bauch ist richtig dick, lange kann es nicht mehr dauern. Ich prüfe ihre Zitzen und beobachte Miep. Allerdings zeigt sie noch keine deutlichen Zeichen einer unmittelbar bevorstehenden Geburt. Ganz ruhig kaut sie an einem Heuhalm. Ein anderes Mutterschaf ist hingegen unruhig und sondert sich bereits von der Herde ab. Bei ihr ist die Milch auch schon eingeschossen. Ich werde gleich Pa Bescheid geben. Doch da kommt schon Hilmar und nickt mir zu.

In spätestens zwei Stunden haben wir ein neues Lamm.

Hilmar ist ein recht junger Typ, aber er hat es mit den Schafen super drauf. Er wohnt im Arbeiterhaus auf dem Weg zur Schäferei. Arbeiterhaus klingt so negativ, sagt Fee immer. Früher nannte man das wohl auch Gesindehaus, weil dort die Knechte und Mägde gewohnt haben und man sie Gesinde nannte. Das Haus ist alt, aber mein Vater hat es wunderbar renoviert, und Hilmar hat es wirklich schön dort.

Ich schließe die Augen und genieße das vertraute Geräusch der vielen Schafe, die um mich herum sind. Ich höre sie kauen, herumlaufen, manchmal leise blöken. Doch dann fahre ich zusammen, und Miep macht erschrocken einen Satz zur Seite. Ich habe die Zeit völlig vergessen!

Weil meine Freundin stets sehr pünktlich ist, sollte ich jetzt alles für den MiFüUhTe vorbereiten und nicht länger herumtrödeln. Noch nie ist es vorgekommen, dass Fee auch nur eine einzige Minute zu spät kam. Weil ich wirklich die Uhr danach stellen kann, habe ich schon mal vermutet, dass sie vor der Haustür immer genau so lange mit dem Klingeln wartet, bis exakt MiFüUhTe ist.

Demnach hätte ich noch zehneinhalb Minuten Zeit. Klingt viel, aber ich bin ja noch nicht wieder so richtig auf dem Damm. Ich gehe ins Erdgeschoss in die Küche, stelle das Teewasser an, brühe den Tee auf und decke im Wintergarten den Tisch ein. Ma hat wie versprochen den Kaminofen schon vorsorglich angeheizt, und er strahlt diese gemütliche Wärme aus. Ich liebe es, wenn die Holzscheite im Ofen knacken. Außerdem riecht es immer so unglaublich gemütlich, wenn das Feuer brennt.

Als Geschirr wähle ich natürlich das echt ostfriesische. Es besteht aus kleinen Tässchen mit blauem Streumuster, und Kluntjes und Sahne dürfen nicht fehlen. Als ich damit fertig bin, husche ich in die Küche, nehme das Teesieb aus der bauchigen Kanne und stelle sie mit dem Stövchen auf den Tisch.

Meine Wolle samt Stricknadeln habe ich nach dem Mittagessen schon hinuntergebracht. Nun fehlt nur noch Fee. Die alte Uhr in der Diele gongt dreimal, und im selben Moment klingelt meine Freundin auch schon. Sie stoppt ganz sicher die Zeit, selbst wenn sie behauptet, sie mache das nicht.

Ich eile zur Tür. »Hi, Fee!«, begrüße ich sie herzlich. Ich habe sie sehr vermisst. Gehauchtes Küsschen rechts, Küsschen links. Das haben wir uns so angewöhnt, denn in Spanien begrüßt man sich so.

»Hi, Dana!« Fee lächelt mich an. Nein, sie lächelt nicht, sie grinst. Ziemlich breit. Von einem Ohr zum anderen. Sie ist zwar immer ein fröhlicher Mensch, aber das hier ist anders. Hat sie nicht nur einen Clown, sondern einen ganzen Comedyclub gefrühstückt?

Ich lasse meine Freundin erst einmal rein. Sie trägt ihr langes, glänzend schwarzes Haar wie meist zu einem Zopf gebunden. Über ihrer Jeans hat sie seitlich eine dunkelblaue Bluse geknotet. Fee kann anziehen, was sie will: Sie sieht immer klasse aus. Das kann man von mir leider nicht sagen. Nach meiner Grippe ist es besonders schlimm. Meine Haare stehen im Augenblick vom Kopf ab, als hätte ich einen elektrischen Schlag bekommen.

»Warum strahlst du so?«, frage ich Fee dann doch neugierig, denn sie hört einfach nicht auf zu grinsen. Irgendwas Supertolles muss passiert sein. »Darfst du in den Osterferien doch zu deiner Oma nach Spanien fahren?« Das wäre eine wunderbare Erklärung für ihre übermäßig gute Laune, denn Fee ist immer ganz aus dem Häuschen, wenn sie ihre Großmutter in Figueres besuchen darf.

Fee schüttelt den Kopf, und zugleich erlischt das Lächeln, als hätte ich es mit meiner Frage ausgeknipst. Das macht mich jetzt doch stutzig. Also keine Reise nach Spanien.

Fee lässt sich auf den Sessel fallen und reckt die Arme theatralisch zur Decke. »Hab einfach gute Laune.« Dann greift sie in ihre Stricktasche und fördert die neue rote Wolle zutage, aus der sie sich einen Pullover stricken will. Das hat sie mir schon per WhatsApp und Foto angekündigt. Dieses dunkle Rot passt bestimmt toll zu ihren schwarzen Haaren.

»Sind heute Nacht wieder Lämmer auf die Welt gekommen?«, fragt Fee, während sie sich alles zurechtlegt.

Ich runzle die Stirn. Es ist März, da kommen täglich Lämmer auf die Welt, und sie weiß das. »Ja, es waren tatsächlich acht Stück. Warum fragst du?« Ich schaue sie immer beunruhigter an. »Einmal Vierlinge und viermal eins. War wohl eine turbulente Nacht. Ich hoffe, ich bin bald wieder so fit, dass ich dann mit in den Stall kann. Die vielen Geburten verpasse ich nur ungern.«

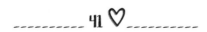

Fee hat ihre Maschen schon angeschlagen und beginnt zu stricken. Ihre Hände zittern zuerst leicht, aber dann klackt es so regelmäßig, wie ich es von ihr kenne.

»Ich habe mich für ein Perlmuster entschieden«, sagt sie, als ich rüberschaue.

»Sieht gut aus. Versuche ich auch mal.«

Auch ich beginne zu stricken. Der Ofen bollert, ab und zu knackt ein Holzscheit, und sonst hört man nur das Klacken der Stricknadeln. Das ist übrigens ein sehr beruhigendes Geräusch.

»Meditativ«, sagt Ma immer. Meine Mutter beschäftigt sich viel mit so etwas. Wiedergeburt, Aura und Achtsamkeit. Es kann also durchaus vorkommen, dass meine Ma, wenn auf dem Hof nichts zu tun ist, irgendwo auf einem Bein steht, die Hände wie zum Gebet über den Kopf hält und die Augen geschlossen hat. Dann macht sie Yoga. Ich habe davon keine Ahnung, finde es aber so schräg, dass wirklich nur Fee davon weiß. Eine Schäferin auf einem Bein im Garten wäre für Typen wie Mick bestimmt ein gefundenes Fressen. Ne, besser, ich behalte die Marotten meiner Ma für mich.

»Ist Miep nicht bald dran mit ihrem ersten Lamm?«, fragt Fee nach einer Weile.

Wieder nicke ich.

»Kann jeden Tag losgehen. Aber noch ist es nicht so weit.«

Aber das weiß Fee alles, das haben wir oft genug durchgekaut. Warum redet sie um den heißen Brei herum und sagt nicht, was los ist? Dass sie mir etwas verschweigt, ist unübersehbar. Dazu kenne ich sie einfach zu gut. Niemals könnte Fee mir etwas vormachen. Niemals!

Wieder mustere ich meine Freundin, schenke uns Tee ein und

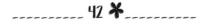

sehe sie abwartend an. »Mit dir stimmt doch was nicht! Nun sag schon, was los ist!«

Fee lässt die Hände mit dem Strickzeug sinken, und ihr Blick schweift durch den Wintergarten. Aber sie schweigt noch immer.

Fee will also nicht reden, aber ich werde schon noch dahinterkommen, was sie so zum Leuchten bringt.

Mein Loop ist fertig. Den werde ich im Laden anbieten, denn er ist aus grellpinker Wolle gestrickt, und das sieht zu meinem roten Haar nicht gut aus. Aber die Feriengäste mögen das. Ich schlage die Maschen für den nächsten an. Ich war vorhin noch unsicher, ob ich doch Stulpen, einen weiteren Loop oder sogar ein kleines Armband stricken möchte, und wollte das eigentlich mit Fee diskutieren. Doch nun entscheide ich das eben selbst. Siebzig Maschen sind notwendig, dann habe ich einen einfachen Loop, den ich nicht wickeln muss. Ich habe mir dafür nicht zu dickes Baumwollmischgarn in einem sanften Grünton ausgesucht, denn ich möchte das Teil an kühleren Sommerabenden tragen.

Während ich die Maschen anschlage, sehe ich heimlich zu Fee hinüber, die sich unbeobachtet glaubt. Sie grinst noch immer vor sich hin und sie sieht dabei anders aus als sonst. Anders, als wenn sie von Spanien erzählt. Von ihrer Oma und den Pyrenäen. Und Figueres, der Stadt, in der ihre Großmutter lebt. Dort, wo sich das Dalí-Museum befindet. Oder von den Stränden in der Bucht von Roses, die weitläufig und wunderschön sind. Oder von den Klippen und dem tiefblauen Meer, ein Stück weiter südlich.

Ich bin mir ganz sicher, dass Fee an all das nicht denkt.

Also überlege ich ununterbrochen, wie ich ihr Geheimnis lüften soll, doch mir fällt einfach nichts ein, wie ich es anstellen könnte, ohne sie direkt mit meinem Verdacht zu konfrontieren. Ich bin mir sicher, dass es mit Chris und Mick zusammenhängt, und wenn sie nicht darüber reden will, dann muss es schlimmer sein als befürchtet. Sonst könnte sie mir ja locker davon erzählen.

»Ich habe auf dem Weg hierher Chris mit seinem BMX-Rad getroffen«, durchbricht Fee endlich das Schweigen. Es soll zwar gleichgültig klingen, aber das Zittern in ihrer Stimme verrät, dass ich so was von recht hatte mit meinen Befürchtungen! Chris also …

»Diesen Langweiler-Loser?«, frage ich nach. »Beim letzten Mal war es Mick, und nun Chris. Lauern sie dir auf?« Wundern würde es mich bei Fees Schönheit nicht. Obwohl ich mich cool gebe und gähne, bin ich trotzdem in Alarmbereitschaft. Aber ich will Fee nicht verschrecken, sie soll mit der Wahrheit rausrücken, und das um jeden Preis. »War er allein? Ohne seinen Guru Mick?«

»Allein. Mick musste nach Bremen. Ein Termin.«

»Was für ein Termin?«

»Was weiß denn ich? Darüber haben Chris und ich nicht gesprochen.«

»Und was erzählt Herr LL so?«, frage ich, obwohl es mich nicht interessiert, was Chris zu sagen hat.

Fee läuft plötzlich feuerrot an.

Lass es nicht sein, was ich vermute! Bitte, bitte nicht!, flehe ich innerlich. Deshalb sage ich gehässig: »Kann Herr LL denn überhaupt allein denken?«

Fee senkt den Kopf, und das ein bisschen zu lange. Das Rot in ihrem Gesicht schwindet aber nicht. Im Gegenteil: Es weitet sich bis zum Haaransatz aus.

Mir wird heiß und kalt. Fee ist dabei, unseren Schwur zu brechen! Das darf doch nicht wahr sein! Sie hat sich verliebt! Und nicht in irgendwen, sondern ausgerechnet in Chris Mennen!

Eine Weile weiß ich nicht, wie ich reagieren soll. Ich sortiere meine Worte und frage vorsichtig: »Bist du sicher, dass du die Sache im Griff hast?«

Fee schnaubt, denn sie weiß sofort, was ich meine. Ihre Stimme klingt ungewohnt scharf, als sie sagt: »Was soll das? Ich habe mich mit Chris nur unterhalten. Damit breche ich unseren Schwur ja nicht!«

Ich schaue sie zweifelnd an.

Fees Blick beginnt zu flackern. »Hey, Dana! Unsere Abmachung besagt nicht, dass ich mit keinem Jungen mehr reden darf. Ich habe nur geschworen, mich nicht zu verlieben, okay? Also mach kein solches Gesicht!«

Ich weiß auch nicht, was mich plötzlich reitet, aber ich werde total wütend. »Mann, Fee! Guck dich doch einmal an! Du grinst so breit, als hättest du eine Banane quer im Mund! Du himmelst Mick und Chris an, als wäre einer der Messias und der andere sein Jünger! Du bist auf dem besten Weg, unseren Schwur zu brechen, und tust echt gerade so, als wäre das normal!«

Fee steckt ihr Strickzeug sofort zurück in die Tasche. Ich sehe ihr an, dass sie innerlich kocht. »Du bist so selbstgerecht, Dana!« Sie springt auf. »Ich hab echt keinen Bock mehr, mit dir zu diskutieren, was ich darf und was nicht. Ich kann schließlich machen, was ich will, und muss mich nicht für jeden Schritt rechtfertigen! Ich habe die Nase gestrichen voll! Ich! Habe! Nur! Mit! Chris! Geredet! Mehr! Nicht!« Wütend schnappt sie nach ihrer Tasche, rennt aus dem Wintergarten und knallt die Haustür hinter sich zu.

Ich sitze wie verdattert vor meiner Tasse Tee und kann nicht fassen, dass wir uns tatsächlich zum ersten Mal heftig gestritten haben – und das wegen eines Jungen! Nein, nicht wegen eines Jungen, sondern gleich wegen zweien.

Als ich den Tisch abräume, kommen mir die Tränen. Das ist doch der totale Mist!

Verdammt, warum gibt es überhaupt Jungs? Die machen doch nur Ärger!

5

»Dana, komm schnell! Es gibt Probleme!« Es ist vier Uhr morgens, und meine Ma steht in der Tür meines Zimmers. Sie hat ihre Stallklamotten an, das rote Haar ist unter einem Kopftuch versteckt.

Ich bin sofort hellwach, denn Probleme mitten in der Nacht kann nur heißen, dass ein Schaf Schwierigkeiten beim Lammen hat. Wenn Ma mich dazuholt, ist es meist wirklich kritisch.

»Ist was mit Miep?«, frage ich sofort, aber Ma schüttelt beruhigend den Kopf. »Nein, nur hat das eine Schaf drei Lämmer bekommen. Eins war zu lange im Mutterleib und braucht jetzt Unterstützung, damit es trinkt. Ich kann das nicht tun, weil wir in Kürze noch weitere Lämmer bekommen. Obwohl wir schon zu dritt im Stall sind, Papa, ich und Hero, schaffen wir es nicht. Kannst du uns helfen? Oder fühlst du dich noch zu schwach?«

Ich schüttele den Kopf. Mir geht es tatsächlich schon wieder gut. Jedenfalls was die Grippe angeht. Der Streit mit Fee vom Nachmittag nagt noch immer an mir. »Ich kann das machen, kein Problem!«

Meine Mutter verschwindet sofort wieder, sie weiß, dass sie sich auf mich verlassen kann. Vergessen sind mein Kummer und der Streit mit Fee. Jetzt gilt es, das Lämmchen zu retten.

Ich schlüpfe sofort in meine Stallhose, die in der Diele immer griffbereit hängt, ziehe die Gummistiefel an und haste über den Hof in den Stall. Noch im Laufen bändige ich meinen roten Schopf mit einem Gummiband. Es ist recht frisch draußen, und der Märzwind pfeift unangenehm um die Ecke. Deshalb kehre ich noch einmal um und schnappe meinen dicken Wollpulli, den mir Ma einmal gestrickt hat. Sally und Sandy toben auf dem Hof herum und freuen sich über die unerwartete Aufregung.

Im Stall ist es dann schön warm. Ich liebe den Duft der Schafe, das leise Rascheln, wenn sie sich auf dem Stroh vorwärtsbewegen und dabei hin und wieder blöken. Unsere rund 800 Schafe haben wir in mehrere kleine Herden aufgeteilt. Kommen die Lämmer hinzu, sind es noch mehr Tiere. Sie werden im Winter in großen Laufställen gehalten. Kündigt sich eine Geburt an, zieht sich die Mutter in eine geschützte Ecke zurück. Ich kann sofort sehen, welches Mutterschaf Probleme mit ihren Lämmern hat. Eins liegt im Stroh und schaut unglücklich in die Weltgeschichte. So ähnlich ist es mit Miep auch gewesen, damals ist der Versuch gescheitert, und ihre Mutter hat Miep als Lamm nicht anerkannt.

Meine Eltern sind schon mit der nächsten Geburt beschäftigt, genau wie Hero. Heute ist wirklich der Teufel los. Ich gehe zu dem schwachen Lämmchen und kümmere mich darum, dass es die Zitzen der Mutter findet. Immer wieder schubse ich es zu ihr, versuche, das kleine Maul ans Euter zu stoßen, massiere die Zitzen, damit ein paar Tropfen kommen. Nach einer Weile bin ich völlig kaputt, und am Ende bleibt mir nichts anderes übrig, als das kleine Lämmchen auf den Arm zu nehmen und den Kopf ganz dicht ans Euter zu bringen. Die älteren Geschwister muss ich dabei immer wieder wegscheuchen. Sie sind satt, aber neugierig, was ich hier mache. Es ist wichtig, dass die Mutter auch das schwache Junge anerkennt. Ein Lamm mit der Flasche oder Ersatznahrung aufzuziehen, sieht zwar niedlich aus, ist aber sehr anstrengend. Und für das Schäfchen ist es einfach besser, bei der Mutter zu sein, deren

Milch aus dem Euter zu trinken und später mit den Geschwistern über die Deichwiesen zu tollen. Glücklicherweise sucht das kleine Lamm von sich aus die Zitze und beginnt lautstark zu schmatzen, als die Milch kommt. Es dauert, bis es satt ist und auch die anderen noch einmal getrunken haben. Danach bringe ich die kleine Familie in eine Box am Rand des Laufstalls, wo sie zwar Kontakt zur Herde haben, aber sich dort in Ruhe aneinander gewöhnen können. Das machen wir mit allen Neugeborenen und ihren Müttern so. Es ist immens wichtig, dass sie die Verbindung zu ihrer Mutter bekommen, sonst finden sie sich später auf den Weiden nicht wieder.

Als ich mit allem fertig bin, sind auch die anderen beiden Lämmer auf der Welt. Ich besuche sie natürlich auch. Bei ihnen ist alles problemlos verlaufen. Weil ich sowieso wach bin, stromere ich noch durch den Stall und kümmere mich darum, dass die Raufen mit Heu gefüllt sind. Obwohl es fürs Frühstück eigentlich noch viel zu früh ist, knurrt mir jetzt der Magen. Ich habe geschlagene zwei Stunden im Schafstall verbracht.

»Danke!« Ma nimmt mich in den Arm. »Ich hätte das allein nicht geschafft, und du hast bei den Kleinen wirklich ein gutes Händchen. Eben eine klasse Aura und kein bisschen negativen Spirit.« Ist klar, dass dieser Nachsatz kommen muss. Meine Ma eben. Sie denkt nun mal anders als andere Mütter.

»Ich mache das ja gern«, entgegne ich. Ich liebe diese Winzlinge, wenn sie auf ihren dünnen Beinchen durch den Stall staken, mit dem Steert, das ist das Schwänzchen, wackeln und dann gesäugt werden. Und wenn alles gut gegangen ist, macht es besonders viel Freude.

»Ich gehe jetzt duschen und mache uns danach ein feines Frühstück«, sagt Ma und wischt sich die Hände an der Hose ab. Sie schaut mich liebevoll an. »Du willst zuvor bestimmt auch noch ins Bad, oder?«

Ich grinse breit. »Hab schon verstanden, was du sagen willst. Dana stinkt nach Schaf!«

»Dann mal los!«

Zum Glück haben wir zwei Badezimmer, sodass Ma und ich parallel duschen können.

»Ich beeile mich«, sagt meine Mutter noch im Weggehen. »Hilmar steht bestimmt pünktlich um sieben Uhr vor der Tür. Er löst Hero dann ab.«

Ich blicke Ma nach, wie sie sich das Kopftuch herunterzupft und mit müden Schritten zum Wohnhaus läuft. Die Lammzeit ist manchmal sehr anstrengend, und meine Eltern schlafen oft nur wenige Stunden. Wenn unsere Schafe erst auf den Deichwiesen sind, wird es wieder ruhiger. In einer Schäferei fallen aber immer viele Arbeiten an. Klauenpflege, Wurmkuren, Schafschur, Weidekontrollen, Heu machen und anderes. Die Lammzeit ist allerdings am stressigsten.

Ich gehe also rasch duschen, und während ich mich einschäume, wandern meine Gedanken sofort wieder zu Chris und Fee.

Warum findet meine Freundin ausgerechnet diesen Spinner so hot? Ich sehe unseren Schwur ernsthaft in Gefahr und weiß auch nicht, ob unsere Freundschaft es aushält, wenn Fee sich zwischen Chris und mir entscheiden soll. Schließlich war es ja nicht allein meine Idee gewesen, diesen Eid zu leisten. Genau genommen, hatte Fee damit angefangen.

Ein bisschen fühle ich mich verraten, aber noch ist ja nichts Schlimmes passiert, und mit etwas Glück ist die Situation irgendwie zu retten.

Ich rubble meine Haare trocken und beschließe dann, mich ein kleines bisschen zu schminken. Nur als Test! Es hat mich ziemlich gewurmt, dass Mick mit Chris über mein Haar und die Sommersprossen gelästert hat. Fee hingegen plaudert munter mit den beiden, und ich bin das hässliche Entlein im Bunde. Ich kann schließlich mal austesten, wie ich geschminkt wirke. Nur so für mich.

Dazu bediene ich mich am Schminkkästchen meiner Mutter. Sie macht sich nur selten zurecht, aber wenn, sieht sie einfach klasse aus. Ich habe noch nie Lidschatten benutzt und trage alles nur dezent auf. Das steht mir wider Erwarten gut, weil es die Farbe meiner ebenfalls grünen Augen hebt. Anschließend suche ich nach etwas Rouge und Lipgloss.

Als ich fertig bin, finde ich plötzlich nicht mehr, dass es besser aussieht. Ich komme mir fremd vor. Also wieder runter mit dem Kram. Egal, was ich anstelle: Aus mir wird nie ein Modeltyp. Und wen will ich denn überhaupt beeindrucken? Die Böcke im Stall? Oder gar diesen Blödmann Mick? Ganz sicher nicht!

Es wäre besser, er würde zurück nach Bremen gehen. Bevor er da war, war schließlich auch Chris für Fee kein Thema. Er scheint dessen Attraktivität immens gesteigert zu haben. Zuvor war unsere kleine Welt in Ordnung. Er hat den negativen Spirit aus der Stadt mitgebracht.

Oh Gott, ich denke ja schon wie meine Ma!

»Dana?«, ruft sie da auch schon. »Frühstück ist fertig!«

»Ich komme gleich!«, antworte ich und rubble die Schminke weiter vom Gesicht. Dabei verschmiert alles, und ich sehe nun aus wie ein Alien mit grünen Augen.

Schnell einen Waschlappen nass machen und Handseife draufgeben. Damit wasche ich mein Gesicht, erreiche aber lediglich, dass meine Augen wie Feuer brennen und am Ende dunkelrot unterlaufen sind.

Wie hält Ma das nur aus? Wenn sie sich schminkt, muss sie den Kram abends doch auch abbekommen! Allerdings sieht sie danach immer ganz manierlich aus.

Das Ganze dauert, und meine Mutter ruft nun schon zum dritten Mal nach mir. Endlich ist die ganze Schminke herunter. Es hilft ja nichts, ich muss in die Küche gehen. Dann sehe ich eben aus wie Besuch vom anderen Stern. Glücklicherweise kann ich mich heute den ganzen Tag in meinem Zimmer verkriechen und die Wunden lecken.

Als ich in die Küche komme, duftet es dort schon wieder verführerisch nach gebackenem Brot und frischem Kaffee.

»Wie siehst du denn aus?«, fragt Ma besorgt und betrachtet meine roten Augen.

Weil noch kein anderer da ist, beschließe ich, ehrlich zu sein. »Ich hab versucht, mich zu schminken. Dann sah das aber echt blöd aus, und ich musste den Kram wieder aus dem Gesicht bekommen.«

»Hast du heute noch etwas vor, weil du dich zurechtmachen wolltest?« Ma untersucht meine Augen näher. »Du magst das sonst doch gar nicht. Und nötig hast du es auch nicht.«

Ich schüttelte meine roten Locken. »Nein, war nur ein Test.« Ein völlig idiotischer.

Ma lacht laut auf. »Hättest du bloß etwas gesagt, Dani! Ich hätte dir gesagt, wie es ganz einfach wieder abgeht. Dazu nimmt man Abschminkmilch und Gesichtswasser. Für die Augen einen speziellen Augen-Make-up-Entferner. Was hast denn du verwendet?« Sie schüttelt fassungslos den Kopf.

»Seife aus dem Spender«, antworte ich geknickt und komme mir so was von dämlich vor, weil ich mit meinen vierzehn Jahren nicht

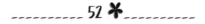

einmal weiß, wie man sich schminkt, und erst recht nicht, wie man den Mist wieder abbekommt.

Ma streicht mir übers Haar. »Am besten, du fragst mich beim nächsten Mal einfach. Dafür sind Mütter doch da.«

Ich nicke nur.

Sie prüft meine Augen ein weiteres Mal. »Ich hole dir was gegen das Brennen.«

Ma eilt hinaus und kommt kurz darauf mit einer kleinen Flasche zurück. »Ein paar Tropfen davon, und die Augen bessern sich!«

»Ich nehme keinen Hokuspokus!«, sage ich schnell. Bei Ma muss man echt aufpassen. Sie hat auch schon mal eine Warze besprochen. Die war zwar am nächsten Tag weg, aber ich fand es trotzdem sehr schräg.

»Das ist Augentrost. Träufele es ein paarmal mit der Pipette in deine Augen, dann sind sie wie neu!«

»Nicht mehr rot reicht«, murmele ich. »Aber bitte mach du es.«

Also lasse ich mir Augentrost geben, und tatsächlich hört das Brennen sofort auf.

Meine Mutter schmunzelt noch immer, und ich ahne, was sie denkt: Die kleine Dana ist verliebt und wollte sich schön machen. Ma weiß schließlich nichts von unserem Schwur. Und in wen von den Angebern auf der Schule soll ich mich denn verlieben? Es gibt wirklich keinen, der auch nur annähernd infrage käme. Deshalb kann ich mich locker an die Abmachung halten. Aber wer hätte gedacht, dass uns ausgerechnet Chris in die Quere kommt und Fee völlig durcheinanderbringt?

Als ich mich auf die Küchenbank fallen lasse, summt mein Handy. Schon am schmatzenden Kusston höre ich, dass es Fee ist. Ich gehe sofort dran, denn meine Freundin lasse ich nie warten. Sie klingt allerdings schon wieder viel zu gut gelaunt. Leider handle ich mir von Ma sofort einen bitterbösen Blick ein. Sie mag es nicht, wenn beim Essen telefoniert wird. Aber genau genommen haben wir ja noch gar nicht mit dem Frühstück begonnen, weil Pa, Hero und Hilmar fehlen.

»Hast du gleich Zeit?«, plaudert Fee nach der Begrüßung fröhlich weiter. So, als hätte es unseren Ärger gar nicht gegeben. Hey, ich mache mir einen Kopf wegen unseres Streits, und für sie ist die Welt einfach so wieder in Ordnung? Sie ist doch beleidigt abgerauscht, und ich finde, da ist zumindest eine Entschuldigung fällig.

»Eine Runde in die Stadt?«, fragt sie. »Bitte!«

Ich überlege nicht lange. Es bringt ja nichts, eingeschnappt zu sein. Fee und ich müssen dringend miteinander reden.

»Ich komme gern mit. Wann?«, antworte ich schnell.

Fee und ich verabreden uns um zehn an der Bushaltestelle in Diekhusen. Ich stecke das Handy jetzt lieber weg, denn Mamas Blick wird schärfer. Außerdem kommen gerade Hilmar, Hero und Papa rein.

Die beiden Mitarbeiter setzen sich auf ihre angestammten Plätze und schenken sich erst einmal eine Tasse Tee ein. Der Kandis knistert, als der heiße Tee darüberläuft. Hero sieht mich mit seinen braunen Augen interessiert an. »Hast du gut gemacht mit dem Lamm«, sagt er schließlich.

Mehr nicht, aber das ist aus Heros Mund schon das größte Kompliment. Er redet nämlich nicht viel.

Ich bin sehr stolz auf mich.

»War das eben Fee?«, fragt Mama, als ich aufgegessen habe und verstohlen an meiner Hosentasche herumnestle. Das Handy hat gerade wieder einen Schmatzton von sich gegeben, und ich vermute, dass es meine Freundin ist, die noch etwas loswerden will.

»Ja, wir wollen in die Stadt. Nur so. Just for fun.«

»Schaffst du das denn schon?«, fragt Ma sofort.

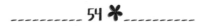

»Ich war heute Nacht doch auch im Stall, und wir fahren ja kein Rennen, sondern radeln ganz gemächlich durch die Landschaft.« Ich schaue sie an. »Aber was ist mit meinen Augen? Kann ich so unter die Leute?«

Pa grient breit. »Du hast den minimalen Anschein eines Vampirs und an deiner Frisur könntest du noch arbeiten!« Er schürzt die Lippen. »Aber sonst – ja!«

Ich greife mir augenblicklich ins Haar. Mist, kämmen vergessen. Dann sehe ich wirklich aus, als würde ich einen Finger in die Steckdose halten.

»Kann ich gleich noch mal tropfen?«, frage ich schnell.

Ma streicht mir über den Kopf und schiebt das kleine Fläschchen zu mir. »In einer halben Stunde schon. Dann müsste es auch besser sein.«

Ich glaube ihr nicht und gehe in den Flur, um das im Spiegel zu überprüfen. Ich betrachte mich abschätzend und komme zu dem Schluss, dass meine Augen tatsächlich ihren Zombiestatus verloren haben. Pa hat aber leider recht: Beim Haar besteht wirklich Styling-Bedarf. Das werde ich vor meiner Verabredung in Angriff nehmen. Zufrieden setze ich mich wieder an den Küchentisch.

»Wohin soll es genau gehen?« Mama ist großartig darin, mich ins Kreuzverhör zu nehmen, aber ich muss passen, denn wohin wir genau wollen, weiß ich gar nicht. Vermutlich möchte Fee in die Innenstadt. Wir haben zwar meist kein Geld, um großartig zu shoppen, aber wir tun gern so, als ob es so wäre. Dann probieren wir alles Mögliche an und stellen uns vor, es zu kaufen.

»Das weiß ich noch nicht. Vermutlich in die Fußgängerzone«, winde ich mich unter ihren fragenden Blicken.

»Aber pass bitte auf, dass du dich nicht übernimmst!«

Das verspreche ich, denn zum Bäumeausreißen reichen meine Kräfte wirklich noch nicht. Und der Wind bläst an der Küste immer.

---- 6 ----

Fee hat mir noch drei Nachrichten geschrieben. Sie will zum Skatepark nach Wesens. Ich schlucke, denn mir ist sofort klar, was sie da will. Dort lungern bestimmt Chris und Mick herum. Wenn sie nicht gerade Street fahren.

Es ist schon krass, was die BMXer mit ihren Rädern machen. Irgendeine Blessur haben die Jungs immer, und fast alle Mädchen aus der Klasse finden das saucool. Was an aufgeschrammten Ellenbogen der Hit sein soll, weiß ich nicht, aber offenbar ist jetzt auch Fee infiziert.

Widerwillig stimme ich trotzdem zu, es ist besser, wenn ich ein bisschen auf meine Freundin achtgebe.

Wir treffen uns an der Bushaltestelle, wo Fee schon mit dem Rad wartet. Küsschen rechts, Küsschen links, wie immer zur Begrüßung.

»Wollen wir gleich los?«, fragt Fee. »Ist echt kalt.«

Ich nicke, denn der Wind ist unangenehm.

Weil es ordentlich von vorne bläst, bleibt uns während der Fahrt keine Puste zum Reden, und wir sind völlig geschafft, als wir endlich in Wesens sind.

Die Skateranlage liegt mitten im Park und ist von Bäumen umgeben. Ringsum sind Bänke aufgestellt. Ich freue mich schon, gleich sitzen zu können. Wir stellen unsere Räder am Fahrradstand ab und laufen auf die Anlage zu.

Leider wird das mit dem Ausruhen gar nicht so einfach, weil auf allen Bänken Rucksäcke herumliegen, aus denen Shirts quellen oder Wasserflaschen ragen.

»Schubs doch was beiseite«, schlägt Fee vor und lässt ihren Blick suchend umherschweifen.

Ich schiebe ein paar Rucksäcke zusammen und lasse mich schnaufend fallen. Fee schaut sich noch immer um. Ich folge ihrem Blick. Auf der Anlage tummeln sich etliche BMXer und Skater. Sie bejubeln gegenseitig ihre Tricks, wenn sie die verschiedenen Rampen rauf- und runterbrettern, Sprünge machen oder komische Hopser. Manches sieht ziemlich gewagt aus.

Ich beobachte meine Freundin weiter. Sie zuckt bei jedem Knall zusammen, wenn ein Brett aufschlägt, und lächelt klammheimlich, wenn alle jubeln.

Fee hat nun Mick und Chris entdeckt, die herüberwinken, sich aber weiter auf ihre Tricks konzentrieren. Sie freut sich so, als würde sie direkt von der Sonne angestrahlt. Mick besteigt das Rad, fährt die Rampe hinauf und macht oben eine 180-Grad-Wende. Er landet sicher und fährt unter dem Beifall der anderen BMXer die Rampe wieder herunter.

»Die Rampe, wo man die eine Seite hoch- und auf der anderen wieder runterfährt, nennt man Spine«, erklärt Fee mit leuchtenden Augen. Es steht schlimmer um sie als gedacht, sie kennt sogar schon die Fachausdrücke! Für mich bleibt das Ding eine Rampe. Punkt.

Der bewundernde Blick von Chris zu Fee ist mir nicht verborgen geblieben. Dann legt er mit seinem Rad los. Irgendwie sieht das nur halb so lässig aus wie eben bei Mick. Chris ist also schon wieder ein Schatten. Vor Mick war es Patrick, und davor Timor. Irgendwann haben sie ihn alle fallen lassen, und jetzt hat er seinen neuen Herrn gefunden. Ich kann solche Typen nicht gut leiden, die so gar nicht sie selbst sind.

Fee scheint da völlig anderer Meinung zu sein, denn sie ist ganz blass vor Aufregung, als Chris mit hoher Geschwindigkeit die eine Seite der Rampe raufjagt, den Lenker oben in der Luft loslässt und ihm einen Stoß gibt. Dabei dreht der sich einmal ringsum, wird wieder eingefangen, und Chris fährt die Rampe wieder runter. Seine Freunde klatschen begeistert ein.

»Das war ein Barspin«, sagt Fee leise. Auch hier kennt sie wieder den richtigen Ausdruck. Ich höre die Bewunderung in ihrer Stimme. »Das war purer Leichtsinn«, entgegne ich deshalb. Fee soll mal wieder auf den Boden der Tatsachen kommen, und der heißt: Keine Jungs! Auch keine BMXer. Und schon gar kein LL.

Chris macht noch weitere Tricks. Den einen bezeichnet Fee als One-Eighty.

»Wollen wir das Game of bike machen?«, schlägt Mick dann vor. Ich rolle mit den Augen und will am liebsten weiter, aber Fee umkrallt aufgeregt meine Hand. Auch das scheint sie zu kennen.

»Sie teilen sich jetzt in Gruppen«, erklärt sie sofort. »Alle müssen gegeneinander antreten. Der Erste macht jetzt einen Trick vor, und der Nächste muss nachlegen. Wer einen Fehler macht, muss den ersten Buchstaben von BIKE in den Sand schreiben. Beim nächsten Fehler kommt das I, dann das K und schließlich das E. Wer zuerst sein Wort vollendet hat, hat verloren.«

Mick beginnt, und laut Fees Kommentar ist es wieder ein Barspin. Dabei springt er und dreht den Lenker um 360 Grad. Ich schlucke, denn es sieht gefährlich aus, und – ganz ehrlich – es imponiert mir. Aber das gebe ich natürlich nicht zu. Chris schafft den Trick mit Bravour, was Fee neben mir hüpfen lässt. Die beiden anderen müssen passen. Bei ihnen wird nun ein B in den Sand geritzt. Weil Chris und Mick gewonnen haben, dürfen sie den nächsten Trick vorlegen. Der misslingt, und sie bekommen ihr B. So geht es hin und her. Während Fee mitfiebert, mir alles erklärt und Chris förmlich mit ihren Kulleraugen verschlingt, möchte ich eigentlich nur noch weg. Aber das Spiel warte ich Fee zuliebe ab. Am Ende gewinnt Timor mit zwei Buchstaben. Er ist nur bis zum I gekommen, während bei allen anderen BIKE im Sand steht.

»Na ja, er ist eben fast Profi und unschlagbar«, sagt Fee seufzend.

Angeber, denke ich.

Die Jungs gehen wieder zu den Rampen, aber Chris und Mick steuern nun lässig auf uns zu. Sie sind recht verschwitzt und ein bisschen außer Atem.

Chris strahlt genau wie Fee, versucht aber wenigstens, es nicht allzu auffällig zu zeigen. Das alles läuft echt verdammt schief. So war das einfach nicht abgesprochen!

Ich atme einmal tief ein und versuche, mich zusammenzureißen.

»Was macht ihr denn hier? Mal gucken, wie echter Sport geht?« Mick legt den Kopf schief. Wie immer hat er ein viel zu großes, schwarzes T-Shirt an, dazu eine enge Jeans, die vorne leichte Risse zeigt. Seine Vans haben auch schon bessere Tage gesehen. Micks blaue Augen sehen mich spöttisch an. Aber dahinter ist noch etwas. Ein leichtes Flackern? Etwa Unsicherheit? Ich kann es nicht deuten, und es ist auch schon wieder vorbei. Mick fährt sich jetzt durch die kinnlangen Locken. Das dunkle Haar ist ein starker Kontrast zu seinen schönen blauen Augen. Sofort trete ich mir in Gedanken selbst in den Hintern. Von wegen Mick hat schöne Augen! So etwas darf ich nicht einmal denken. Nicht im Entferntesten!

»Mir scheint es, als hätte es den Damen die Sprache verschlagen«, sagt nun Chris, aber es klingt nicht so spöttisch wie erwartet.

Mick grinst schon wieder breit, und er klingt großspurig. »Dana hat sogar Farbe aufgelegt! Richtig rote Wangen! Steht ihr aber. Genau wie die Klamotten. Wahrscheinlich musste sie heute keine Lämmer auf die Welt holen und ist deshalb der Stallkluft entsprungen!«

»Natürlich war ich heute schon im Stall«, kontere ich wütend. »Und das, was ich da tue, ist ein bisschen wichtiger als das Herumspringen auf irgendeinem Bike! Ich habe heute Nacht einem Lamm das Leben gerettet. Eine solche Vorstellung passt wahrscheinlich nicht in deinen Kopf.« Gut, ganz so dramatisch war es zwar nicht, notfalls hätten wir den Bock eben mit der Flasche großgezogen. Aber ich will mich auch nicht kleinmachen lassen. Als ob Stallarbeit minderwertig wäre! In mir brodelt es, als würde ein Topf mit heißem Wasser überkochen. Und deshalb zische ich noch hinterher: »Mit euch reden wir eigentlich nur deshalb nicht, weil ich nicht weiß, was man mit Typen wie euch besprechen soll.«

Fee zupft ständig an meinem Jackenärmel und will mich zurückhalten. Das macht mich nur noch wütender. Ich wende mich zu ihr um. »Ja, ich habe letzte Nacht einem Lamm das Leben gerettet. Nur interessiert dich das im Augenblick wohl nicht mehr.«

»Sorry«, sagt Fee nur.

Ich reagiere nicht, sondern fixiere Mick und sage ganz ruhig und überaus gehässig: »Wenn ihr von uns nun Ehrfurcht für eure Kunststückchen erwartet, dann seid ihr an der falschen Adresse!«

»Das nennt man Tricks«, flüstert Fee. Sie lächelt verunsichert, und schon tun mir meine harschen Worte wieder leid. Aber Fee ist nun mal dabei, mit diesem Typen anzubandeln. Das kann ich mir nicht einfach so ansehen!

»Wir können noch mehr davon«, sagt Chris. Er zeigt zu seinem Rucksack. »Darin sind nicht nur Ersatzshirts und eine Wasserflasche verborgen. Sondern auch Grindwachs.« Mick wirft ihm einen über-

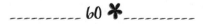

raschten Blick zu, aber Chris geht zur Bank und holt etwas heraus, das aussieht wie ein kleines Stück blaue Seife.

»Wozu soll das wieder gut sein?« Ich sage es betont genervt und betont gelangweilt.

»Damit machen wir Steintreppen und Geländer für die Bikes glitschig. Die Räder gleiten wunderbar darüber und ...« Chris bricht plötzlich ab, wirkt verlegen und streicht sich durchs blonde, kurze Haar. Er ist äußerlich wirklich das komplette Gegenteil von Mick. Er trägt auch die typischen Skaterklamotten, allerdings ist sein T-Shirt dunkelgrün und mit einem kleinen Aufdruck versehen. Er hat zudem keine Vans an, sondern Etnies, aber sie sehen ebenso zerschunden aus wie Micks Schuhwerk. Im Gegensatz zu Mick mit seinen langen, dunklen Locken hat Chris das Haar bis auf den Pony recht kurz geschoren, es ist fast weiß, so blond ist er. Im rechten Ohr trägt er zudem ein Piercing, und auf dem linken Unterarm prangt ein BMX als Tattoo.

»Ist euch nicht kalt?«, durchbreche ich das unangenehme Schweigen, das nach Chris' Aussage zwischen uns steht. Ich würde am liebsten sofort von hier verschwinden.

»Fragst du, weil wir bei dem Wetter nur T-Shirts tragen?«, fragt Mick. Sein Grinsen finde ich schon fast unverschämt.

Ich nicke stumm, denn im T-Shirt wäre ich bei dem ekeligen Nordwestwind längst erfroren.

»Wir machen doch Sport«, entgegnet Chris. Sein Lächeln gilt allerdings nicht mir, sondern Fee, die tatsächlich wieder bis zu den Haarspitzen errötet.

»Wir zeigen euch noch ein paar Tricks«, schlägt Mick schließlich vor. Er schüttelt eine vorwitzige Locke aus der Stirn. »Nachher wollen wir noch Street fahren.«

»Ist mir doch egal, was du fährst«, murmele ich, aber Fee tritt mir heftig auf den Fuß.

»Ich bin schon gespannt!«, sagt sie freundlich.

Täusche ich mich, oder zwinkert Chris ihr tatsächlich zu? Nein, das kann nicht sein. Chris kann bestimmt nichts mit Mädchen anfangen, und so wie ich ihn einschätze, bewundert er Mick schon jetzt so sehr, dass er nichts tun würde, was nicht von ihm abgesegnet ist.

Die beiden sind schon wieder bei ihren Rädern angelangt, und Mick sitzt sofort auf. Er fährt an und bremst dann, indem er den Fuß zwischen Reifen und Sattel klemmt. Das sieht saugefährlich aus.

Mick bemerkt meinen fragenden Blick, als er kurz hinüberschaut. »Wir fahren hauptsächlich Street, da braucht man keine Bremsen, die Tricks sind so viel cooler!«, ruft er, steuert die Rampe an, die in der Luft endet, macht oben eine halbe Drehung und landet wieder auf der anderen Seite.

Alle johlen und klatschen mit ihm ein. Mick scheint echt der Macher zu sein.

Ich rolle mit den Augen. Am besten lässt er sich beim nächsten Mal vom Nordseewind ganz weit wegtragen und nimmt Chris gleich mit. Dann wären alle Probleme gelöst.

Mick fährt ein weiteres Mal mit Karacho die Rampe hoch und fliegt danach tatsächlich durch die Luft – und landet sicher auf der anderen Seite. Chris als sein Echo will es ihm gleichtun. Mich beschleicht sogleich ein ungutes Gefühl. Ich weiß nicht, was es ist: sein eigenartiger Blick, seine Körperhaltung oder sein Wille, Fee zu imponieren ... Ich will ihm noch zurufen, er solle es lassen, aber Fee drückt meine Hand vor Aufregung so fest, dass ich die Lippen zusammenpresse. Chris sichert den Helm und fährt los.

In einem Affentempo. Oben angekommen, verliert er das Gleich-

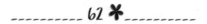

gewicht und knallt die Rampe auf der anderen Seite hinunter. Er schlittert über den Platz und bleibt nicht weit von uns entfernt liegen.

Fee schreit laut auf und will zu ihm rennen. Ich halte sie fest an der Hand. Erst einmal abwarten. Obwohl ich Chris noch eben die Pest an den Hals gewünscht habe, schicke ich jetzt ein Stoßgebet zum Himmel, dass es nicht so schlimm ist, wie es aussieht.

Mir klopft das Herz ebenfalls bis zum Hals. Meine Hand schmerzt von Fees Umklammerung. Was ist, wenn er so böse gestürzt ist, dass es richtig schlimme Folgen hat?

Doch dann steht Chris langsam mit einem gequälten Grinsen wieder auf. Er schüttelt das Handgelenk, das böse aufgeschürft ist.

Fees Handgriff lockert sich.

Was für ein Idiot!

»Alles halb so wild!«, ruft er. Seinem schmerzverzerrten Gesicht sehe ich allerdings an, dass er eine Show abzieht.

Fee reißt sich los und rennt auf Chris zu. Der spielt derweil den Helden, indem er auf und ab hüpft und demonstrativ alle Gliedmaßen nach und nach reckt. »Was nicht tötet, härtet ab!«, ruft er in die Runde.

Ich stelle mich ebenfalls neben ihn, und mir liegt eine bissige Bemerkung auf der Zunge, die ich nur Fee zuliebe hinunterschlucke.

»Ist zum Glück nichts passiert!«, sagt meine Freundin beschwichtigend. Sie schüttelt fast unmerklich den Kopf. Wenn ich nicht aufpasse, werden wir uns wegen dieser Idioten tatsächlich ein weiteres Mal streiten. Ich habe die Nase gestrichen voll. Deshalb zucke ich nur mit den Schultern und gehe zu meinem Rad. »Na, dann viel Spaß noch beim Street!«, rufe ich verächtlich. »Hauptsache, ihr findet genug Bänke und Mauern, wo ihr euch die Knochen brechen könnt.«

»Das kann er heute bestimmt nicht mehr«, erklärt Fee so laut, dass man es über den ganzen Platz hört. Ich drehe mich um und sehe, dass Fee die Wunde inspiziert. Jetzt spielt sie auch noch Krankenschwester. Ach nein, das heißt heute ja Gesundheitspflegerin. Ihre Eltern arbeiten im Krankenhaus, von daher weiß sie tatsächlich eine Menge über so etwas. »Erst muss das Handgelenk verbunden werden«, tut sie fachmännisch kund.

Ich halte inne und beobachte, wie es weitergeht. Eine Stimme in mir ruft laut: *Mach die Biege!* Die andere aber meint, ich solle besser bleiben und ein Auge auf die Situation haben. Ich kann Fee hier nicht allein lassen.

»Ach was«, wiegelt Mick lässig ab. »Ist halb so wild, was, Chris? Komm, trink einen Schluck Wasser, und ab geht's! Von so ein paar Kratzern lassen wir uns doch nicht beeindrucken! Ich muss mir heute den Kopf freibiken. War gestern ein beschissener Tag.«

»Was war denn gestern?«, frage ich sofort, obwohl es mich eigentlich nicht interessieren sollte.

»War in Bremen«, wiegelt Mick ab. Es klingt etwas eigenartig. So, als würde er nur ungern darüber sprechen.

Ich zucke mit den Schultern. Geht mich ja auch nichts an. Mein Blick schweift zu Fee, die sich um Chris bemüht. Aber der untersucht lieber seinen Reifen. Ich kann kaum mit ansehen, wie sehr das meine Freundin verletzt. Da will sie ihm helfen, und er spielt den Coolen!

Chris' Bike scheint den Sturz schadlos überstanden zu haben. Diese Tatsache erscheint ihm offenbar wichtiger als seine eigenen Blessuren. Er bemerkt nicht einmal, dass Fee zu mir zurückkommt. Sie versucht tapfer zu sein, aber mir braucht sie nach all den Jahren nichts vorzumachen. Dass Chris sie jetzt einfach nicht beachtet, tut ihr weh.

»Das hätte ganz schön ins Auge gehen können!«, sagt sie betont locker.

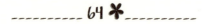

»Man soll eben nur das tun, was man wirklich kann«, gebe ich zurück. »Und das war einfach eine Nummer zu groß für deinen Chris.«

»Er ist nicht mein Chris!«, mault sie mich an. »Er wollte mir zeigen, dass er den Trick auch kann. Dass er genauso gut ist wie Mick.«

Ich seufze nur. »Fee, er hat sich eben lieber um sein Bike gekümmert, als sich bei dir zu bedanken, dass du dich sorgst. Vergiss es. Komm, lass uns von hier verschwinden. Ich glaube, eine Runde stricken tut uns jetzt ganz gut. Das beruhigt die Nerven.«

Fee nickt und meint, sie könne ja noch ein bisschen an ihrem Pullover weiterarbeiten.

Hinter uns bricht lauter Jubel los. Ich drehe mich um und sehe gerade noch, wie Timor einen Rückwärtssalto macht.

»Das ist ein Backflip«, flüstert Fee ehrfürchtig. Ihr ist eine Haarsträhne aus der Frisur gerutscht, und sie tut nichts, um das wieder in Ordnung zu bringen. Das macht mich stutzig. Wir sollten von hier verschwinden.

Ich stupse sie an. »Komm, wir fahren nach Hause. Unser Strickzeug schreit geradezu nach uns! Ich glaube, wir müssen mal wieder klönen.«

»Bis sie Street fahren, kann ich ja noch zusehen«, sagt Fee mit sehnsüchtiger Stimme.

Ich glaube, im Augenblick ist ihr nicht zu helfen, aber ich muss hier verschwinden.

Seufzend fahre ich allein zurück zur Schäferei und bin froh, als ich neben Miep ins Stroh sinke und meinen Kopf in ihre Wolle tauchen kann. Darauf, allein zu stricken, habe ich einfach keine Lust. Fee fehlt mir sehr. Ich habe Angst, dass sie sich wirklich in Chris verliebt hat. Wenn sie unseren Schwur bricht, werde ich viel allein sein, weil sie dann ständig bei Chris abhängen wird. Es gibt keine Freundin, die meine Fee ersetzen kann.

7

Ich habe nach meiner Rückkehr eine lange Zeit mit Miep gekuschelt. Ihr Bauch ist unglaublich dick und ihr Euter geschwollen. Ich glaube nicht, dass es noch lange bis zur Geburt dauert.

Danach habe ich in meinem Zimmer noch etliche Reihen an meinem Loop gestrickt. Ich will mich einfach nicht unterkriegen lassen. Es führt allerdings kein Weg daran vorbei, dass Fee und ich miteinander reden müssen.

Als sie zu Hause war, hat sie mich gleich angerufen und nur von Chris geschwärmt. Sie versucht jetzt nicht einmal mehr, ihre Begeisterung zu verbergen. Ich weiß einfach nicht, was ich tun soll.

Jetzt ist es drei Uhr nachts, ich liege hier wach im Bett und kann noch immer nicht schlafen, weil mir das alles wie in einer Endlosschleife durch den Kopf geht. Mich nervt Fees Gehabe, mich nerven Chris und Mick. Und ich bin nervös, denn Miep war vorhin sehr unruhig, als ich nach dem Abendessen noch einmal bei ihr war. Normalerweise vergehen nach den ersten eindeutigen Anzeichen höchstens zwei Stunden bis zur Geburt. Offenbar hat sich bis jetzt nichts getan. Ma hat heute Nachtschicht im Stall und mir fest versprochen, Bescheid zu geben, sollte es losgehen.

Nachdem ich mich eine Weile hin- und hergewälzt habe, überlege ich, Fee einfach eine WhatsApp zu schicken, in der ich ihr kurz und knapp schreibe, was mich so beschäftigt. Das Problem ist vielleicht einfacher zu lösen, wenn sie es schwarz auf weiß und schriftlich hat.

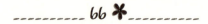

Dann muss sie doch einsichtig sein! Fee muss merken, dass sie dabei ist, unsere Freundschaft zu verraten. Ich lösche meine Zeilen immer wieder, bis ich am Ende doch etwas Brauchbares zusammenbekomme und mit der Nachricht zufrieden bin.

Liebe Fee,

ich weiß nicht, wie ich schreiben soll, was mich bewegt. Wenn wir darüber reden, beginnen wir immer zu streiten, das will ich nicht. Aber ich habe das Gefühl, dass dir unser Schwur nicht mehr wichtig ist. Keine Jungs, keine Liebe ... schon vergessen? Jetzt gibt es aber offenbar Chris für dich! Er bedeutet dir mehr, als du zugibst. Mach mir bitte nichts vor, ich kenne dich zu gut.

Ich weiß aber leider nicht, wie wir damit umgehen sollen. Ich dachte immer, Schwüre sind heilig, das hast du jedenfalls behauptet. Allein wegen der negativen Energien, wenn man sie bricht. Was sollen wir machen?

Ich hab dich lieb!

Dana

Fee antwortet sofort. Sie ist also auch wach und denkt nach. Hoffentlich über unsere Abmachung und nicht über den Langweiler-Loser.

Liebe Dana,

es gibt keinen Chris. Wir haben nur Spaß, und das ist ja nicht verboten. Hab ich dir auch schon gesagt. Du siehst Gespenster! Sei doch kein Spielverderber!

Ich schreibe natürlich sofort zurück.

Und wenn es mehr wird? Ich seh doch,
dass er dich beschäftigt! Allein sein Blick!
Bitte sei ehrlich zu mir!

> *Es ist nicht mehr! Es ist gefährlich,*
> *einen Schwur zu brechen. Um schadlos*

*da rauszukommen, müssten wir ihn
erst aufheben, denn es verärgert das
Universum. Frag deine Ma! Außerdem
benötige ich dazu deine Einwilligung.
Aber keep cool: Ich brauche sie nicht!*

Noch nicht!!!!

Die Bemerkung kann ich mir nicht verkneifen. Seltsamerweise widerspricht Fee mir jetzt auch nicht. Also eine letzte Frage:

Schreibst du ihm?

Fee hüllt sich weiter in Schweigen.

Ich muss das Handy beiseitelegen. Natürlich schreibt sie ihm. Woher hat sie sonst gewusst, dass Mick und Chris ausgerechnet im Skatepark BMX fahren? Sie hätten sich ja auch in der Stadt herumtreiben können.

Du schreibst ihm öfter!

Ich schieße blind, aber Fee ist nicht mehr online. Sie möchte mit mir nicht über Chris reden, und das tut verdammt weh! Ich wälze mich noch eine Weile herum und versuche, meine Freundin aus meinen Gedanken zu verbannen.

Es gelingt mir nur schwer. Ständig sehe ich auf die Uhr. Jedes Geräusch im Haus lässt mich zusätzlich zusammenzucken, denn es könnte ja auch sein, dass Ma sich wegen Miep meldet. Schließlich gelingt es mir dann doch einzuschlafen.

Plötzlich wird die Tür aufgerissen, und ich schrecke aus dem Tiefschlaf hoch. Ma steht in Stallkluft vor mir, das Kopftuch fest ums Haar gezurrt.

Miep!, schießt es mir durch den Kopf, und ich sitze aufrecht im Bett. Draußen ist es noch stockdunkel, lange kann ich nicht geschlafen haben.

»Hey, Dani, aufstehen! Es geht los. Du wolltest ja gern dabei sein!

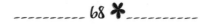

Ich verschwinde gleich wieder, weil noch ein weiteres Lamm kommt. Das werde ich übernehmen, dann kann Papa sich Miep widmen.« Ma ist genauso schnell weg, wie sie gekommen ist.

Schlagartig bin ich hellwach! Und dankbar, dass Ma mich geweckt hat. Denn ich will die Geburt auf keinen Fall verpassen! Eilig springe ich in meine Stallsachen.

Draußen hat es wieder zu regnen begonnen, und ich renne über den Hof in den rechten Schafstall zu dem Bereich, in dessen Herde Miep lebt.

Als ich die Tür aufstoße, werde ich vom fröhlichen Blöken der Schafe empfangen. Es ist immer wieder erstaunlich, wie gut sie uns alle kennen. Fremde empfangen sie nie so herzlich.

Die meisten Schafe liegen bequem im Stroh und schlafen, ein paar aber kauen auf den Heuhalmen. Ma ist im Stall in der anderen Ecke dabei, ein Mutterschaf zu entbinden.

Miep steht abseits hinten in der rechten Ecke und atmet schwer. Mein Vater ist bei ihr, ihn muss Ma schon früher aus dem Bett geholt haben. Neben einem weiteren Mutterschaf steht schon ein kleines weißes Lamm auf wackeligen Beinen im Stroh und wird abgeleckt.

Pa schaut kaum auf, als ich neben ihn trete. Ich streichle Mieps Kopf und bin schon sehr gespannt, wie viele Lämmer sie bekommen wird. Man muss immer achtgeben, dass sie richtig herum liegen. Am besten ist es, wenn sie mit der Schnauze voran geboren werden.

»Es wird schon alles gut gehen«, beruhigt mein Vater mich, als er meinen ängstlichen Blick sieht. »Auch wenn es das erste Mal ist, aber das packt sie schon.«

Ich glaube Pa nicht ganz, denn mir gefällt Mieps Blick ganz und gar nicht. Ich kenne sie einfach zu gut, und sie ist für mich nicht einfach nur ein Schaf. Nicht eines von den vielen. Es ist meine Miep.

69 ♡

Und ich erkenne am Gesichtsausdruck meines Vaters, dass er in Sorge ist. Er arbeitet hoch konzentriert, und jeder Handgriff sitzt. Als er die Lage der Lämmer prüft, presst er die Lippen fest zusammen und runzelt angestrengt die Stirn.

»Was ist los?« Meine Stimme überschlägt sich vor Aufregung.

»Es sind zwei Lämmer, aber eins liegt definitiv falsch herum«, presst mein Vater zwischen den Zähnen hervor.

Was das bedeutet, weiß ich genau! Das falsch herum liegende Schaf muss so schnell wie möglich geboren werden. Es besteht die Gefahr, dass die Nabelschnur reißt, und dann würde das Lamm sterben, bevor es auf der Welt ist. Mein Herz schlägt bis zum Hals! Was für ein Mist, dass es ausgerechnet bei Miep zu Schwierigkeiten kommt! In diesem Jahr sind schon so viele Lämmer geboren, und wir haben keins verloren! Miep gehört zu den Letzten, die lammen, das darf doch wirklich nicht wahr sein!

Bleib ganz ruhig, Schwierigkeiten gab es auch bei den anderen, und alles ist gut gegangen, versuche ich mir selbst Mut zuzusprechen. Ich muss Miep beistehen und darf jetzt keine Schwäche zeigen, die sie unnötig nervös machen würde! Tiere sind so sensibel, die merken das sofort. Ich muss mir ein Beispiel an Pa nehmen.

Mein Vater bleibt nämlich trotz der Dramatik ganz ruhig.

Ich sauge die warme Stallluft tief ein und schaffe es, mich ganz auf Miep und die Geburt zu konzentrieren und die aufgekommenen Ängste beiseitezuschieben.

Mein Vater überprüft die Lage der Lämmer ein weiteres Mal, sortiert die Beine der Ungeborenen und beschließt, zuerst das richtig liegende Lamm zu holen, denn er bekommt das andere nicht daran vorbei.

»So wird es das Sicherste sein«, sagt er. »Sonst verletzen wir womöglich beide. Mit etwas Glück geht alles gut!« Er stellt sich gerade hin und streckt den Rücken durch. Dann atmet er einmal tief ein, was ich als Zeichen werte, dass es nicht ganz so einfach ist, wie er es mir weiszumachen versucht. Aber ich sage nichts. Einen erfahreneren Geburtshelfer als meinen Vater gibt es nicht. Ich muss ihm vertrauen und schaue ihm deshalb aufmerksam zu.

Er legt nun den Kopf des Lamms auf die Vorderläufe, so kann es am besten geboren werden. Mein Vater verwendet dazu einen speziellen Griff, den er mir auch schon beigebracht hat. Kurz darauf gleitet das erste Lamm ins Stroh.

»Es ist ein Bock«, sagt mein Vater zufrieden. »Putzmunter und tatsächlich braun! Wie ungewöhnlich in unserer Herde.«

Das Lamm atmet von allein, und Pa kann sich der Geburt des nächsten Lämmchens widmen.

Mir zittern jetzt die Knie. So glücklich ich über die Geburt des ersten Lamms bin: Auch das zweite muss gesund auf die Welt kommen. Und Miep muss es überleben!

Ich streichle nun ihren Kopf und flüstere ihr die ganze Zeit zu, wie tapfer sie ist und wie wunderbar sie das alles macht.

»Und sieh nur, dein erstes Kind ist schon auf der Welt! Das zweite schaffst du auch ganz locker, meine kleine, süße Miep!« Ich klinge zuversichtlicher, als ich bin. Meinem Vater steht mittlerweile der Schweiß auf der Stirn. Er ist in großer Sorge, dazu muss er mir jetzt nichts sagen, ich sehe es auch so.

Das Lamm will und will nicht kommen. Pa hat die Augen fest zusammengekniffen und konzentriert sich so darauf, alles zu ertasten und in Mieps Bauch zu sortieren. Wieder sage ich mir, dass ich meinem Vater vertrauen muss. Er kann die Lämmer mit seiner großen Erfahrung als Schäfer sicher besser auf die Welt holen als jeder Tierarzt der Welt.

»Lebt es noch?«, frage ich dann doch verzweifelt, weil sich so gar nichts tut und alles schon viel zu lange dauert. Gleichzeitig versuche ich weiterhin, Miep zu beruhigen. Denn dass sie unglaubliche Schmerzen hat, ist nicht zu übersehen.

»Wisch mir bitte mal den Schweiß ab«, sagt Pa. »Er tropft mir in die Augen.« Sein Blick ist ernst, er weiß, dass er mir nichts vorzumachen braucht. Und dafür liebe ich ihn in diesem Augenblick mehr als alles in der Welt. Ich zupfe ein Tempo aus der Hosentasche und tupfe ihm die Stirn ab.

»Was ist denn jetzt?«, frage ich, als er innehält.

»Ich weiß es noch nicht, Dani. Aber gleich ist es geschafft! Dann sehen wir, wie es ausgeht. Bleib entspannt, das hilft Miep am besten. Sie muss mithelfen.«

Mein Schaf stöhnt einmal laut, und dann kommt auch das zweite Lamm, mit den Hinterläufen zuerst, auf die Welt. Pa hat es aber so gerichtet, dass das kleine Schafmädchen einfach herausflutscht. Die Nabelschnur ist zwar ganz, aber das Lamm atmet trotzdem nicht. Mein Vater nimmt es sofort hoch, befreit die kleine dunkle Nase vom Schleim und schüttelt es leicht.

»Komm, kleines Mädchen«, sagt er.

Doch auch das hilft nichts. Ich habe solche Angst um das kleine Tier. Es sieht so hilflos aus, so als wüsste es nicht, wie es das anstellen soll zu leben.

Mein Vater fackelt auch nicht lange und macht eine Mund-zu-Nase-Beatmung. Das funktioniert bei Tieren nämlich genauso gut wie beim Menschen.

Kurz darauf gibt das Lamm einen Mucks von sich, und über Pas Gesicht gleitet ein Strahlen. »Geschafft! Nun ist sie geboren und ganz bei uns.« Er streicht mir übers Haar, und ich drücke ihn ganz fest.

»Danke, Pa!«

Er betrachtet Miep und wartet auf die Nachgeburt. Als auch das in Ordnung geht, nimmt er mein Schaf sogar in den Arm. »Du bist eine tapfere Dame!«, sagt er.

In dem Augenblick sehe ich durch das Stallfenster, dass die Regenwolken den Mond freigeben. Sofort ist mir klar, wie ich das Lämmchen taufen möchte: Luna. Das lateinische Wort für Mond. Nur ist der Mond da weiblich. Luna, die Mondfrau.

»Sie heißt Luna!«, sage ich laut und deutlich. »Luna!«

Pa findet meine Entscheidung gut, und jetzt kommt auch meine Mutter zu uns, die gleichzeitig Vierlingen auf die Welt geholfen hat.

»Nun sind alle Lämmer da!«, sagt sie. »Die Lammzeit hat ein Ende, und dieses Mal ist wirklich alles gut gegangen! Ich danke dem Universum für dieses Geschenk!«

Dass sie immer gleich das Universum mit ins Boot holen muss!

Obwohl ich hundemüde bin, helfe ich meinen Eltern, Miep und ihre beiden Lämmer in die kleinen Boxen neben dem Laufstall zu bringen. Miep leckt ihre beiden Kinder trocken, und dann beginnen sie zu trinken. Mein Schaf bekommt von mir noch eine Extraportion Kraftfutter zum frischen Heu. Und natürlich eine ganz dicke Streicheleinheit, die sie mir mit einem liebvollen Stupser ans Bein dankt. Ich bin so glücklich, dass alles gut gegangen ist, und fühle mich nun auch stark genug für die Auseinandersetzung mit Fee. Wir bekommen das hin mit unserem Schwur! Ganz sicher!

Ma bringt nun noch die Vierlinge mit dem anderen Mutterschaf in ihre Box.

»Es ist jetzt sechs Uhr, hinlegen lohnt wohl nicht mehr«, sagt Ma. »Und es sind keine weiteren Lämmer zu erwarten. Frühstück?«

Eigentlich habe ich so früh morgens noch keinen Hunger, aber das kommt sicher gleich, wenn Ma auftischt. Eben kommt Hero auf den Hof gefahren, und kurz darauf spaziert auch Hilmar an. Sie lassen sich von meinen Eltern kurz schildern, wie die Nacht verlaufen ist. Es ist sehr wichtig, dass alle immer gut informiert sind, damit die Schäfer wissen, auf welches Tier sie ein besonderes Auge haben müssen.

Ich muss allerdings nicht mehr dabei sein, springe rasch unter die Dusche und ziehe mir dann meine Jeans und den Hoodie an, bevor ich wieder runter zum Frühstück gehe.

Aus der Küche duftet es nach Kaffee, frischem Brot und Rührei. Jetzt knurrt mein Bauch doch.

Nach dem Frühstück werde ich einfach nur schlafen. Danach will ich Miep noch einmal besuchen und ganz bestimmt auch zu Fee fahren. Eins nach dem anderen.

8

»Willst du heute zu Fee?«, fragt Ma, als wir gefrühstückt haben und die anderen schon wieder im Stall sind. Ich nicke. Zwar hat sich Fee nach unserer nächtlichen WhatsApp-Unterhaltung noch nicht gemeldet, aber damit gebe ich mich nicht zufrieden. Wir haben schließlich noch etwas zu klären, und ich will die Sache mit Chris nicht auf sich beruhen lassen.

»Ich sehe zuvor nach, wie es Miep und den Lämmern geht. Es ist so schön, dass alles glattgegangen ist.« Für den kleinen Bock ist mir bislang noch kein Name eingefallen. Es soll etwas ganz Besonderes sein. Allein, weil er so hübsch dunkelbraun ist. Pa hat schon angedeutet, dass er ihn für die Zucht einsetzen und behalten will.

Ich nage an meinem Toastbrot herum und überlege wieder, wie Fee und ich zusammenkommen können. Das, was wir unbedingt vermeiden wollten, ist einfach so eingetreten: Wir haben Stress wegen eines Jungen! Es ärgert mich total.

Ma merkt natürlich, dass ich ständig nachdenke. »Dir liegt doch etwas quer im Bauch«, forscht sie nach einer Weile nach. »Ist es nur die Müdigkeit, oder belastet dich etwas anderes? Du bist so eigenartig, und das schon länger. Magst du darüber sprechen?«

Ich druckse herum. Ma weiß schließlich nichts von Fees und meiner Abmachung. Das ist unser Geheimnis, und wenn ich ehrlich bin, ist es mir auch peinlich, darüber zu sprechen. Ich habe Angst, dass meine Mutter unseren Pakt albern findet.

»Komm, schieß los!«, fordert sie mich auf, während sie die Teller nimmt und in die Spülmaschine einsortiert. »Meist sind Dinge nicht mehr so schlimm, wenn man sie ausgesprochen hat.«

»Das schon!«, antworte ich, stehe auf und schaue aus dem Fenster. Dabei beobachte ich einen Bussard, der in seinem merkwürdigen Gang über die Wiese läuft. Dann breitet er die Schwingen aus, hebt ab und setzt sich ausgerechnet auf die Kirsche, neben deren Stamm wir unseren Schwur verbuddelt haben. Aber Ma hat recht, reden könnte helfen. Sie hat oft einen guten Blick auf die Welt. Vielleicht ist es doch nicht so verkehrt, ab und zu nach den Gesetzen des Universums zu leben. Man muss ja nicht gleich auf einem Bein im Garten herumstehen.

Ich drehe mich zu Ma herum, weil ich nur ungern mit jemandem rede, wenn ich ihn beim Gespräch nicht ansehen kann.

»Fee ist, glaube ich, dabei, wortbrüchig zu werden«, beginne ich vorsichtig.

Ma hält erstaunt inne und mustert mich mit fragendem Blick. »Das kann ich mir gar nicht vorstellen. Sie ist doch sehr zuverlässig.«

»Das schon, aber jetzt hält sie sich nicht an unsere Abmachung.« Meine Stimme kippt leicht weg. »Glaube ich jedenfalls.«

»Eine Abmachung? Was habt ihr denn vereinbart?« Ma stellt die restlichen Teller in die Maschine und sieht mich danach abwartend an.

Stockend erzähle ich ihr, was Fee und ich uns im letzten Jahr geschworen haben, und ende mit den Worten: »Bisher hat das auch echt geklappt, und nun? Fee hat sich ganz sicher verliebt. Sogar ihre Frisur sitzt nicht mehr, und sie stört sich überhaupt nicht daran!«

Ma legt ihre Hand auf meine Schulter. »In wen hat sie sich denn deiner Meinung nach verliebt?«

»Ausgerechnet in den größten Spinner der Schule. Ne, den zweitgrößten. Der größte ist Mick. Der ist übrigens neu«, setze ich nach.

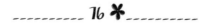

Ma beginnt zu lachen, merkt aber, dass mich das kränkt, und nimmt mich danach in die Arme. »Was für eine blödsinnige Idee von euch«, sagt sie dann. »Entschuldige, Dani, aber das konnte doch nicht funktionieren!«

Ich schiebe sie weg. »Was ist denn daran blödsinnig? Wir haben null Bock auf Liebeskummer. Null Bock, uns zu verbiegen. Null Bock, uns für ein paar hirnamputierte Angeber anzumalen und zu frisieren, damit sie uns toll finden.« Ich schüttele verärgert den Kopf, und meine Stimme wird immer lauter. »Manno, Fee fängt aber jetzt genau damit an. Sie weiß sogar schon, wie diese BMX-Ausdrücke heißen! One-Eighty, Backflip und all so was. Sie strahlt so komisch, wenn sie von Chris spricht, wenn sie ihn sieht ...«

Ma schiebt mich zur Eckbank und drückt mich sanft auf die Sitzfläche. Sie setzt sich daneben und nimmt mich ganz fest in den Arm. So, wie sie es früher immer getan hat. »Ich verstehe deine Wut ja, Dani. Aber ich kann auch nachvollziehen, was in Fee vorgeht!«

»Was gibt es denn daran zu verstehen, wenn sie sich nicht mal an ganz einfache Regeln hält. Sie hat das immerhin selbst mit unterschrieben! Und sie wollte, dass wir es um Mitternacht und mit ganz viel Tamtam machen. Das hat sie aus ihren Elfen- und Fantasybüchern.« Ich presse kurz die Lippen zusammen. »Und dann gibt sie das alles nicht einmal zu!«

Ma lacht nicht mehr, sondern wirkt richtig besorgt. »Natürlich gibt sie nicht zu, dass sie sich verliebt hat, sie will dich nicht verletzen. Aber für Gefühle kann man nichts. Es ist auch nicht ausgeschlossen, dass es dir einmal passiert. Und was würdest du dann von Fee erwarten?«

Ich schnaube wütend. »Ich verliebe mich ganz sicher nicht! In wen auch?« Wie von selbst tanzen plötzlich Micks blaue Augen durch meine Gedanken. Ich schubse sie rasch fort.

»Das weiß ich nicht, Dani, nur kann es einfach sein, dass es plötzlich bei irgendeinem Jungen peng macht.«

Ich erwidere nichts darauf, weil ich mein Verliebtheits-Peng ganz weit hinten ansiedle.

»Gut, dann bei dir kein Peng«, sagt Ma. »Aber noch einmal: Was würdest du von deiner Freundin erwarten, wenn etwas nicht so läuft wie geplant, sie dir aber nicht schadet?«

Ich weiß, worauf Ma hinauswill, aber so leicht kann ich es mir nicht machen. Mir schadet Fee schließlich, wenn sie mit Chris zusammen ist. Na, und mit Miri. Die scheint sie im Augenblick ohnehin besser zu verstehen als ich.

Fee wird dann weniger Zeit für mich haben. Sich mehr mit Miri austauschen, weil die kein Problem mit der Liebe hat. Aber es ist auch gleichgültig. Man hält sich an Versprechen und kippt sie nicht einfach so, weil man es sich plötzlich anders überlegt hat. Das darf auch Fee nicht tun! Schon gar nicht nach einem solchen Ritual. »Du meinst also, ich soll Verständnis haben? Auch, wenn es für mich voll doof ist?«, ringe ich mir schließlich diese beiden Fragen ab, weil Ma mich noch immer abwartend ansieht.

»Ja«, sagt sie. »Sie wird dir dann nämlich erzählen, was wirklich in ihr vorgeht, und ihr werdet euch nicht mehr streiten, weil sie dir die Wahrheit sagen kann und du nicht ständig das Gefühl hast, sie verschweigt dir etwas.«

Ich überlege kurz. Ma hat zwar recht, aber das kann ich unmöglich zugeben. Ich fühle mich von Fee hintergangen und kann nicht von einer Sekunde zur nächsten so tun, als wäre es nicht so. »Trotzdem«, sage ich etwas lahm, weil mir die Argumente ausgehen.

Ma seufzt und streicht mir durchs Haar. »Dana, so geht das nicht! Nun hör mir mal gut zu!« Sie schüttelt sacht den Kopf. Dann spitzt sie kurz die Lippen. Jetzt folgt eine längere Predigt, so macht meine Mutter das immer, wenn sie sich genau auf das konzentriert, was sie loswerden möchte.

»Ich kann durchaus nachvollziehen, was ihr damals bezwecken wolltet. Jungs können Freundschaften ganz schön ins Wanken bringen. Davor wolltet ihr euch schützen, was ja in dem Alter damals sicher ganz gut war.«

»Nicht nur in dem Alter damals!«, falle ich ihr ins Wort. »Wir wollten uns überhaupt vor Jungs schützen, bis wir erwachsen sind. Die Typen sind bis dahin nun mal äußerst dämlich, und deshalb haben wir uns geschworen, dass wir uns nicht verlieben, bevor wir achtzehn Jahre alt sind.«

Nun muss Ma doch wieder schmunzeln. »Dana, ihr habt das abgemacht, als ihr noch, sagen wir mal, Kinder wart. Gut, ein bisschen mehr als Kind, aber eben noch keine richtigen Jugendlichen. In eurem Alter verändert sich in einem Jahr so viel! Nun werdet ihr jeden Monat ein bisschen erwachsener, und da passt es vielleicht nicht mehr, Jungs und Liebe völlig auszuschließen!«

Ich will nicht wahrhaben, was Ma sagt. Ich will, dass alles so bleibt, wie es ist, und spüre doch, dass dies unmöglich ist. »Fee ist meine Freundin«, starte ich meinen letzten Versuch. »Was braucht sie da Chris mit seinem BMX?«

Ma überlegt kurz. »Überlege mal für dich, ob es dir wirklich um die Abmachung selbst geht oder ob du einfach nur auf Chris eifersüchtig bist.«

Und auf Miri, schießt es mir durch den Kopf. Aber das erzähle ich Ma nicht, weil mir das peinlich ist.

Sie hat ohnehin schon den Punkt getroffen. Ich will nicht, dass Fee mehr Zeit mit ihm verbringt und ihn womöglich lieber hat als mich. Und dass sie Miri mehr anvertraut als mir. Bin ich auf den schokoäugigen Blondschopf eifersüchtig? Und auf Fees durchsichtige neue Freundin?

»Ich habe recht, oder?«, fragt Ma.

Langsam wage ich ein Nicken. »Schon. Ja. Was wird denn aus mir, wenn sie immer nur bei ihm ist?«

Ich hole tief Luft. Ma gegenüber kann ich ja halbwegs ehrlich sein. Sie versucht mir schließlich zu helfen.

»Es ist irgendwie beides. Ich will Fee nicht verlieren. Ich will nicht, dass sie sich ohne mich mit Chris trifft. Und ich habe auch Angst, dass er ihr wehtun wird. Dass sie sich in ein paar Wochen die Augen aus dem Kopf heult, weil er eben ein mieser Typ ist.«

»Ihr seid schon so viele Jahre die besten Freundinnen! Das wird ein Junge nie verändern. Und könnte er es, dann wärst du nicht ihre beste Freundin gewesen. Du musst eurer Freundschaft mehr vertrauen.«

Das kann ich nicht, schießt es mir durch den Kopf. Aber du musst es tun, flüstert eine andere Stimme. Mir kommen die Tränen. Es ist alles so furchtbar! Hätten wir den Schwur doch nie gemacht, dann wäre jetzt bestimmt alles leichter! »Aber abgemacht ist abgemacht«, stoße ich schließlich hervor.

Meine Mutter überlegt wieder eine Weile. Ich liebe sie dafür, dass sie sich wirklich ernsthafte Gedanken macht und nicht mit irgendwelchen Floskeln um sich schmeißt. So was wie: Mädchen, das ist der Lauf der Welt, oder so. Ma haut nie einfach so Sachen raus. Immer denkt sie genau darüber nach, was sie sagen will. »Möchtest du, dass Fee glücklich ist?«, fragt sie dann.

»Natürlich«, antworte ich sofort, verstumme dann aber, als ich merke, was Ma mit ihrer Frage meint. »Du meinst, sie braucht Chris, um glücklich zu sein?« Und womöglich auch Miri, weil ich nicht alles verstehe, was in ihrem Kopf vor sich geht?

»Wäre möglich, oder meinst du nicht? Wenn sie sich in ihn verliebt hat, woran auch Abmachungen mit der besten Freundin nichts ändern, dann wäre sie vermutlich unglücklich, wenn du es ihr verbietest. Sie würde deinetwegen auf diesen Jungen verzichten, aber nur, um dich nicht zu verlieren. Das ist keine gute Basis, glaube ich.«

»Aber es ist Chris!«, stoße ich hervor. »Ein Langweiler und Angeber!«

»Und wenn es Jonas wäre?«, hakt Ma nach.

»Jonas?« Ich ziehe den Namen in die Länge. Jonas ist der Sohn des Nachbarbauern und so attraktiv wie ein Elefantenbulle.

»Oder Piet?« Der nächste Versuch, und der geht schon tiefer. Piet ist nämlich ein echter Knaller. Aber unerreichbar. Er ist schon sechzehn und fährt einen dunkelblauen Motorroller.

Da ich nicht antworte, schlägt Ma noch Hektor vor.

Ich ziehe die Mundwinkel verächtlich hinunter. Hektor ist dünn, trägt Schlabberhosen und gestreifte Rollkragenpullis.

Geht gar nicht.

Also schüttele ich auch hier heftig mit dem Kopf.

»Es gibt keinen Jungen, der es auch nur annähernd wert wäre, unseren Schwur zu brechen«, stelle ich abschließend fest. »Und Chris schon gar nicht!«

»Ich wiederhole mich: Vertraue Fee und vertraue eurer Freundschaft! Sie könnte sich in wen auch immer verlieben, du würdest ihn doof finden.«

Ich schlucke. »Und was soll ich tun?«

»Überleg dir was! Verlieren wirst du Fee ganz sicher, wenn du ihr die Liebe verbietest. Halten kannst du sie nur, wenn du sie ihr lässt.«

»Und wenn er so mies ist, wie ich glaube? Wenn er ihr wehtut?«
Und Miri sie mir ganz wegnimmt? Für mich keine Luft mehr übrig
bleibt?

Jetzt gleitet ein ganz breites Lächeln über Mas Gesicht. »Du
glaubst gar nicht, wie sehr man eine Freundin braucht, wenn man
Liebeskummer hat! Dann müsstest du allerdings rund um die Uhr
für sie da sein.«

Oh ja, das würde ich. Ich würde Fee beschützen und für sie kämpfen. Auf keinen Fall darf ich das Miri überlassen!

Ich drücke meine Mutter. »Danke, ich denke drüber nach.«

»Ihr solltet aber euren Schwur aufheben. Ganz feierlich, so wie
ihr ihn gemeinsam beschlossen habt. Nicht, dass er euch tatsächlich
Unglück bringt. Das Universum sollte man nicht veräppeln.«

»Ach, Ma!«, sage ich lächelnd. »Das stimmt, wir müssen uns davon befreien. Allerdings nicht wegen des Universums! Eher wegen
Fee und mir!« Dann stürze ich hinauf in mein Zimmer.

Ich werde eine Lösung finden müssen, denn Ma hat recht. Ich will
Fee nicht verlieren, und wir können abmachen, dass wir auf jeden
Fall den MiFüUhTe beibehalten. Und wenn Fee sich zwischendurch
mit Chris trifft, könnte ich mich mit Miri verabreden, und vielleicht
können wir beide mit ihr befreundet sein. Nicht so eng wie wir beiden miteinander, aber doch befreundet. Immerhin hat Miri Island-
pferde und liebt es, auf dem Hof zu arbeiten. Sie hat also ähnliche
Interessen wie ich. So gesehen, könnte es doch klappen. Ich atme einmal tief ein und aus. Ma hat recht. Ich muss mich ein wenig auf Fee
zubewegen, wenn alles gut werden soll.

Natürlich ist es wichtig, den Schwur zu lösen, so etwas darf man
ja nicht einfach so brechen. Und wenn Chris Fee wehtut, dann werde
ich für sie da sein. Als beste Freundin, mit offenem Ohr. Ich allein!

Es klingt erst einmal einfacher, als es ist. In mir toben die Gefühle wie wild. Vom Kopf her muss ich Ma zustimmen, aber mein Herz spielt noch nicht so richtig mit. Immer, wenn ich mich gerade durchgerungen habe, Fee loszulassen, krampft mein Bauch. Ich zögere, sie anzuschreiben und es ihr vorzuschlagen.

Dagegen hilft nur Stricken. Ich hole meine Wolle und die Nadeln. Mit jeder Masche, die ich stricke, werde ich ruhiger. Ich beschäftige mich so lange mit meinem Loop, bis sich mein Herzschlag endgültig beruhigt hat.

Erst dann bin ich in der Lage, klar zu denken. Weil ich ein bisschen analytisch veranlagt bin, muss ich meine Gedanken erst einmal zu Papier bringen, um sie in Ruhe zu sortieren.

Also setze ich mich sofort an den Schreibtisch und entwerfe einen Plan. Ich brauche drei Entwürfe, bis ich wirklich zufrieden bin.

Als ich fertig bin, geht es mir viel besser. Nun kann ich mich bei Fee melden.

9

Fee wirkt sehr erstaunt, als ich so früh am Tag unangekündigt bei ihr auftauche und mich für meine WhatsApp und meine spitzen Worte entschuldige. Mit wenigen Sätzen fasse ich noch im Flur zusammen, dass ich ihr Chris gönne und wir nur überlegen müssen, wie wir mit dem Schwur umgehen. Und dass es auch nicht so schlimm ist, wenn sie mit Miri befreundet ist.

»Schließlich ist sie ganz nett. Wir können auch mal was zu dritt machen«, schlage ich vor. Von Miep und den Lämmern erzähle ich erst einmal nichts. Ich will jetzt nicht ablenken. Außerdem muss ich gleich zurück, weil Ma fuchsteufelswild wird, wenn ich nicht pünktlich zum Essen komme. Das ist einer der wenigen Momente, wo sie echt sauer werden kann.

Fee schüttelt bei meinen Ausführungen ständig den Kopf und bleibt an der Treppe stehen. Sie hat sich schon wieder nicht so streng frisiert wie sonst. Im Gegenteil: Es wirkt, als hätte sie extra eine Strähne nach vorn gezogen. Ich versuche die aufkommende Angst zu verdrängen. »Was ist mit dir los, Dana? Du willst mir offenbar etwas Gutes tun und machst aber den Eindruck, als würdest du dich um Kopf und Kragen reden. Es läuft nichts mit Chris, das habe ich dir doch schon gesagt. Du verrennst dich da in was.« Sie nimmt mich in den Arm. »Und ja, ich mag Miri. Aber doch nicht so wie dich! Was denkst du dir eigentlich die ganze Zeit? Uns kann nichts trennen!«

Ich drücke sie zurück. »Ich möchte nur vermeiden, dass wir uns

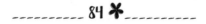

wegen der Jungs in die Haare kriegen«, sage ich und komme mir wie eine Verräterin vor. Verrat gegen mich selbst und meine Überzeugung. Und gegen unseren Schwur. Aber Fee ist mir einfach wichtiger.

»Gut, lass uns hochgehen und in Ruhe reden«, sagt sie mit einer einladenden Handbewegung und geht voraus, die Treppe nach oben.

Ich folge ihr ins Zimmer, das wie immer unglaublich aufgeräumt ist. Während sich bei mir die Klamotten der letzten drei Tage auf dem Stuhl stapeln, liegt bei Fee nie etwas rum. Nicht einmal ihr Strickzeug. Das hat sie ordentlich in ihrem Beutel verstaut und an den Haken gehängt.

»Willst du was trinken?«, fragt sie und klappt den Laptop ein bisschen zu schwungvoll zu. Ich habe trotzdem gesehen, dass sie gerade mit Chris gechattet hat.

»Ich hätte gern eine Apfelschorle«, sage ich und bin froh, dass Fee kurz rausgeht, damit ich mich sammeln kann. Als sie mit zwei Gläsern und einer Flasche Schorle zurückkommt, habe ich mich so weit gefangen.

»Gut, ich weiß jetzt, dass du mir keine Steine in den Weg legen willst«, sagt Fee. Sie wirkt auf einmal so unglaublich verletzlich, dass es mir schon wieder leidtut, wie sehr ich sie im Skatepark angefahren habe. Kein Wunder, dass sie mein Sinneswandel nun überrascht. Aber Ma hat recht, und ich ziehe das jetzt durch. Punkt.

»Ich möchte, dass wir morgen unser Schwur ausgraben und in einer weiteren Zeremonie verbrennen«, sage ich, so ruhig es mir möglich ist. »Wir haben da wohl ein bisschen vorschnell gehandelt und etwas beschlossen, was in unserem Alter nicht funktioniert!«

Fee sieht mich noch immer ungläubig an. »Okay«, sagt sie dann gedehnt. »Aber noch gibt es ja gar keinen Grund dafür. Ich bin wirklich nicht mit Chris zusammen, und es sieht auch nicht so aus, als würde es in naher Zukunft so sein.« Jetzt treten ihr Tränen in die Augen, die sie aber rasch abwischt. »Er mag Viola, und wir sind nur Freunde. Er und ich.« Das sagt sie so traurig, dass ich aufspringe und sie in den Arm nehme.

»Wieso Viola?« Ich fasse es nicht. Er hat doch voll den Eindruck gemacht, als würde er Fee mögen. Na, bis auf die Nummer nach seinem Sturz. Außerdem schreibt er ihr, das habe ich doch eben gesehen. »Wie kommst du denn darauf?«, hake ich deshalb nach. Nicht, dass Fee sich da in etwas verrennt.

Sie seufzt. »Viola wohnt doch bei mir nebenan. Ich glaube, er war nur so nett zu mir, weil er Infos über sie haben wollte. Und ich dachte echt, der Typ mag mich. War wohl ein Irrtum.« Sie senkt den Kopf. »Weißt du, ich war wirklich kurz davor, unsere Abmachung mit Füßen zu treten. Ich mag Chris so schrecklich gern, und wenn es umgekehrt auch so wäre … Aber«, jetzt sieht sie mich fast trotzig an, »wir hatten ja recht. Jungs in dem Alter sind total hirnverbrannt und gemein! Jetzt bin ich noch nicht einmal mit ihm zusammen und flenne schon! Was wäre das für eine Hölle geworden, wenn ich mich auf den Spinner eingelassen hätte!« Sie lacht bitter auf. »Sogar dieses BMX-Latein habe ich heimlich gelernt. Mir die YouTube-Kanäle angesehen, damit ich die Tricks und Fachausdrücke kenne!«

In mir kocht schon wieder Wut hoch. Typisch Jungs! Ja, wir haben recht gehabt. Das war kein Kinderkram gewesen! »Chris ist obermies!«

»Obermieser als obermies, aber es ist nun mal, wie es ist.«

Wir steigern uns sehr in unsere Wut, aber plötzlich verstumme ich, als ich meine Freundin ansehe. Sie schimpft zwar lautstark mit, aber ich sehe ihr an, wie furchtbar schlecht es ihr geht. »Du hättest es aber gern anders«, unterbreche ich unsere Attacken.

Fee seufzt schwer. »So ein bisschen hat er doch mit mir geflirtet, oder nicht?«

»Nicht nur ein bisschen«, bestätige ich. »So ein Ar…«

»Na ja, wir haben jedenfalls auch öfter gechattet. Und tun es noch. Das macht man doch auch nur, wenn …« Sie wischt sich resolut über die Augen. »Ach, egal. Da bin ich wohl etwas naiv. Wahrscheinlich hat ihm meine Anbetung gefallen!«

Ich streichele ihre Hand. »Und bei einem der Chats hat er dann wie selbstverständlich nach Viola gefragt?«

Fee nickt. »Jep, und nicht nur da! Vorhin hat er sich schon wieder gaaanz beiläufig danach erkundigt, ob ich mehr mit ihr zu tun habe. Natürlich habe ich ihm geschrieben, dass sie nebenan wohnt und wir uns deswegen auch öfter sehen. Plötzlich kam die Frage, ob ich wüsste, wo man sie in der Stadt oder beim Sport mal antreffen kann. Da haben bei mir sämtliche Alarmglocken geschrillt! Aber so was von laut!«

Ich bin fassungslos über eine solche Gemeinheit. Dass Chris ein undurchsichtiger Typ ist, wusste ich ja schon immer. Was er jetzt mit Fee abzieht, geht echt gar nicht!

Für meine Freundin ist das wirklich schlimm. Ich finde sie viel hübscher als Viola Hinrichs. Die ist allerdings schon sechzehn und wirkt fast wie eine junge Frau. Da kann Fee noch nicht mithalten, zumal sie sich nicht schminkt und zurechtmacht. Aber Chris ist schließlich auch erst fünfzehn, und Viola ist eine Hausnummer zu hoch für ihn.

Trotzdem ist Viola Hinrichs echt eine Herausforderung.

Das Einzige, was mich beruhigt, ist die leise Schadenfreude, die sich jetzt wie auf Katzenpfoten anschleicht. Chris wird bei Viola keinen Schnitt machen, auf die Nase fallen und danach hoffentlich mindestens so sehr leiden wie meine Fee.

»Du bist so enttäuscht«, merke ich vorsichtig an.

Fee nickt. »Jep. Wir hatten recht mit unserem Schwur. Jungs in unserem Alter bringen nur Unglück. Also bleibt die Abmachung, wo und wie sie ist, okay?«

Wir klatschen ein! Ich bin froh, dass ich mir völlig umsonst Gedanken gemacht habe. Fee und ich: Zwischen uns passt nun mal kein Blatt. Und schon gar kein Junge.

10

Als es nach dem Mittagessen klingelt, bin ich überrascht, dass Fee vor der Tür steht.

Allerdings sieht sie wirklich übel aus und sie tut mir sehr leid. Fast wünsche ich mir in diesem Moment, Chris wäre doch in sie verliebt!

»Totale Katastrophe«, sagt sie gleich.

»Was ist denn nun wieder passiert?« Ich nehme Fee in den Arm. Sie zittert ganz doll.

Sally und Sandy stürzen sich sofort auf sie und schlecken ihre Hand.

»Guck, sie trösten mich auch«, sagt Fee gerührt und streicht ihnen übers Fell.

»Weshalb müssen sie dich denn trösten? Nun sag schon!«, fordere ich sie auf.

»Ich hab Chris und Viola gesehen. Bin vorhin noch kurz zum Supermarkt gefahren, weil wir noch Brot brauchen. Und wer sitzt da gleich vorn im Café? Ganz vertraut? Es hätte nur noch gefehlt, dass sie Händchen halten oder sich gar küssen.«

»Du redest von Chris und Viola?«

»Jep.«

Ich gebe Fee einen Kuss aufs Haar und schiebe sie dann ein Stück weg. Sie zittert und tut mir voll leid. »Kann ich dich ablenken, wenn ich dir erzähle, dass Miep endlich gelammt hat?«, frage ich sie, und sofort gleitet ein Lächeln über Fees Gesicht. »Darüber haben wir vorhin vor lauter Chris und Viola gar nicht gesprochen.«

»Miep hat gelammt? Ja, wann denn?«, fragt Fee. »Letzte Nacht? Ich war so mit mir selbst beschäftigt, sorry! Und du hast vorhin kein einziges Wort gesagt!«

»Passte eben nicht«, antworte ich.

»Aber nun erzähl!«

Ich verrate Fee, wie die Nacht der Geburt verlaufen ist und wie knapp es für das zweite Lamm war. »Ich hatte solche Angst, dass es die Geburt nicht überlebt.«

»Das kann ich verstehen«, sagt Fee. »Ich möchte Miep und die Kleinen sofort sehen!«

Jetzt ist Fee für einen Moment wieder ganz die Alte.

»Dann komm! Miep ist bestimmt stolz, dir ihre Lämmer zu zeigen!«

Wir gehen zusammen in den Stall, und ich zeige ihr die Box von Miep und ihren beiden Kindern. Der kleine Bock ist gerade dabei zu trinken. Luna hingegen zupft am Stroh herum. Fee ist total entzückt. Sie kniet sich ins Stroh. Miep beschnuppert sie, und sofort kommt auch Luna näher. Als der kleine Bock fertig gesäugt ist, kann auch er es nicht lassen, sich neugierig zu nähern. »Das ist so klasse! Diese süßen Schäfchen!«, sagt Fee. Ihr Kummer scheint vergessen. »Ich finde es so toll, dass du die kleine Luna gerettet hast.« Fee kann sich an den beiden Lämmern gar nicht sattsehen. Vor allem der dunkle Bock hat es ihr angetan.

»Du musst ganz schnell einen Namen für ihn finden«, sagt sie. »Er wirkt so einsam. Jeder muss doch irgendwie heißen!«

Da hat Fee zwar nur bedingt recht, weil wir über 800 Tiere haben und sie nicht alle benennen können. Aber bei dem Bock stimmt es. Er gehört mir und er wird einen Namen bekommen. Nur kann ich ihr unmöglich sagen, welcher mir die ganze Zeit durch den Kopf schießt.

»Er soll einen Namen mit M bekommen«, sage ich schnell. »Nach Miep.«

»Und?« Fee mustert mich. »Was hast du dir überlegt? Nun sag schon!«

Ich zucke mit den Schultern, denn mehr als Mick ist mir leider nicht eingefallen. Aber ich kann das arme Tier doch unmöglich nach dem größten Angeber der Schule nennen, bloß weil der schöne blaue Augen hat! »Ich weiß es noch nicht«, erkläre ich schließlich. Dann lenke ich das Thema um, ich habe keine Lust, weiter zu diskutieren. »Bald dürfen sie in die Kleingruppe«, sage ich dann. »Miep hat beide Lämmer wunderbar akzeptiert, sie kann aus der Box raus.«

Fee streicht dem Bock schon wieder über die Wolle und zieht sie in die Länge. »Der Kleine hat viel längere Wolle als Luna. Ist da noch eine andere Rasse drin? Die Texelschafe sind doch eher kurzflorig.«

»Das stimmt. Aber ich habe keine Ahnung, warum der Kleine so anders aussieht. Guck dir Luna an: Sie unterscheidet sich kaum von der übrigen Herde.«

»Wer weiß, welche Vorfahren sich da durchgesetzt haben«, überlegt Fee.

Ich streiche dem Lamm über den Rücken und habe ein schlechtes Gewissen, weil er noch ohne Namen leben muss. »Vielleicht wird er ein wunderbares Wollschaf mit seinem braunen Pelz. Seine Wolle werden wir dann bestimmt ganz toll verspinnen können.«

Wir stehen auf und verlassen die kleine Box, denn es ist doch ganz schön eng dort drinnen.

»Könnt ihr bitte etwas Heu holen?«, fragt Ma. »In ein paar Raufen in den Lammboxen ist nicht mehr genug.« Sie ist zusammen mit Hilmar dabei, den Stall zu inspizieren.

»Klar, machen wir.« Gemeinsam mit Fee hole ich die Schubkarre und werfe einen Heuballen darauf.

Wir verteilen alles und gelangen so schließlich wieder zu Mieps Box. Der kleine Bock sieht uns mit seinen dunklen Augen an. Er ähnelt wirklich …

Fee lacht leise auf und sagt plötzlich. »Ich finde, der kleine Bock sieht ein bisschen aus wie Mick, oder? Der hat auch so braune Locken.«

Ich schlucke kurz, weil Fee mal wieder die gleichen Gedankengänge hat wie ich. Um mir meine Verlegenheit nicht anmerken zu lassen, stoße ich sie an, und kurz darauf kugeln wir uns auf der Stallgasse, die noch nicht gefegt ist. Die herumliegenden Strohhalme verfangen sich sofort in meinen roten Locken. In dem Moment kommt Ma in den Stall. »Was treibt ihr denn da?«

Schuldbewusst stehen wir auf und zupfen uns gegenseitig Heu und Stroh von der Kleidung und aus dem Haar.

»Ihr wisst doch, dass ihr bei den Neugeborenen nicht toben sollt!«, sagt Ma vorwurfsvoll.

Ich zucke mit den Schultern. »Tut uns leid. Ich wollte Fee ein bisschen aufmuntern, es geht ihr nicht ganz so gut.«

Weil meine Mutter die Vorgeschichte kennt, weiß sie sofort, wovon ich spreche, und ihr Gesicht wird auf einmal ganz weich. »Wollt ihr nicht lieber eine andere Ablenkung suchen? Ich werde jetzt misten und dabei ganz viel Krach machen. Ich glaube, euch würde eine kleine Tour in die Stadt guttun. Wisst ihr was? Ich spendiere euch ein Eis!«

Eis klingt überaus verlockend, zumal heute ein wirklich schöner Frühlingstag ist. Die Sonne scheint vom klarblauen Himmel, Fee meint sogar, sie hätte eben die erste Rauchschwalbe gesehen, aber dafür ist es eigentlich noch zu früh. Wenn sie aber recht hat, wird es tatsächlich bald wärmer werden.

Ma stapft ins Haus und kommt mit fünfzehn Euro wieder. »Dafür könnt ihr euch einen dicken Eisbecher kaufen. Und nun weg mit euch! Ich werfe jetzt den Trecker an. Ich will bei den Böcken ausmisten, Hilmar hat sie schon aus dem Stall auf die Hausweide gebracht.« Sie geht zu unserem John-Deere-Trecker, klettert hinauf und wirft den Motor an. Vorne hat sie bereits den Hoflader angebaut, womit sie die Ställe sauber macht.

»Lass uns schnell unser Strickzeug holen!«, schlägt Fee vor. »Dann können wir beim Eisessen ganz in Ruhe ein paar Reihen stricken.«

Ich laufe ins Haus und hole meinen Strickbeutel. Ganz fertig ist der Loop ja noch nicht.

11

Wir machen uns mit unseren Rädern gleich auf den Weg in die Stadt. Fees Haus liegt auf der Strecke, und wir halten noch kurz dort, damit sie ihre Stricksachen mitnehmen kann.

Die Fahrt vergeht wie im Flug, weil die Sonne so schön scheint. Die Wiesen sind vom Löwenzahn gelb gesprenkelt, und wir entdecken einen weißen Reiher, der mit nickendem Kopf über eine Wiese stakt.

Es gibt zwei Eisdielen. Eine in der Innenstadt, eine weitere in der Nähe vom Kurpark, wo sich auch die Skateranlage befindet.

»Welche nehmen wir?«, frage ich Fee.

Sie grinst. »Die am Park. Dann können wir danach noch zum See.«

Oder zur Skateranlage, denke ich.

Wir setzen uns draußen hin. Im Windschatten ist es warm genug. Zuerst durchforsten wir die Karte. Es gibt hier so viele Varianten, dass es schwerfällt, sich zu entscheiden.

»Erdbeerbecher oder Spaghettieis?«, frage ich Fee.

Sie spitzt die Lippen. »Irgendwas mit Früchten auf jeden Fall.« Das war klar. Fee liebt Früchte über alles, sodass ihre Entscheidung schnell gefällt ist. Sie wählt den Becher mit Vanilleeis und Obst der Saison, den sie hier ganz wichtig Fruitexplosion nennen.

Am Ende nehme ich den Schokobecher. »Das ist jenseits meiner ersten Wahl«, erkläre ich, als ich Fees erstaunten Blick bemerke. »Kann mich zwischen den ersten Varianten nicht entscheiden.«

»Das typische Dana-Problem«, sagt Fee lachend. Ich bin froh, dass es ihr besser geht, auch wenn sie immer noch einen leicht traurigen Blick hat.

Andächtig löffeln wir das Eis. Ich bereue nicht, mich für den Schokogeschmack entschieden zu haben. Die Creme schmilzt auf meiner Zunge, und die Schokolade ist so bombastisch, dass mein Mund fast explodiert vor Glück.

Fee scheint es mit ihrem Fruchtbecher ähnlich zu gehen. Sie schließt sogar die Augen, während sie schluckt.

»Großartige Idee von deiner Mutter«, sagt sie. »So kann man auch seinen Kummer einigermaßen ertragen.«

Leider ist das Eis viel zu schnell vertilgt.

»Hier seid ihr!«

Wir schrecken zusammen, und mein Bauch krampft, als ich sehe, wer Fee und mich stört. Miri!

»Hi«, begrüße ich sie. Aber sie hat nur Augen für Fee.

»Setz dich doch!«, fordert meine Freundin sie auf. Miri schüttelt den Kopf. »Ich wollte zum Skatepark. Sicher sind Mick und Chris und die anderen da.«

Der Skatepark, na super! Das wollte ich heute eigentlich vermeiden. Aber Fee nickt. »Gute Idee. Wir können mal sehen, was da los ist.«

Ich ziehe zwar die Brauen hoch, widerspreche aber nicht. Wir bezahlen und gehen zu den Rädern.

»Ich will wissen, was mit Chris und Viola ist«, erklärt Fee, als wir unsere Räder aufschließen und Miri noch kurz auf der Toilette ist. »Nur wenn ich Klarheit habe, kann ich daran ein Häkchen setzen.«

»Ich hoffe, es ist eine gute Idee«, sage ich nur. Wir warten auf Miri und fahren dann auf dem direkten Weg zur Skateranlage.

Es ist schön im Park. Der Frühling ist nicht mehr zu übersehen.

Ein gelbes Meer aus Narzissen wogt an beiden Seiten der Wegränder. Ich finde das wunderschön!

Fee hat aber keinen Blick dafür, dazu tritt sie viel zu heftig in die Pedale. Sie will einfach nur ankommen.

Im Skatepark halten sich schon ein paar Skater auf und auch zwei BMXer. Leider sind es nicht Chris und Mick. Fee zieht das ziemlich runter. Ihr noch zuvor hoffungsvolles Gesicht gefriert zu einer Maske, ihre Lippen werden zu einem schmalen Strich.

Aber plötzlich schlendert Viola mit einem Eis in der Hand auf uns zu. Immer wenn ich sie sehe, komme ich mir vor wie das hässliche Entlein, so schön ist sie. Fee scheint es ähnlich zu gehen, denn nun färbt sich ihr Gesicht aschfahl. Nur Miri zeigt sich unbeeindruckt. Sie steht am Rand der Anlage und schaut den BMXern mit offenem Mund zu.

Fee und ich hingegen warten, bis Viola bei uns ist. Sie läuft nicht, sie schreitet. Lange, gazellenhafte Beine, ihre Mähne reicht bis zum Po, das Gesicht hat echt keinen Fehler, und sie versteht es, alles vorteilhaft in Szene zu setzen. Na ja, und ihre Figur ist der absolute Hammer. Nicht zu dünn, nicht zu dick. Eben genau richtig, wobei sich mir sofort wieder die Frage aufdrängt, was eigentlich genau richtig sein soll.

Sie lächelt uns an, dann fährt ihre kleine rosa Zunge über die Eiskugel. Das sieht so hammermäßig gut aus, dass mir die Worte fehlen.

»Hi, auf wen wartet ihr denn?«, fragt sie dann.

»Wir sind nur zufällig hier«, lüge ich. »Wollten mal sehen, was so los ist. Und du?«

Jetzt strahlt Viola regelrecht. Sie deutet mit dem Kopf zum Skateplatz, wo einer der Fahrer eben eine volle Wende in der Luft springt. Es ist Timor.

»Das ist ein Three-Sixty«, sagt Fee wie in Trance. »Wow!«

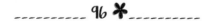

»Ja, nicht wahr?« Violas Wangen glühen, vor allem, wo Timor als Nächstes einen Backflip hinlegt, dass mir fast schwindelig wird. »Klasse, oder?«, schwärmt Viola. »Das können nur Profis wie Timor. Alles andere ist Kinderkram.«

Punkt für Fee, Viola hat ganz offensichtlich nicht Chris als Lover im Blick.

»Magst du ihn?«, fragt Fee sofort und ein bisschen zu hastig.

»Und was wäre, wenn?«, fragt Viola. »Du bist ja wohl ein bisschen zu jung für ihn, oder?«

Fee läuft feuerrot an. »Ich will nichts von ihm. War nur eine Frage.« Sie lächelt mir erleichtert zu. »Kommst du, Dana? Wir können nun an den See gehen. Möchtest du mit, Miri?«

Die schüttelt glücklicherweise den Kopf.

Ich verabschiede mich von Viola, die das allerdings kaum zu bemerken scheint, weil sie schon wieder Timors Kunststücke bewundert. Er ist wirklich ein echter Profi und kann auch sehr anspruchsvolle Sachen. Jetzt überschlägt er sich gerade in einem Vorwärtssalto und dreht sich zugleich komplett um die eigene Achse. »Was für ein geiler Frontflip!«, höre ich noch, bevor ich Fee hinterherfahre. Sie hat ein irres Tempo drauf, und es dauert einige Zeit, ehe ich sie eingeholt habe. »Was soll das?«, frage ich sie. »Willst du einen Rekord brechen?«

Fee lacht nur und tritt weiter wie wild in die Pedale. Sie hat keinen Blick für die Blumen oder blühenden Büsche. Sie beachtet auch das Entenpaar nicht, das gemächlich am Wegrand entlangwatschelt.

Am See angekommen, springt sie pustend vom Rad und schmeißt sich auf die nächstbeste Parkbank. Dort reckt sie sich und strahlt.

»Viola findet Timor cool und nicht Chris!«, jubelt sie.

Ich setze mich neben sie. Es ist wunderschön hier. Der See liegt mitten im Park in einer Wiese. Auf dem Wasser tummeln sich Enten und ein Schwanenpaar, im Sommer plätschert auch ein Springbrunnen in der Mitte, aber der ist noch ausgestellt. Auf der Rasenfläche stecken Krokusse ihre Köpfe aus der Erde, ein fast verblühtes Büschel Schneeglöckchen steht unter einem Busch. Und wieder überall Narzissen.

Fee holt ihr Strickzeug aus dem Beutel. »Das mit Viola und Timor macht mir Hoffnung. Vielleicht gibt Chris schnell auf, und dann hat er bestimmt Augen für mich. Mit vierzehn dürfte ich doch gar nicht so uninteressant sein, oder?«

Ich bin schon wieder hin- und hergerissen, vor allem bei der Vorstellung, was mir blüht, wenn ich meinen Plan umsetze. Wollte ich vorhin noch unbedingt, dass Fee mit Chris glücklich wird, schleichen sich jetzt wieder diese blöden Zweifel an und nagen an mir. Nun steht der Liebesanbahnung eigentlich nichts mehr im Weg, aber …

Fee bemerkt, was in mir vorgeht, und senkt die Hände mit dem Strickzeug. »Du willst es ja doch nicht. Dass es mit Chris und mir was wird!« Sie stößt mich an. »Gib es zu, du bist davon ausgegangen, dass Viola mir sowieso einen Strich durch die Rechnung macht!«

Ich komme nicht dazu, Fee zu erklären, dass ich sogar schon einen Punkte-Plan entworfen habe und ich natürlich möchte, dass sie glücklich ist, weil es hinter uns scheppert.

Als wir erschrocken herumschnellen, kommen Chris und Mick mit ihren Bikes gerade hüpfend auf uns zu. Dann wenden sie jedoch abrupt, steuern die Steintreppe an und fahren sie in rasanter Geschwindigkeit hinunter. Kurz darauf halten sie auf ein Geländer zu, gleiten mit der Fahrradstange darauf entlang und wenden schließlich unter lautem Gejohle.

»Dubble peg grind«, kommentiert Fee. Sie kann echt mittlerweile alles auswendig, was mit BMX-Fahren zusammenhängt.

Mick und Chris schieben jetzt ihre Räder auf uns zu.

»Hi, was macht ihr denn hier?«, fragt Chris. »Ach, die Damen sind zum Häkelkränzchen da!« Warum strahlt er Fee so an, wenn er doch Viola Hinrichs im Kopf hat? Will er sie verarschen?

»Wir häkeln nicht, wir stricken«, korrigiere ich ihn scharf. »Ich sag ja auch nicht, dass ihr skatet, wenn ihr BMX fahrt.«

»Oh sorry, aber was wird das? Socken?« Chris nähert sich langsam und schaut Fee über die Schulter, während Mick sich auffällig zurückhält.

»Ein Pullover«, erklärt Fee ihm. »Socken würde ich mit einem Nadelspiel stricken.« Sie strickt weiter, als würde Chris' Anwesenheit nichts in ihr auslösen.

Er sieht eine Weile zu. »Das sieht echt kompliziert aus«, sagt er dann. »Aber warum sitzt ihr damit im Park herum?«

Er guckt mich an, ich habe meinen Loop allerdings noch in der Tasche.

»Wir wollten uns ein wenig ausruhen«, erkläre ich, weil Fee die Worte fehlen. Sie sieht mich dankbar an. »Der Park ist wirklich schön.«

Jetzt ist auch Mick näher gekommen und er grinst mal wieder breit. Dabei verdunkeln sich seine Augen ein bisschen. Ich muss echt schlucken. Er ist ein komischer Typ. Einerseits fasziniert er mich, andererseits stößt er mich ab, weil ich spüre, dass er etwas verbirgt. Mick ist undurchschaubar, und das mag ich nicht. Aber er hat wunderschöne Augen, und diese Locken erinnern tatsächlich an den kleinen Schafbock. Fast hätte ich mir die Hand vor den Mund gehalten. Ich glaube nicht, dass Mick begeistert wäre, wenn er mit einem Schafbock verglichen würde, auch wenn der gerade noch klein und niedlich ist.

»Stricken im Park«, sagt Mick jetzt, kommentiert aber nicht weiter, was er davon hält. Er lässt mich allerdings nicht aus den Augen.

Hauptsache, er bildet sich nicht ein, dass wir seinetwegen oder wegen Chris hierhergefahren sind.

»Ja, ist schön hier. Wir nutzen die Ferien und sind streetmäßig unterwegs«, sagt Mick schließlich. »Habt ihr ja gesehen.«

Ich schaue mich nach Chris um, der jetzt in seinem Rucksack wühlt, den er unter einer der Parkbänke hervorgeholt hat. Er nimmt eine Wasserflasche heraus.

Fee hat ihr Strickzeug auf die Knie gelegt und beobachtet ihn genau. Dabei blinzelt sie gegen die Sonne an, sodass sie sich die Hand schützend vor die Stirn halten muss.

»Wir haben eben etliche Grinds gemacht, danach einen perfekten Barspin, also einen Sprung in die Luft und den Lenker einmal ringsum gedreht, und einen Crankflip, jupp, ein Sprung in die Luft und der Kick in die Pedale, die sich dabei einmal komplett rum...« Mick stoppt seine begeisterten Ausführungen. »Jedenfalls macht das Durst. Ich muss auch eben was trinken.«

Er holt ebenfalls seinen Rucksack, den er neben dem Bike abgestellt hat.

Ich ziehe nur die Brauen hoch und schüttele den Kopf. Den beiden Angebern ist einfach nicht zu helfen.

Chris holt jetzt ein Stück Wachs heraus, womit er die Steinkante ausgiebig bearbeitet. Fee steht auf und geht zu ihm. Die beiden unterhalten sich leise. Sie sind aber zu weit weg, als dass ich etwas mitbekomme. So muss ich weiter mit Mick vorliebnehmen. »Was macht Chris jetzt?«, frage ich, damit es zu keinem peinlichen Schweigen kommt.

»Er reibt die Kante mit Grindwachs ein, damit es bei den Grinds auf den Geländern und Mauern gut rutscht«, erklärt Mick. »Aber ganz ehrlich: Das interessiert dich doch alles gar nicht. Du findest unser Hobby genauso beknackt wie wir euer Stricken.«

»Stricken ist nicht beknackt!«, fahre ich ihn an. »Stricken beruhigt die Nerven, und man kann wunderbar dabei reden.«

Mick rollt mit den Augen. »Dass ihr Mädchen auch immer über alles reden müsst!« Er schaut zu Chris, der die Kante fertig gewachst hat. »Wir können wieder. Man sieht sich!« Er grinst mich breit an. »Und hol nicht zu viele Lämmer auf die Welt, sonst fängst du nach den Ferien womöglich noch zu blöken an!«

So ein Idiot, denke ich wohl schon zum hundertsten Mal. Da glaubt man immer, jetzt geht es, jetzt kann man auch mit Mick etwas anfangen, und schon haut der Typ einen solch vernichtenden Satz raus. Er hält mich also für eine Bäuerin, die sonst nichts kann. Niemals werde ich den kleinen, süßen Schafbock nach diesem Spinner nennen!

Fee steht wie angewurzelt da und starrt Chris nach, der eben freihändig ein paar Sprünge macht und schließlich im Park verschwindet. Wenn sie diesen Typen echt will, dann geht das nur ohne Mick. Der hat auf Chris ganz sicher einen schlechten Einfluss.

Ich muss mich überwinden und ihr helfen. Wozu habe ich mir denn den Punkte-Plan gemacht?

Es wird Zeit, dass wir Punkt eins umsetzen. Das wird mich aber wirklich ein großes Opfer kosten. Nur bleibt mir keine Wahl.

Vorsichtig zupfe ich an Fees Ärmel und zerre sie zurück zur Bank. »Lass uns mal reden, so kommen wir wohl nicht weiter«, sage ich und bin froh, dass Fee sofort einwilligt.

»Der Schwur«, sagt sie leise.

»Nicht nur der.«

Kaum sitzen wir, versuche ich ihr zu erklären, was ich mir ausgedacht habe. Es ist aber nicht einfach.

12

»Was willst du mir eigentlich sagen, Dana?«, fragt Fee, weil ich nur dasitze und dabei meine Gedanken sortiere. »Was ist das für ein Plan, von dem du eben geredet hast?«

»Ich habe mir viele Gedanken gemacht. Weil es so mit dir und Chris nichts wird! Und jetzt geben wir uns nicht damit zufrieden, dass Chris Viola anschmachtet. Du willst ihn und du kriegst ihn!«

»Und wie?« Fee kraust die Stirn.

»Als Erstes werden wir den Schwur gemeinsam auflösen, wenn es an der Zeit ist«, entgegne ich feierlich. »Sobald es zu den ersten Küssen kommt, muss er null und nichtig sein! Aber ich habe noch etwas für dich geplant.«

»Red nicht so geschwollen!«, sagt Fee lachend. »Komm lieber auf den Punkt!«

Ich zupfe den Zettel mit meinem Plan aus der Hosentasche. Natürlich habe ich ihn vorsichtshalber eingepackt, so als hätte ich geahnt, dass ich ihn heute brauche. »Das ist mein Fünf-Punkte-Plan, den muss ich allerdings noch nachbessern.«

War ich bis eben noch zögerlich, bin ich nun fest entschlossen, ihn umzusetzen. Das gemeinsame Vorgehen wird Fee und mich fest zusammenschweißen.

Wahre Freundinnen lassen einander nicht hängen, da hat Ma recht. Und es ist die beste Möglichkeit, Miri wirklich weit hinter mir zu lassen.

Fee lacht mich amüsiert an. »Was soll denn der Fünf-Punkte-Plan sein?«

Ich rolle das Papier auseinander und erkläre, was ich mir ausgedacht habe. »Und bitte unterbrich mich nicht, diskutieren können wir später!«

Fee hebt nur die Brauen, als ich beginne.

»Den ersten Punkt kennst du ja bereits: Wir lösen den Schwur, so schnell es geht, auf. Feierlich um Mitternacht wird er verbrannt.«

Fee sieht mich erstaunt an. »Das meinst du tatsächlich ernst. Ich dachte bis eben, das hättest du nur so gesagt.«

»Ich sage nie etwas einfach nur so«, gebe ich zurück. »Wenn wir daran arbeiten, dass du mit Chris zusammenkommst, müssen wir genau damit beginnen, damit nichts Schlimmes passiert. Ma sagt auch, wir dürfen das Universum nicht verärgern.« Meine Stimme klingt sicherer, als ich es bin. Ich habe davon eigentlich keine Ahnung, aber wenn Ma und Fee sagen, es würde Unglück bringen, passen wir lieber auf.

»Hast du deiner Mutter etwa davon erzählt?«, hakt Fee sofort nach. Ich werde rot.

»Schon gut!« Seltsamerweise reitet Fee nicht darauf herum, sondern wechselt das Thema. »Okay, und wie geht es weiter?«

Ich habe ihr Interesse geweckt. »Mit Punkt zwei«, erkläre ich. »Der ist total wichtig, weil es nicht geht, wie es gerade läuft.«

Fee sieht mich abwartend an.

Ich lese laut: »Punkt zwei: Chris muss den Dunstkreis von Mick verlassen, Mick stört.«

»Was soll das bewirken?«, fragt Fee. »Was hat Mick damit zu tun?«

»Ganz einfach: Mick ist ein Angeber, der sich mit blöden Sprüchen wichtigmacht. Chris eifert ihm nach und will auch lässig sein.

Deshalb würde er nie zugeben, dass er sich für ein Mädchen interessiert, das jünger ist als er. Er will Mick imponieren! Also müssen wir ihn von seinem Guru ablenken – oder Mick von Chris. Da überlege ich mir was.«

Das leuchtet Fee ein. »Klingt gut. So machen wir das. Ich muss schließlich auch mit Chris allein sein und brauche keinen Aufpasser! Nächster Punkt?«

»Punkt drei«, beginne ich. »Chris muss merken, dass es neben seinem BMX und den Tricks auch noch dich gibt. Er ist sehr auf sein Bike fixiert«, setze ich nach.

»Das wird schwer«, gibt Fee zu bedenken. »Der lebt doch für sein BMX.«

»Kann er auch«, gebe ich ungerührt zurück. »Wir leben ja schließlich für unser Strickzeug. Aber Chris hat Scheuklappen auf, und die müssen weg.«

»Und wie sollen wir das anstellen?«

Ich zucke mit den Schultern. »Das wird sich ergeben, warte es nur ab.« Ich räuspere mich und gebe mich selbstbewusst, damit Fee nicht merkt, wie lückenhaft meine Ideen noch sind. Aber es kommt schließlich auf den guten Willen an.

»Jetzt zu Punkt vier. Hier muss ich den ursprünglichen Satz ändern, weil es nun noch Viola gibt, die wir, na ja, ein bisschen beiseiteschubsen müssen. Auch wenn sie offenbar auf Timor steht, ist sie doch eine Gefahr. Chris muss dich also besser finden als diese Bit… Am Ende soll er dich und nicht sie einladen. Zu einem Eis, ins Kino oder so etwas.«

Fee rollt mit den Augen. »Das macht der nie! Oh, Dana, da haben wir uns ja ganz schön viel vorgenommen, oder?«

Ich stimme ihr zwar zu, aber wenn man sich nichts vornimmt,

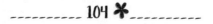

kann man schließlich nichts erreichen. Das sage ich Fee auch, und sie wird ganz kleinlaut.

»Punkt fünf«, fahre ich fort. »Chris muss sich in dich verlieben, dir seine Liebe gestehen und dich am Ende küssen! Was sagst du nun?« Ich rolle das Papier wieder zusammen.

»Dass du ein Mensch bist, der ständig alles in Regeln und Punkten festlegen muss«, sagt Fee. »Aber das alles wird nichts helfen. Auch wenn du Punkt vier eben geändert hast. Bitte sag mir, wie ich gegen Viola Hinrichs anstinken soll? Du hast sie eben gesehen! Unerreichbar, sage ich dir!« Sie schaut an sich hinunter. »Guck mich doch an! Ich habe keine Modelfigur wie sie. Ich bin jünger …«

»Du bist Fee und wunderschön!«, unterbreche ich sie. »Chris wird das rasch merken und auch, was für ein fabelhafter Mensch du bist!« Wieder klinge ich optimistischer, als ich bin. Nun ist es aber raus, und es heißt: Ärmel hochkrempeln.

Bis auf Punkt eins habe ich keine Ahnung, wie wir vorgehen wollen, aber das darf ich meiner Freundin so nicht sagen. Sie ist wegen Viola verunsichert genug. Also gebe ich mich kämpferisch. »Heute Nacht setzen wir Punkt eins im Garten um, dann ist das schon einmal aus der Welt. Sonst sind vermutlich auch unsere Energien blockiert, und alles Weitere zum Scheitern verurteilt!«

Fee grinst. »Jetzt klingst du wie deine Mutter. Aber du hast wohl recht. Ich werde heute bei dir schlafen, und um Mitternacht lösen wir den Schwur auf.« Dann wird sie blass. »Geht das denn auch, wenn kein Vollmond ist?«

Eigentlich ist Fee da die Fachfrau, aber sie ist im Augenblick unzurechnungsfähig. Liebe macht wirklich blind, aber sie hat ja immer noch mich. Ich ziehe mein Handy aus der Tasche und google kurz, was der Mond heute Abend macht.

»Es ist Neumond«, sage ich dann. »Das Gegenteil vom Vollmond. Perfekt, um einen Schwur vorzeitig zu lösen, der bei Vollmond gegeben wurde. Also: heute Nacht!« Ich glaube, der Mondstand ist wirklich ein gutes Omen und ergibt einen Sinn.

Fee ist sehr erleichtert. »Wenn ich dich nicht hätte!«

Wir sitzen noch eine Weile da, und jede hängt ihren Gedanken nach. Immerhin haben wir nun einen Weg gefunden. Obwohl wir von unserem Schwur abweichen müssen, geht es mir ganz gut dabei.

»Komm, wir fahren zum Skatepark zurück«, schlage ich vor. »Vielleicht sind Chris und Mick jetzt da. Sie werden bestimmt nicht ewig im Park rumfahren. Ich glaube, sie treffen sich ganz gern mit den anderen Fahrern.«

Fee schnaubt. »Soll ich ihm nachlaufen, oder wie stellst du dir das vor? Das mache ich nicht. Erst müssen wir unseren Eid löschen.«

Ich seufze laut. »Fee, manchmal muss man flexibel sein! Ein bisschen vorzuarbeiten schadet schließlich nichts. Wir löchern ihn mal, was genau er über Viola wissen will, und vor allem, warum. Sonst können wir ja nicht überlegen, wie wir meinen Fünf-Punkte-Plan umsetzen wollen. Dazu müssen wir den Gegner kennen«, setze ich geschwollen nach.

Fee willigt ein. Wir fahren zwar an der Skateranlage vorbei, aber da ist keiner mehr, sodass wir uns dann doch auf den Weg nach Hause machen.

13

Auf dem Rückweg fahren wir bei Fee vorbei und wollen ihre Schlaf-sachen holen. Ma habe ich eine WhatsApp geschrieben, aber wie nicht anders zu erwarten, hat sie keine Einwände dagegen, dass meine Freundin bei mir übernachtet.

Fees Mutter ist hingegen nicht sonderlich begeistert. Wir stehen bei ihr in der Küche, und sie sieht uns nachdenklich an. »Fee, du wolltest mir doch im Garten helfen!«

Meine Freundin läuft rot an und schlägt sich die Hand vor den Mund. »Ach Mist, das habe ich ja völlig vergessen!«

Fees Mutter schürzt die Lippen. »Du warst heute schon nicht da.«

Fee zögert. Ich befürchte schon, dass unser Vorhaben kippt, aber dann gleitet ein freundliches Lächeln über das Gesicht von ihrer Mutter. »Gut, dann geh in Gottes Namen. Aber morgen Nachmittag bist du da und hilfst!«

»Das mache ich, Mama!«, verspricht Fee, und ich sage: »Ich komme dann auch. So geht es schneller, und Sie haben keine Zeit verloren.«

Fee schaut mich an. »Danke. Du bist echt meine beste Freundin!« Ich drücke ihre Hand.

»Dann mal los«, sagt Fees Mutter. »Bis morgen!«

Wir laufen nach oben und suchen zusammen, was wir brauchen.

Unsere Räder sind schwer bepackt, als wir auf den Hof der Schä-ferei radeln.

Ma hat schon Brote belegt und Tee gekocht. »Ihr habt doch bestimmt Hunger nach eurem Ausflug?«, fragt sie. »Das Eis ist sicher längst verdaut!«

»Wir kommen gleich zum Essen! Erst wollen wir noch zu Miep und den Lämmern«, rufen wir, während wir die Rucksäcke und Schlafsachen im Flur abladen. Ma steht die Neugierde ins Gesicht geschrieben. Sie möchte zu gern wissen, ob ich wirklich eingelenkt habe. Also zwinkere ich ihr zu. Das muss ausreichen, denn ich möchte Ma von meinem Fünf-Punkte-Plan nichts erzählen. Irgendwie geht das nur Fee und mich etwas an.

Ich hake mich bei meiner Freundin ein, und wir schlendern gemeinsam über den Hof der Schäferei.

»Ich habe die ganze Rückfahrt über deinen Plan nachgedacht«, sagt Fee. »Er hat etwas, und ich glaube, es kann auch funktionieren. Aber weißt du was?«

Ich bleibe stehen und schaue sie fragend an. »Was soll ich wissen?«

Fee kichert. »Ich glaube, dass Mick dich toll findet und wir auch da handeln müssen!«

»Guter Witz«, kontere ich. »Weil er mich so heiß findet, geht er ja auch davon aus, dass alle Bauern dumm sind und ich bald zu blöken beginne! Fee! Wo hast du denn deine Augen und Ohren?«

Meine Freundin schaut mich skeptisch an. »Ich glaube ihm nicht, was er sagt! Der tut nur so lässig. Das ist er nicht selbst.« Sie reibt sich das Kinn. »Man müsste mal herausfinden, warum er sich so großspurig verhält. Meist ist das eher ein Schutz. Findest du nicht auch, dass er sich eigenartig benimmt, wenn man ihn auf seine Zeit vor Deekendorf anspricht?«

»Da ich ihn darauf noch nicht angequatscht habe, weil ich es uninteressant finde, kann ich dazu nichts sagen.«

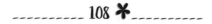

Fee lässt nicht locker. »Und was war da in Bremen? Er war komisch, als er zurückkam. Ich glaube, der ist nicht ganz freiwillig hierhergezogen.«

»Ach, Fee, bist du jetzt unter die Psychologen gegangen? Meinetwegen kann er seine Backflips und One-Eightys und Grinds gerne machen und genauso gern kann er seine dummen Sprüche klopfen. Es interessiert mich aber nicht die Bohne, warum es ihn hierherverschlagen hat!«

»Sicher?«

»Ganz sicher. Ich kenne den Typen doch gar nicht! Aber ich kann mal drüber nachdenken, ob da was an Gefühl bei mir zu finden ist.« Theatralisch lege ich meine Hand an die Brust. Schließe die Augen und spüre meinem Herzschlag nach. Danach sehe ich Fee an.

»Nein, es ist alles okay. Ich habe an Mick gedacht, und es ist nichts passiert. Kein Herzrasen, kein Aussetzer. Nichts.«

Fee kommentiert das nicht, und wir gehen weiter zum Stall.

Wie immer ist es dort angenehm warm und duftet wunderbar nach Schaf, Heu und Stroh. Wir gehen zu der Kleinstherde, wo Miep und ihre Kinder ab heute laufen dürfen.

Wir entdecken sie sofort. Die beiden Lämmer kommen augenblicklich ans Gatter. Ich öffne es, und Fee und ich schlüpfen in den Auslauf. Wir knien uns hin und streicheln die beiden Kleinen. Aber das genügt ihnen nicht. Sie sind bereits richtig frech. Vor allem Luna stupst mich immer wieder mit der kleinen Schnauze an und bettelt. Ich bin ganz vernarrt in sie. Den kleinen Bock versuche ich zu ignorieren, er erinnert mich einfach zu sehr an Mick. Und der kann mir nach seiner letzten Bemerkung wirklich gestohlen bleiben. Also überlasse ich den Kleinen Fee und schmuse lieber mit Luna.

»Sie scheint ja regelrecht verliebt in dich zu sein!«, sagt Fee.

Ich kraule Luna. Es ist ein schöner Gedanke, dass mich dieses Lamm liebt.

Mick hat echt null Ahnung vom Leben. Und schon gar nicht von Schafen oder von der Landwirtschaft. Mich ärgert seine Bemerkung immer noch. Ich soll nicht zu blöken beginnen! Hauptsache, er scheppert nicht wie sein blödes BMX, wenn er den Mund aufmacht. Schade, dass mir solche Bemerkungen immer erst hinterher einfallen.

Hilmar ist jetzt auch hinter uns getreten. »Na, schon wieder auf Schafpuppvisit«, begrüßt er uns. Puppvisit macht man in Ostfriesland immer, wenn Babys auf die Welt gekommen sind. »Habt ihr für den kleinen Mann denn auch schon einen Namen? Ihr Mädchen seid ja immer so hoffnungslos romantisch.«

Ich schüttele den Kopf. »Leider nicht, aber ich arbeite dran, damit er sich Luna gegenüber nicht benachteiligt fühlt.«

Hilmar grinst, weil er das Gewese albern findet. Aber trotzdem spricht er Miep und Luna mit Namen an und auch zwei der Böcke im Nebenstall, die wir schon recht lange haben. »Hast du denn schon eine Idee?«

Ich nicke. »Klar, auf jeden Fall soll er mit M anfangen wie Miep.« Wieder fällt mir nur Micks Name ein. Blödes Thema! Fee ist offenbar das Gleiche durch den Kopf gegangen, denn ihr gleitet ein Schmunzeln übers Gesicht.

»Da draußen fahren übrigens zwei Jungs auf diesen Kunststückrädern vor dem Hof hin und her. Sind das eure Verehrer?«, fragt Hilmar, als er aus der Tür schaut. »Die geistern schon eine ganze Weile hier rum und jetzt sind sie sogar auf den Hof gekommen.«

Ich werde blass, Fee schluckt, und schwups – ist sie draußen.

»Also doch«, sagt Hilmar zufrieden. »Musste ja bald so weit sein.

Hab mich schon gewundert, dass bei euch zwei Hübschen nicht schon eher die Jungs vor der Tür gestanden haben.«

»Also, ich hab mit den beiden nichts zu tun«, beeile ich mich zu sagen. »Das sind bestimmt Mick und Chris. Nur so Angeber. Echte Spinner! – Ich mag keine Jungs in dem Alter.«

Jetzt grinst Hilmar richtig breit. »Also, wenn du mich fragst: Die Jungs, die die blödesten sind, mag man meist am liebsten. Das war bei uns schon so. Und umgekehrt verhält es sich ähnlich.«

Was für ein dummer Spruch. »Ich frag dich aber nicht«, rutscht es mir dann heraus. Ich verschließe das Gatter und gehe Fee betont gelangweilt hinterher. Es wird wirklich Zeit für die Punkte eins und zwei. Dann kommt Chris hoffentlich wenigstens nur noch allein.

14

Fee steht schon bei Chris und Mick, die während der Unterhaltung immer wieder den Lenker anheben oder sonst etwas anstellen, damit das Bike in Bewegung bleibt. Das soll wohl lässig wirken.

»Ach, Frau Schafbäuerin kommt aus ihrem Gehöft!«, lästert Mick gleich ab, als ich mich dazustelle.

Und der Typ soll mich mögen? Fee spinnt doch total. Er ist völlig respektlos! Allein wie er Beifall heischend danach zu Chris sieht.

Ich werfe ihm nur einen wütenden Blick zu. »Kannst du nur ekelhaft sein, oder ist das Show, um deinen Bewunderer zu beeindrucken?«, blaffe ich ihn an.

Mick wird rot und klappt den Mund zu, den er schon für die nächste Lästerei geöffnet hat.

In dem Augenblick kommt Ma aus dem Haus. Sie trägt ein buntes Kleid, das ein bisschen hippiemäßig wirkt. Trotzdem bin ich froh, dass sie keine Stallklamotten und Kopftuch anhat. Das wäre jetzt echt oberpeinlich gewesen. Die junge und die alte Schafbäuerin. Wahrer Nährstoff für Micks Lästereien.

Ma steuert freudestrahlend auf uns zu. »Wer seid ihr denn?«

Oje, ist das peinlich! Wie im Kindergarten der Stuhlkreis mit der Vorstellungsrunde.

Mick und Chris stellen sich vor.

Und wie immer überschlägt Ma sich mit ihren Freundlichkeiten. Dabei will ich Mick doch loswerden!

112

»Das ist ja schön, dass ihr Fee und Dana besuchen kommt. Möchtet ihr mit uns zu Abend essen? Ihr seid so weit mit dem Rad gefahren, da bekommt man bestimmt Hunger. Es steht alles bereit, die Mädchen wollten erst noch zu den Lämmern und haben auch noch nichts gegessen.«

Ich rolle mit den Augen. Ma reitet mich immer tiefer rein. Die Mädchen wollten zu den Lämmern! Wie kleine Babys im Streichelzoo!

Während Fees Augen zu leuchten beginnen, weil sie die Chance sieht, dass Chris länger bleibt, sauge ich die Luft tief ein. Ich will das so nicht. »Ma, sie kommen nur aus Deekendorf, nicht vom Südpol. Da schaffen sie den Rückweg bestimmt auch, ohne bei uns zwischenzuparken und sich den Bauch vollzuschlagen.«

Ma streicht mir übers Haar. Es wird wirklich immer schlimmer. Ich weiß, sie meint es gut! Mich jetzt vor den beiden größten Angebern der Schule zu betätscheln, geht allerdings gar nicht! Ihr Lebensmotto *Make love, not war* ist eine super Sache, nur bitte nicht jetzt! Ich würde am liebsten im nächsten Mauseloch verschwinden, aber Ma lässt sich einfach nicht beirren. »Dann kommt mal mit! Es gibt Schinken, Salami und mehrere Sorten Käse. Überredet?«

Offenbar bin ich die Einzige, die das überhaupt nicht witzig findet, denn sowohl Fee als auch die Jungs stimmen begeistert zu.

»Danke, wir sind auch völlig ausgehungert, weil wir schon den ganzen Tag mit den Bikes unterwegs sind und eben nur kurz bei Mick waren.« Chris lächelt schüchtern zu Fee, die ihn so vernarrt angrinst, dass es schon fast unangenehm ist. Ich könnte ihm eine reinhauen, wenn ich nicht so friedlich veranlagt wäre. Mann, der Typ will was von Viola und flirtet mit meiner Freundin!

Glücklicherweise hält Mick jetzt den Mund. Ma gegenüber wird

113 ♡

er es bestimmt nicht wagen, sich so blöd über uns Schafbauern zu äußern.

Meine Mutter geht voraus, und schon bald sitzen alle um den großen Küchentisch herum. Ich sehe mich unauffällig um, aber wenn Mick später auch nur einen Ton über mein Zuhause sagt, dann kann der was erleben. Unsere Küche ist nämlich wirklich hypermodern. Zwar ist das Wohnhaus schon ziemlich alt und sieht eben aus wie ein typisches ostfriesisches Bauernhaus mit heruntergezogenem Walmdach und weißen Sprossenfenstern mit gebogenem Sturz. Aber Ma muss oft für viele Menschen kochen. Wenn im Herbst die Schafscherer kommen, hat sie echt viel zu tun. Deshalb ist unsere Küche sehr groß und richtig cool ausgestattet.

Mick folgt meinem Blick und hebt anerkennend den Daumen.

»Du dachtest, wir kochen noch mit offener Feuerstelle?«, frage ich ihn. »So richtig bäuerlich?«

»So ähnlich«, antwortet er auch gleich. »Sorry, da hatte ich wohl ein paar dumme Vorurteile.«

Der erste normale Satz aus seinem Mund. Wenigstens sieht er seinen Irrtum ein und gibt es auch zu. »Wir haben echte Betten, mit echten Matratzen, und schlafen nicht auf Stroh. Und stell dir vor, die Verwaltung wird am Computer gemacht mit Programmen, die sehr modern sind. Und noch etwas: Meine Eltern haben Abitur, und sie haben sogar Agrarwissenschaften studiert. Meine Eltern sprechen zudem fließend Englisch und Holländisch, damit sie sich mit unseren europäischen Handelspartnern verständigen können. Außerdem hat mein Vater eine Ausbildung zum Schäfer, und meine Ma ist zudem Hauswirtschafterin.«

Mick schluckt, aber ich bin noch lange nicht fertig. Jetzt beginnt es mir nämlich so richtig Spaß zu machen. »Und ich werde diese

Schäferei einmal übernehmen und zuvor ebenfalls studieren. So einfach ist es nämlich nicht, einen so großen Betrieb zu führen. Auch wenn wir tatsächlich mal ausmisten müssen, das tun wir allerdings mit dem Trecker.«

Ich atme einmal tief ein und aus. Das wäre erst einmal gesagt.

Mick kaut nun verlegen auf seiner Stulle herum, auch Chris und Fee halten die Köpfe gesenkt. Gut, ich habe die lockere Stimmung ein wenig torpediert, aber ich glaube, Mick versteht keine andere Sprache.

Ma steht auf und zündet eine Räucherkerze an. »Wir müssen negative Energien vertreiben«, erklärt sie und verbeugt sich vor der kleinen Rauchsäule. Mann, ist das peinlich!

»Wir haben keine negativen Energien«, sage ich und wedle den Patschuliduft weg. »Es ist nur wichtig, dass hier alle die Wahrheit kennen und ihre Vorurteile begraben.« Ich schaue herausfordernd zu Mick, der nach wie vor an seiner Stulle nagt.

»Und ihr fahrt mit diesen Rädern ohne Bremse?«, fragt Ma nach einer Weile totaler Stille. »Hab ich mal irgendwo gelesen.«

»BMX heißen die Bikes«, erklärt Mick. Und dann legt er los.

Wie wertvoll die Räder sind. Dass er damit niemals zur Schule fahren würde, weil die Dinger zu teuer sind und er Angst hat, sie würden gestohlen. Und dass man sie eher schlicht hält und nicht aufmotzt. Dass er immer Schienbein- und Knöchelschoner trägt und meist auch einen Helm.

»Es gibt doch so eine besondere Nabe, damit man beim Rückwärtsfahren nicht in die Pedale treten muss, oder?«, fragt Ma, und ich frage mich, ob sie das heimlich gegoogelt hat, als ich ihr erzählt habe, dass Chris BMXer ist. Das würde zu ihr passen.

»Klar, die meisten haben eine Freecoaster-Nabe nachgerüstet.«

Mick erklärt ausgiebig, was es mit dem Ding auf sich hat. Danach erzählt er noch, auch wenn das mit dieser Nabe nichts zu tun hat, dass man beim Streetfahren deshalb in der Regel keine Bremsen hat, weil man so ein paar Tricks besser ausfahren kann. »Man bremst, indem man den Fuß zwischen Reifen und Sattel klemmt.«

»Autsch«, sagt Ma. »Kann man sich da nichts brechen?«

Mick beruhigt sie. »Man übt das ja!«

»Und es gibt wirklich gar keine Bremsen?«, hakt Ma nach, und ich hoffe, dass sie endlich aufhört, damit die beiden hier verschwinden.

Mick aber ist jetzt in seinem Element. BMXer lieben es offenbar, über ihr Hobby zu reden. Chris benimmt sich wie immer: still und angepasst. Er nickt ständig zustimmend, während Mick als Wortführer referiert.

»Die Leute, die vor allem im Park biken, haben manchmal eine Hinterradbremse«, erklärt er jetzt. »Das ist Ansichtssache, aber die meisten fahren ohne, weil die Tricks cooler sind und mehr beachtet werden!«

»Beachtung und Angabe ist also das Wichtigste«, fasse ich zusammen.

»Von den anderen BMXern, ja«, gibt Mick zu. »Es ist unser Sport, möglichst coole Tricks hinzulegen.« Er greift sich noch eine Stulle. »Auf dem Platz sind wir trotzdem eine gute Gemeinschaft. Es geht nicht ums Gewinnen, sondern darum, sich zu unterstützen. Besser werden und alles probieren und vormachen.«

»Aber es gibt doch auch Wettbewerbe«, wendet Fee ein. Sie hört die ganze Zeit gespannt zu und rührt schon so lange in ihrem Teebecher, dass ich Angst habe, dass der Boden irgendwann durch ist.

»Ja, den Adventsjam in Aurich zum Beispiel.« Micks Augen beginnen zu leuchten. »Da werde ich auf jeden Fall hingehen.«

»Also doch Konkurrenz.« Ich kann das Sticheln nicht lassen.

Mick wiegt den Kopf. »Aber überschaubar. Wenn wir unterwegs sind und uns treffen, dann ist alles ganz locker.«

Ich belasse es dabei. Zum Glück gibt Mama sich damit zufrieden, weil nun auch Pa, Hero und Hilmar in die Küche kommen und sie Brote nachschmieren muss. Sie hatte also doch keine extra belegt, sondern wollte nur, dass die beiden Jungs reinkommen. Typisch Ma!

Pa bedankt sich dafür. »Wenn ich gewusst hätte, dass wir Besuch haben, wären wir eher gekommen, um dir zu helfen.«

Ich bin froh, dass mein Vater die Patschuli-Rauchsäule auf die Fensterbank stellt. »Wir haben doch alle gute Laune, oder?«, fragt er mit einem Augenzwinkern. Pa ist cool, er begreift immer alles einfach so.

»Alles gut«, antworte ich sofort mit einem Seitenblick zu Mick.

»Ja, klar, Dana hat uns nur erklärt, wie aufwendig es ist, einen solchen Betrieb zu führen.«

Pa sieht mich mit einem anerkennenden Blick an. »Was habt ihr denn jetzt noch vor?«, fragt er dann. »Ist ja schon recht spät.«

»Wir würden den Schafstall gern sehen«, sagt Mick. »Geht das?«

Auch das noch! Ich habe gehofft, dass die beiden gleich verschwinden, wenn sie sich satt gegessen haben. Ich werfe meinen Eltern einen flehenden Blick zu, den mein Vater aber nicht wahrnimmt, weil er sich ein Schinken- und ein Salamibrot auf den Teller legt.

Ma ignoriert es, sie scheint so froh zu sein, dass Fee und ich Besuch von zwei Jungs haben, die ihr offenbar auch noch sympathisch sind. Da haben wir also eine völlig andere Vorstellung vom männlichen Geschlecht! Sie nickt nämlich freudig. »Geht nur! Fee und Dana kennen sich ja aus und können euch alles zeigen.«

Zum Glück will Ma nicht mitkommen, sie hat schon genug an-

gerichtet heute. Aber dass Chris und Mick uns begleiten, kann ich leider nicht verhindern!

Wir gehen also noch einmal in den Stall. Wie immer herrscht hier eine ruhige und freundliche Stimmung. Schafe können, glaube ich, gar nicht anders, als ruhig und freundlich sein. Die Mutterschafe jedenfalls. Mit den Böcken muss man schon etwas vorsichtiger umgehen. Aber die werde ich den Jungs gar nicht zeigen. Wer weiß, was sie sonst für blöde Kommentare ablassen.

»Die Lämmer sind ja noch voll klein«, sagt Chris. Er wirkt richtig begeistert.

Fee und Chris streicheln eines der Kleinen, während Mick sich weiter umsieht. »Rauchen sollte man hier drin nicht, bei dem vielen Heu und Stroh, das hier lagert«, sagt er.

»Man sollte ohnehin nicht rauchen. Und in Ställen sowieso nicht«, antworte ich.

Hoffentlich verschwinden die beiden gleich! Ich will jetzt mit Fee stricken, unseren Schwur auflösen und überlegen, wie wir es hinbekommen, dass Chris beim nächsten Mal ohne Mick kommt.

»Ganz ehrlich«, sagt der eben.

Was will er denn nun schon wieder ablassen?

»Was ist ganz ehrlich?«

»Das ist hier eine Menge Arbeit, und man kann sehen, wie gut es euren Tieren geht. Keine Massentierhaltung, alles sauber.«

»Und bald laufen alle als Herden draußen auf dem Deich. Dort sind sie fast das ganze Jahr. Die Tiere kommen meist erst Anfang Dezember in den Stall, und wir versuchen sie so schnell es geht nach dem Ablammen wieder rauszubekommen. Das ist gut für die Tiere«, erkläre ich.

»Großartige Arbeit!« Mick sieht mich mit seinen blauen Augen

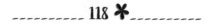

lange und fest an. Was ist denn nun in ihn gefahren? Hab ich ihn jetzt wirklich beeindruckt?

Es dauert, bis ich mich losreißen kann. Damit habe ich nicht gerechnet. Das war der zweite vernünftige Satz aus seinem Mund. Gibt es doch einen anderen Mick? Einen, der normal ist? Ich wage es kaum zu hoffen.

Fee besteht darauf, den beiden auch Miep und ihre neuen Lämmer zu zeigen, und zieht sie zur Kleingruppe, wo die beiden inzwischen laufen.

»Das ist Miep, Danas Schaf. Sie hat sie mit der Flasche großgezogen.«

»Echt? Das muss ja wahnsinnig anstrengend sein«, sagt Mick mit einer gewissen Bewunderung in seiner Stimme.

»Nicht nur das«, erklärt Fee stolz. »Dana hat sogar die beiden Lämmer mit auf die Welt geholt. Sie kann so etwas wirklich. Das habe ich euch nicht nur so erzählt. Wahnsinn, wenn sie den Laden hier einmal übernimmt, oder?« Fee wirkt richtig stolz auf mich. Mir ist das unglaublich peinlich, und ich lächele unsicher.

Der Respekt in den Augen der beiden Jungs ist allerdings nicht mehr zu übersehen. So hat unsere Stallbesichtigung ein kleines bisschen etwas gebracht. Ich hoffe, Mick sagt von nun an nicht mehr so gemeine Dinge!

Wir stromern noch durch sämtliche Ställe und gehen dann doch zu den Böcken, die natürlich etwas kräftiger als die Mutterschafe sind.

Ma kommt auch in den Stall, um nach dem Rechten zu sehen. Sie hat das Hippiekleid gegen die Stallklamotten getauscht und steckt jetzt in voller Montur samt Kopftuch, unter dem sich nur ein paar ganz vorwitzige Haarsträhnen hervorkringeln. Mick kommentiert das glücklicherweise nicht, denn mit Latzhose und Kopftuch sieht Ma tatsächlich wie eine Bäuerin aus.

»Wir müssen jetzt auch los«, meint Chris. Er klopft auf seine Armbanduhr.

»Eine Frage habe ich aber noch, Mick«, mischt Ma sich ein, während sie das Gatter schließt. »Woher kommst du eigentlich? Dana sagt, du bist erst kürzlich hergezogen?«

Mick ist diese Frage sichtlich unangenehm. »Aus Bremen«, sagt er schließlich.

»Und wie seid ihr ausgerechnet nach Deekendorf gekommen? Das ist ja schon ein krasser Unterschied zu einer Stadt.«

Mick reagiert unerwartet abweisend. »Mein Vater hat eine neue Freundin, die wohnt hier, und in Bremen … ach, danke fürs Essen und so. Wir müssen dann.« Er stürzt förmlich aus dem Stall. Chris zuckt mit den Schultern und rennt ihm hinterher.

»Was hat er denn?«, fragt Ma. »Dann eben nicht.« Sie zupft das Kopftuch zurecht und macht sich daran, das Heu aufzuspießen.

Fee schürzt die Lippen: »Ich sag doch, mit ihm stimmt etwas nicht. Er ist ganz anders, als er tut, und offenbar hängt das mit seinem alten Zuhause zusammen.«

15

Endlich ist es kurz vor Mitternacht. Mein Vater ist bis eben mit Hero im Stall gewesen, um nach den Lämmern und Mutterschafen zu sehen. Ich höre ihn die Treppen hinaufstiefeln und ins Bad gehen. Meine Mutter ist früh zu Bett gegangen, sie hat die letzten Wochen nur wenig schlafen können. Jetzt wird es von Tag zu Tag ruhiger, und sobald das Wetter stabiler wird, können die ersten Schafe auf die Hausweide. Schon bald darauf werden wir die Herden zum Deich bringen.

Fee und ich ziehen uns warm an, denn die Nächte sind noch empfindlich kühl.

Wir sind ein bisschen nervös, als wir die Treppe hinunterschleichen. Es ist fast schlimmer als vor einem Jahr, als wir den Schwur getätigt haben.

Ich weiß aber, dass es die richtige Entscheidung ist. Ma hat recht: Wir sind ein ganzes Stück erwachsener geworden.

Ich weise Sandy und Sally an, still zu sein, und heute gehorchen sie mir; wenn auch widerstrebend.

Vorsichtig öffnen wir die Haustür und spähen hinaus.

Eine Windböe weht ein paar Blätter auf, aus dem Stall klingt noch vereinzeltes Blöken. Ich nicke Fee zu, die Luft ist rein!

Den Spaten haben wir vorhin schon am Eingang der Remise platziert, sodass wir ihn nicht lange suchen müssen. Fee leuchtet mir mit der Handytaschenlampe, und wir machen uns mit dem Spaten in der

Hand auf den Weg in den Garten. Schon bald stehen wir vor der alten Kirsche, und Fee strahlt den Boden ab.

Ein bisschen müssen wir suchen, bis wir die Stelle finden. Wenn man ganz genau hinsieht, hat das Gras, auch im Schein der Taschenlampe, eine andere Farbe. »Da muss es sein!« Ich zeige auf das kleine Viereck.

»Dann mal los!«

Ich ramme den Spaten in die Erde. Und wieder nimmt Fee die Grassode, und wieder muss ich buddeln. Aber schon bald stößt der Spaten auf etwas Hartes. Wir haben tatsächlich die richtige Stelle gefunden.

»Es ist gut, wenn wir die Auflösung des Schwurs rasch hinter uns bringen«, sagt Fee.

Ich nicke. Jeder Windstoß macht mich nervös, weil ich mir einbilde, dass sich doch ein paar Universumsgeister darüber aufregen, dass wir unser Wort nicht halten. Ich weiß, dass das albern ist, aber nachts allein im Garten kommen schon mal komische Gedanken. Gerade, als ich mich bücken will, um die Truhe zu bergen, hören wir ein kurzes, unheimliches »Hu«. Dann klatscht es über uns. Kurz darauf ertönt ein »Üiüiüüi«.

»Was ist das?«, fragt Fee erschrocken und macht die Handytaschenlampe aus. »Ein Zeichen der Geister?«

»Ich weiß nicht«, flüstere ich. »Ist schon komisch, oder?«

Wir verharren ganz still und wagen nicht, uns auch nur ein bisschen zu bewegen. Die Rufe hören nicht auf, entfernen sich dann aber, ehe sie wieder ganz nah sind. Plötzlich scheinen diese Töne von überall zu kommen. Mal von rechts, mal von links. Und wieder klatscht es über uns. Es hört sich schaurig an.

»Ich hab Angst«, wispert Fee. »Lass uns abhauen.«

»Und wenn sie uns dann verfolgen?«, antworte ich. »Komm, wir verkriechen uns dort unter dem Busch!«

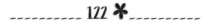

»Das sind bestimmt die Universumsgeister.« Fee folgt mir, und wir krabbeln auf allen vieren unter den nahen Rhododendron.

Plötzlich hören wir ein leises Bellen und das Klacken der Haustür. Sofort hören die gruseligen Laute auf.

»Das sind Sandy und Sally«, sage ich erleichtert. »Sie haben die Geister verjagt.«

Fee kichert. »Dann hat deine Ansage bei den Hunden offenbar nicht lange angehalten.«

»Und sie haben meinen Vater nach unten gelockt«, stelle ich fest. Denn schon hören wir ihn rufen.

»Ist da wer?«, ruft Pa. »Hallo?«

Wir halten beide den Atem an. Egal, ob da eben Geisterstimmen waren. Er würde furchtbar wütend werden, und das wäre mindestens genauso schlimm wie Untote oder was auch immer das eben war.

»Ich dachte, er schläft«, flüstert Fee.

»Dachte ich auch. Aber Sally und Sandy sind totale Verräter!«

Kurz darauf hören wir die beiden auf uns zurennen, und schon stehen die beiden Hütehunde fröhlich kläffend vor uns. So ein Mist!

»Pst!«, versuche ich die beiden zu beruhigen. Sandy gehorcht auch sofort, aber Sally ist noch jung und ungestüm und denkt gar nicht daran, still zu sein. Wenn sie weiter so macht, wird gleich Pa herkommen und schauen, was los ist. Und ihm zu erklären, dass wir bei Mitternacht einen Schwur lösen müssen, wäre ungleich schwieriger, als das Ma beichten zu müssen. So gut sich die beiden verstehen: Für die Kommunikation mit dem Universum hat mein Vater kein wirkliches Verständnis.

Und wir haben offenbar keine Ahnung davon, sonst wären uns die Geister eben nicht erschienen.

Irgendwie muss ich die Hunde still kriegen.

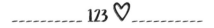

»Aus!«, befehle ich Sally, aber die legt sich nur auf den Boden und wedelt mit der Rute. Dabei jault sie vor Freude.

»Warum freut die sich so?«, flüstert Fee.

»Na, endlich mal was los auf dem Hof!«, antworte ich.

Pa pfeift nach den Hunden. »Hey, wo steckt ihr denn?«

Wir hören seine Schritte auf dem Weg und versuchen uns noch ein bisschen kleiner zu machen. Obwohl heute kein Mond scheint, kann ich die Silhouette meines Vaters am Garteneingang ausmachen. Ich bin jetzt noch ein bisschen mehr froh, dass kein Vollmond ist. Dann hätte er uns ganz sicher gesehen.

»Sandy, Sally!« Mein Vater hat im Umgang mit den Hunden immer einen klaren Ton, was auch sein muss, weil sie aufs Wort gehorchen müssen. Sandy huscht glücklicherweise auch sofort zu ihm, und Sally folgt ihr kurz darauf. »Was ist denn los, dass ihr mitten in der Nacht so laut herumbellt?«, fragt Pa die beiden. »Jetzt kommt mal wieder rein. Ich habe eben im Stall geschaut, da ist nichts.« Er streicht ihnen beruhigend über den Kopf. Im letzten Jahr hatten wir einen schlimmen Wolfsriss, wo drei ganz kleine Lämmer und ein Mutterschaf umgekommen sind, von daher ist Pa immer sehr achtsam, wenn die Hunde anschlagen. Auch wenn die Schafe noch aufgestallt sind.

Mein Vater schüttelt noch einmal den Kopf. »Komisch«, sagt er. »Dann kommt, ihr beiden Damen, ab zurück ins Haus. Ich für meinen Teil würde jetzt gern schlafen!«

Fee und ich atmen erleichtert aus.

Trotzdem bleiben wir noch eine Weile in unserem Versteck hocken, bevor wir uns wieder zur Kirsche wagen. Zum Glück rufen die Geister nun nicht mehr. Pa und die Hunde haben sie wohl verschreckt.

»Jetzt schnell die Schatulle rausnehmen, alles zuschaufeln, und

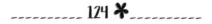

dann nichts wie zurück ins sichere Haus.« Ich nutze Fees Wort vom letzten Jahr, irgendwie klingt es feierlicher. Mir klopft das Herz bis zum Hals. Fee zittert, das sehe ich sogar im Dunkeln. Ich greife ins ausgehobene Loch und bekomme die Truhe zu fassen. Mit einem Ruck zerre ich sie heraus und drücke sie Fee in die Hand.

»Halt sie gut fest! Ich schaufle schnell alles zu.« Ich glaube, so flink habe ich noch nie ein Loch zugeschüttet. Ich will hier einfach nur weg, bevor die Geister zurückkommen. Wir legen die Grassode auf die Stelle und trampeln alles wieder fest. »Das muss genügen. Komm!« Ich ziehe Fee mit mir, bis wir den Hauseingang erreicht haben. Hier fühlen wir uns sicher.

Trotzdem sind wir beide ganz schön aus der Puste.

»Mach's auf«, bitte ich Fee. »Wir müssen es nun schnell hinter uns bringen.«

Andächtig öffnet sie die Schatulle und nimmt die Muscheln und das Papier aus dem Röllchen. Die Schrift ist schon arg verlaufen, man kann kaum noch lesen, was wir aufgeschrieben haben. Trotz des Schutzes ist alles feucht geworden. »Hier ist es, was nun?«

»Jetzt müssen wir es verbrennen und laut sagen, dass wir den Eid aufheben. Zuerst schenken wir uns als Zeichen der ewigen Freundschaft gegenseitig die Muscheln. Damit beginnen wir.«

Fee reicht mir ihre herüber. »Bitte.«

Ich streiche sacht über die glatte Oberfläche und lasse sie in meiner Jackentasche verschwinden.

Danach schaue ich zweifelnd zu meiner Freundin. Es gibt nämlich zwei Probleme.

Erstens: Weder sie noch ich haben an Streichhölzer oder ein Feuerzeug gedacht, und zweitens: Hier draußen Feuer zu machen oder ein Papier anzuzünden, ist viel zu gefährlich. Wie leicht kann ein winziger Funke alles in Brand setzen. So viel Heu und Stroh, wie bei uns herumliegt. Als ich Fee das erzähle, nickt sie sofort. Das hatten wir nicht bedacht.

»Reicht es nicht, wenn wir das Schriftstück erst zerreißen und nachher die Schnipsel in den Ofen werfen?« Ich hoffe, der hat noch etwas Glut, damit es funktioniert.

»Dann muss es eben so gehen«, sagt Fee feierlich. »Nun entbinden wir uns von dem Eid!«

Wir halten das Papier beide fest, und ich sage: »Von dieser Stunde an gilt der getätigte Schwur zwischen Dana Weerts und Felicitas Pérez nicht mehr. Beide dürfen sich von dieser Stunde an verlieben und einen Freund haben.«

Fee nimmt das Papier und zerreißt es in winzige Fetzen. Uns ist ganz komisch zumute. Fee knüllt die Stückchen zusammen, steckt sie zurück in die Schatulle und hält diese fest in der Hand.

»Lass uns schnell reingehen. Ehrlich gesagt, hab ich voll Schiss, dass diese Geräusche wiederkommen«, sagt Fee.

Ich krame in meiner Hosentasche und fahre zusammen.

»Was ist los?« Fees Augen sind riesig groß.

»Ich habe vergessen, einen Schlüssel mitzunehmen.«

»Sag, dass das nicht wahr ist«, jammert Fee. »Ich will rein.«

Ein probeweises Rütteln an der Klinke bringt wieder nur Sally zum Bellen, also lassen wir das besser.

»Und jetzt?«, fragt Fee mit düsterer Stimme. »Ich habe keine Lust, die Nacht im Freien zu verbringen.« Sie hält die Schatulle fest umklammert. »Und ich fürchte mich.«

Ich spitze die Lippen und gebe mich sicherer, als ich es bin. Ehrlich gesagt schlottern mir auch die Knie, aber das kann ich nun wirklich nicht zugeben. Dann würde Fee abdrehen.

»Mir fällt schon etwas ein«, sage ich beruhigend. »Zuerst stellen wir den Spaten zurück in die Remise und dann sehen wir weiter.«

Fee zittert schon vor Kälte, und so langsam wird mir auch kühl.

Es ist eine sternenklare Nacht, kein Wölkchen verdeckt den Himmel, auch ohne den hellen Mond ist es wunderschön. Aber es ist noch empfindlich kalt und alles andere als einladend, die nächsten Stunden draußen zu verbringen. Obwohl wir dicke Jacken anhaben, würden wir ganz schön frieren.

»Lass uns mal sehen, ob wir über die Efeuranken in unser Zimmer kommen«, schlage ich schließlich vor. Und wieder klinge ich zuversichtlicher, als mir zumute ist. Aber besser, wir versuchen etwas, als dass wir hier nur rumstehen und warten.

Fee hält die Truhe noch immer in der Hand. »Damit kann ich nicht klettern.«

Uns streift gerade ein leichter Windzug. Da kommt mir eine Idee. »Kann man die Schnipsel nicht im Wind verstreuen? Das ist fast wie verbrannt. Es ist doch auch eine Rückführung zu den Elementen. So wie es im Eid stand. Dann wäre wenigstens das erledigt.«

»Ich weiß nicht«, sagt Fee zweifelnd. »Müssen die nicht ganz weg von der Erde sein?«

»Weg sind sie ja nicht. Nur in einem anderen chemischen Zustand. Haben wir in der Schule so gelernt. Wenn wir sie nun fliegen lassen, werden sie eines Tages aufgeweicht sein und verrotten. Also auch weg, genau so, als hätten wir sie verbrannt. Rückführung eben. Oder etwa nicht?«

Fee gibt mir recht. »Dann muss ich die blöde Schatulle auch nicht mehr mitschleppen!«

Wir umrunden die Stallungen, denn dort pfeift der Wind immer um die Ecken. Ich finde, das ist ein guter Ort, um den Schwur endgültig zu lösen, und ich bin davon überzeugt, dass sich auch das Universum, oder wer sonst für so etwas verantwortlich ist, damit einverstanden erklärt.

Fee wirft die Schnipsel in die Luft, und sie werden sofort in alle Himmelsrichtungen verstreut. Schon bald sehen wir keinen einzigen mehr davon.

»Das Problem ist gelöst«, sage ich zufrieden.

»Ich fühle mich richtig frei.« Fee lächelt. »Punkt eins ist geschafft.«

»Supi, dann sind es nur noch vier!« Ich gebe mich euphorisch.

Doch dann beginnt das unheimliche Rufen wieder.

»Wir müssen irgendwo rein«, beschließe ich. »Es ist einfach zu gruselig. Komm, wir versuchen jetzt zu klettern. Die Truhe bringen wir morgen in die Remise.«

Kurz darauf stehen wir vor der Hauswand mit den Efeuranken. Ich greife mir eine und stelle den Fuß auf das untere Geflecht. Fee sieht mich ängstlich an. Ich gebe mir einen Stoß – und knalle rücklings auf den Boden. Die Ranke angerissen in meiner Hand.

»Das hat wohl nicht so gut geklappt.« Es hat ganz schön wehgetan, und ich fasse mir an den Rücken.

»Und nun?« Fees Stimme zittert, vor allem, wo es schon wieder laut über uns klatscht. Ich reibe mir den Handrücken, den ich mir bei meiner Aktion eben aufgeschrammt habe. »Vielleicht können wir die Verandatür aufdrücken«, schlage ich vor. Es besteht allerdings nur eine geringfügige Hoffnung, denn Ma lässt über Nacht oder wenn wir wegfahren niemals die Fenster offen. Und in einer solch kühlen Nacht schon gar nicht.

Wir versuchen es trotzdem, und auch am Hintereingang, aber es ist sinnlos. Natürlich ist alles abgeschlossen.

»Bleibt wohl nur der Stall«, sage ich.

»Und wie sollen wir dort reinkommen?«, fragt Fee. »Der ist doch auch zu.« Sie zieht verzweifelt die Schultern hoch. »Ich habe noch nie in einem Stall geschlafen und ich weiß gar nicht, ob ich das will.«

»Einmal ist immer das erste Mal.« Ich habe auch noch nie bei den Schafen übernachtet, aber ich glaube, es ist die bessere Alternative zu einer Nacht im Freien. Immerhin weht dort kein Wind, und die Tiere sind so etwas wie eine natürliche Heizung.

»Und die Geister, die uns verfolgen, weil sie mit der Auflösung des Schwurs nicht einverstanden sind?«

»Gibt keine Geister«, entgegne ich. »Und eine Wahl bleibt uns nicht. Außerdem glaube ich nicht, dass sie uns bis zu den Schafen verfolgen. Ich meine nur, falls es sie doch gibt.« So ganz sicher bin ich mir schließlich nicht. Wir machen uns wieder auf den Weg zum Stall.

»Ich weiß, wo wir den Ersatzschlüssel versteckt haben«, fällt es mir dann plötzlich ein.

In Fees Augen glimmt Hoffnung auf, doch die muss ich gleich wieder zerschmettern. »Den für den Stall, nicht fürs Haus!« Ich schlüpfe ein weiteres Mal in die Remise.

»Leuchte mir bitte mal!«, fordere ich Fee auf, die zitternd herumsteht. Mithilfe des Handytaschenlampenlichts finde ich die Kiste, in deren Seitenfach ein Ersatzschlüssel für die Ställe liegt. Triumphierend halte ich ihn Fee entgegen.

»Dort wird es aber trotzdem kühl sein«, dämpft sie gleich meine Euphorie.

»Ach, Süße, dafür gibt es doch Decken.« Gut, was ich nun aus der Ecke fische, ist alles andere als sauber. Die beiden Decken stauben, als hätte ich sie zuvor im Mehl gewälzt. Eine wirklich gute Idee ist das tatsächlich nicht. Ich stopfe sie rasch zurück.

Fees Kinn beginnt zu zittern. »Wollen wir nicht lieber klingeln? Ärger gibt es sowieso, und warum sollen wir bis morgen früh warten?«

Eigentlich habe ich mich gerade mit der Idee angefreundet, neben Miep zu schlafen, aber ich sehe auch, dass ich es Fee kaum zumuten kann. Zudem hat sie recht. Ärger gibt es jetzt so oder so. Warum dann nicht gleich.

»Klingeln wir!«, schlage ich vor.

Dann erstarrt Fee. »Da ist jemand!«

Ich lausche in die Nacht. Sie hat recht. Es sind Schritte zu hören. Mist.

»Wenn das nun die Universumsgeister sind?«, flüstert sie. »Bestimmt sind sie jetzt gelandet!«

Genau das ist mir zwar auch durch den Kopf geschossen, aber ich will Fee nicht noch mehr Angst machen. »Ne, glaub ich nicht. Lass uns einfach still sein!« Wir hocken uns in die Ecke, als sich der Strahl einer Taschenlampe auf mein Gesicht richtet und mir eine Hundezunge über die Hand schleckt. Die Geister sind Pa und Sandy!

»Was macht ihr hier?«, brummt mein Vater uns an. »Die Hunde waren weiter so unruhig, dass ich noch einmal raus bin. Und siehe da: In der Remise flackert Taschenlampenlicht! Ihr könnt von Glück sagen, dass ich nicht die Polizei gerufen habe!«

Ich druckse herum. »Sorry, Pa! Wir können das erklären!« Ich hoffe jedenfalls, dass ich es plausibel machen kann.

»Reinkommen! Ab in die Küche!« Pas Befehlston ist nicht ohne, aber es ist besser, ihm zu gehorchen, wenn er in dieser Stimmung ist.

»Also, was treibt ihr euch in der Nacht draußen herum? Ich dachte schon, es wären Einbrecher unterwegs.«

Es bleibt mir nichts anderes übrig, als mit der Wahrheit herauszurücken. Deshalb erzähle ich meinem Vater von unserem Schwur, ohne genau zu sagen, worum es da wirklich geht, und auch davon, dass wir ihn nur um Mitternacht bei Neumond auflösen konnten.

»Wer hat euch denn einen solchen Blödsinn erzählt?« Er schüttelt verärgert den Kopf. Ich sehe ihm an, dass er Ma für schuldig hält, aber ich bin zu müde, um das jetzt richtigzustellen.

»Warum turnt ihr eigentlich in der Remise herum und seid nicht wieder zurück ins Haus gegangen?«, fragt er.

Ich senke den Kopf. »Meine Schusseligkeit! Ich habe vergessen, den Schlüssel einzustecken, und dann war die Haustür plötzlich zu.«

Während ich rede, zucken Pas Mundwinkel verdächtig. Er muss sich das Lachen verkneifen. »Na, dann ab in die Koje!«, sagt er am Ende. »Ich werde schweigen wie ein Grab! Aber dass ihr so etwas nicht wieder macht!«

Bevor wir in mein Zimmer gehen, gebe ich Pa einen Knutsch auf die Wange.

16

Wir schlafen kaum in dieser Nacht. Wenn wir ganz still sind, können wir noch immer diese Rufe hören.

Fee hat richtig Angst, dass die Geister womöglich noch in mein Zimmer kommen.

»Aber was sollen sie uns tun?«, frage ich. »Wir haben doch alles richtig gemacht.«

»Bestimmt darf man Anti-Verliebtheits-Schwüre nicht einfach so lösen«, sagt sie.

Inzwischen glaube ich, dass sie recht hat, und ich bin froh, als es Zeit ist, aufzustehen.

Natürlich sitzen wir müde und kaputt am Frühstückstisch. Pa zwinkert uns zu, aber so richtig lustig können wir das alles nicht finden.

Endlich erbarmt sich Ma. »Was habt ihr gestern Nacht draußen gemacht? Ist es das, was ich vermute?« Sie wirft einen Blick zu Pa. »Du musstest nichts sagen, ich hab es auch so mitbekommen.«

Ich nicke.

»Hat es geklappt?«, hakt Ma dann weiter nach.

Wieder nicke ich nur. Fee rührt hingegen schon wieder ständig ihren Tee um. Das Klackklack macht mich wahnsinnig.

»Seid ihr doch unglücklich über die Auflösung?«

»Ne, alles okay«, antworte ich einsilbig.

»Und warum sitzt ihr hier, als wäre euch ein Geist begegnet?«, fragt Ma.

Ich schlucke. Fee hört mit dem Rühren auf und bricht in Tränen aus.

Ma legt den Kopf schief. »Euch ist ein Geist begegnet?«

»Einer? Mehrere.« Fees Stimme zittert.

Pa räuspert sich. »Und wie habt ihr das bitte schön bemerkt?«

Dann bricht es aus mir heraus. Ich erzähle vom Klatschen und von den schlimmen Rufen. Genau in dem Augenblick, als wir die Truhe aus der Erde genommen, und dann wieder, als wir den Schwur aufgelöst haben.

Ich kann an Pas Gesicht erkennen, dass er das überhaupt nicht gruselig, sondern eher lustig findet.

»Wie lange lebst du schon auf dem Land?«, fragt er schließlich.

»Mein ganzes Leben, warum?«, antworte ich.

»Und wer fliegt in der Nacht herum?«, fragt Pa weiter.

»Fledermäuse«, wirft Fee ein.

»Die auch«, sagt Pa. »Aber was noch?«

»Eulen«, antworte ich. »Was soll das Gefrage?«

»Denk mal nach!«, fordert Pa mich auf.

Nun wird mir heiß und kalt. Das wäre ja oberpeinlich. »Das sollen Eulen gewesen sein?«, frage ich sofort. »Nein, die haben geklatscht. Gebuht. Und gequietscht. Stimmt doch, Fee, oder?«

»Ja, so war es. Eulen rufen doch so wie in den Horrorfilmen. Huhuhuhu!«

Pa atmet einmal tief ein. »In den Horrorfilmen lassen sie immer den schaurigen Ruf des Waldkauzes erklingen. Das gestern waren ganz sicher Waldohreulen. Die haben ein riesiges Repertoire an Rufen. Mal heulen sie. Dann quietschen sie, und wenn sie später Junge haben, kommt noch der Bettelruf hinzu. Im Augenblick haben wir eine ganze Menge dieser Vögel hier. Im letzten Jahr gab es viele Mäuse.«

So ganz kann ich das noch nicht glauben. »Und was war das Klatschen?« Herausfordernd schaue ich meinen Vater an.

Er lacht auf. »Sie balzen. Dann fliegen sie mit großem Imponiergehabe und klatschen die Flügel unter dem Körper zusammen.«

Oje, da sind Fee und ich ja direkt in die Eulenfalle getappt.

Fee aber strahlt. »Dann sind uns die Geister gar nicht böse.«

»Nein, und das Universum ist zufrieden und keineswegs erbost, dass der Schwur rückgängig gemacht wurde«, sagt Ma zufrieden.

Auch wenn es dumm ist, dass wir uns da so reingesteigert haben, sind wir nun doch froh, dass es eine natürliche Erklärung für alles gibt.

»Das verraten wir aber keinem«, sage ich. »Schon gar nicht Miri und den Jungs.«

»Das wäre ja noch schöner!« Fee lacht. »Dann lass uns nach dem Mittag aber schnell zu meiner Mutter fahren und ihr im Garten helfen. Sie möchte unseren Innenhof gerne schön haben, wenn es wärmer ist.«

»Das machen wir. Und wenn wir fertig sind, bleibst du das ganze Wochenende hier.« Wir gehen zur Tür, und im Flur sage ich mit verschwörerischer Stimme: »Wir müssen schließlich planen, wie es jetzt mit Chris und dir weitergehen soll.«

11

Fee und ich sitzen in meinem Zimmer und stricken. Zuerst haben wir gestern noch ihrer Mutter wie versprochen im Garten geholfen, aber danach sind wir gleich wieder zu mir gefahren. Fee ist das ganze Wochenende geblieben und sie hat, nachdem wir unseren Schwur aufgelöst haben, kein anderes Thema mehr als Chris. Ich aber habe mir geschworen, mich auch ohne schriftlichen Schwur an die Abmachung zu halten und mich ganz bestimmt nicht vor meinem achtzehnten Geburtstag zu verlieben. In wen auch? Mir reichen die Schafe, und da wartet in der nächsten Zeit viel Arbeit. Klauenpflege, Euterpflege, Deichauftrieb ... Und warum soll ich mir Stress mit Jungs machen?

Wir reden und stricken, sodass Fee am Ende schon ein Viertel des Vorderteils geschafft hat. Das Perlmuster sieht wirklich toll aus. Dabei strickt man einfach eine Masche rechts und eine Masche links und in der Rückreihe alles genau umgekehrt. Beide Seiten haben dann versetzte Perlen. Ich glaube, ihr wird der rote Pulli sehr gut stehen. Ich bin mit meinem Loop noch nicht weit gekommen, weil ich mich mit der Maschenzahl vertan habe und alles noch einmal aufribbeln musste. Von dem ersten Teil wäre ich erwürgt worden. Auch jetzt kann ich mich nur schwer konzentrieren, denn Fee erzählt mir schon zum gefühlt hundertsten Mal, wie lieb Chris mit den Lämmern umgegangen ist und was für schöne Schokoaugen er hat.

»Vergiss jetzt aber bitte nicht, dass es Viola noch gibt«, hole ich sie auf den Boden der Tatsachen zurück. »Das ist eine unserer Baustellen.«

Fee winkt ab. »Er hat nicht wieder nach ihr gefragt. Auch nicht, wenn er mir schreibt. Das tut er nämlich, und wirklich ziemlich oft.« Sie lässt ihr Strickzeug sinken. »Er wollte gestern allerdings wissen, ob ich weiß, ob sie einen Freund hat.«

Vor Schreck rutscht mir eine Masche von der Nadel. Es dauert, bis ich sie wieder eingearbeitet habe. Mir gefällt das alles nicht. Wir wollten uns nicht verletzen lassen, das war Sinn und Zweck unseres Schwurs. Und Fee galoppiert nun direkt ins offene Messer. Die Frage ist ja wohl ganz eindeutig. Ich seufze laut auf. Ob es wirklich eine gute Idee war, unsere Abmachung zu lösen? Aber ich bleibe allein mit meinen Zweifeln. Fees Augen glänzen. Sie strickt munter ihre Reihen. Dass Chris mit Mick in der Schäferei aufgetaucht ist, ist für sie der endgültige Beweis seiner Liebe, egal, was er sonst so fragt. Obwohl das Blödsinn ist, denn das würde im Umkehrschluss bedeuten, dass Mick auf mich steht, weil er ebenfalls mit war. Und das ist zu hundert Prozent ausgeschlossen.

Fee ist und bleibt optimistisch. »Punkt eins deines Plans haben wir geschafft, nun arbeiten wir an Punkt zwei. Viola haken wir dann rasch ab.«

Wie gern würde ich Fees Enthusiasmus teilen.

»Wie stellen wir es nun an, dass Mick nicht ständig dabei ist, wenn wir Chris treffen?«

»Wenn *du* Chris triffst«, korrigiere ich. »Ich möchte ihn nun nicht unbedingt ständig in meiner Nähe haben.«

Fee beißt sich auf die Lippen. Doch dann ringt sie sich durch, mir zu sagen, was sie sich überlegt hat. »Eigentlich gibt es nur einen Weg,

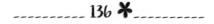

die Sache in die Hand zu nehmen.« Fee legt ihren Kopf schief und sieht mich von unten her an. »Du ahnst es, oder?«

Ich begreife sofort, was sie mir sagen will. Abwehrend hebe ich die Hände. Das ist ein Worst-Case-Szenario! Ich und Mick allein? Bei ihr piept es wohl.

»Oh nein, Fee! Vergiss es! Ich verabrede mich nicht mit Mick, damit Chris nur für dich da ist! Auf gar keinen Fall.«

»Und wie willst du es sonst hinbekommen, dass wir allein sind?«

Das weiß ich zwar nicht, aber ich möchte mich doch jetzt nicht von einem Jungen abhängig machen, der blöde Sprüche kloppt. »Womöglich schlägst du gleich noch vor, dass ich BMX-Fahren lernen soll.«

»Mick kann sich ja auch im Stricken versuchen.« Fee stößt mich neckisch an. »Dann ist er beschäftigt.«

Das kann meine Freundin unmöglich ernst meinen! Ich will nichts von Jungs, daran hat sich nichts geändert. Sie ist manchmal wirklich eine Träumerin und neigt dazu, so zu tun, als wäre die Welt ein Kinderspielplatz, wo einem schlimmstenfalls eine Plastikschaufel über den Kopf gehauen werden könnte. Einmal Sand abschütteln, und weiter geht es.

Fee gibt nicht auf, sie hat sich in diese Idee regelrecht verliebt. »Schau mal, Dani! Nur du kannst Mick ablenken! Ist ja nicht für lange!«

»Ich und Mick allein, das wäre eine unvorstellbare Katastrophe! Wir würden uns an die Gurgel gehen!«

»Wenn wir Punkt zwei schon nicht schaffen«, argumentiert Fee weiter, »können wir Punkt drei knicken. Wie soll Chris mich neben seinem BMX wahrnehmen, wenn er nie allein mit mir ist? Und vor allem, wie soll er mich neben Viola bemerken? Dann der vierte

Punkt: Er wird mich nie einladen, wenn Mick in der Nähe ist. Und Punkt fünf: Er kann sich dann auch nicht in mich verlieben und mir seine Liebe gestehen. Und nicht küssen.« Fee hat sich richtig ins Zeug gelegt und scheint an ihrer absurden Idee festhalten zu wollen.

Ich schüttele nur fassungslos den Kopf und ärgere mich über meinen Fünf-Punkte-Plan. Es war unbedacht, sich nicht vorher zu überlegen, wie ich das denn überhaupt umsetzen möchte.

Das Schlimmste aber ist, dass ich selbst keine andere Idee habe, wie man Chris von Mick weglotsen kann. Fee hat recht: Mick hat im Augenblick keinen anderen Freund, und Chris findet Mick saucool. Es gibt nur die eine Lösung, aber ich will das nicht!

Wir schweigen eine ganze Weile, und man hört nur das Geklacker der Stricknadeln. Wenn ich wütend bin, kann ich beim Stricken eine ungeheure Geschwindigkeit an den Tag legen.

Fee hat deutlich bessere Laune als ich. Sie strahlt noch immer, für sie war die Auflösung unseres Schwurs wirklich eine Befreiung.

Du hast freiwillig mitgemacht!, klacken meine Stricknadeln. Du willst, dass deine Freundin glücklich wird!, klimpern sie weiter. Wir werden erwachsen, und dann muss man loslassen können.

Endlich klopft mein Herz nicht mehr so heftig. Endlich bin ich in der Lage, einen klaren Gedanken zu fassen. Stricken hilft mir dabei wirklich immer.

»Gut, Fee«, beginne ich langsam. »Ich habe A gesagt und dann sage ich auch B. Wir ziehen es durch. Ich werde Mick eine Weile von Chris ablenken, wenn es dir hilft. Es ist schließlich nicht für immer!«

Fee lacht mich jetzt so liebevoll an, dass ich sie einfach in den Arm nehmen muss. Für sie werde ich das alles tun!

»Und wenn das geschafft ist, dann kapiert Chris bestimmt auch bald, dass man mir nicht nur mit Tricks imponieren kann.«

Ich hoffe, dass es so ist und wir uns nicht selbst etwas vormachen. Immerhin reden wir hier von einem Jungen!

Wir stricken weiter ruhig vor uns hin.

»Wenn du sowieso mit Mick abhängst, kannst du es doch eigentlich auch tun«, sagt Fee plötzlich.

»Was tun?« Ich bin argwöhnisch, wenn meine Freundin so komische Sachen sagt, und ich finde, ich bin ihr heute wirklich schon weit genug entgegengekommen.

»Na, Mick sein Geheimnis entlocken. Hast du ihn mal beobachtet und überlegt, ob meine Vermutung stimmen könnte? Er tut immer so cool, aber seine Augen flackern dabei. So, als wäre er ein gehetztes Tier.«

Ich finde, dass Fee nun ganz gewaltig übertreibt.

»Soll sein Kummer ein Freibrief sein, sich ekelhaft zu benehmen?«

»Quatsch«, wehrt sich Fee. »Aber es wäre eine Erklärung. Kein Mensch ist ekelig, weil er ekelig sein will!«

»Du liest zu viele Bücher«, entgegne ich. »Wenn Mick ein Problem hat, dann bin ich wohl die Allerletzte, die es lösen kann. Ich bin eine Schafbäuerin, die bloß nicht blöken soll. Schon vergessen?«

Diese Bemerkung werde ich ihm bestimmt nie im Leben verzeihen. »Ich lenke ihn ab, indem ich vortäusche, mich für seine BMX-Fahrerei zu interessieren, aber dann ist es auch gut.«

Fee gibt nicht auf. »Er verbirgt etwas, und ich glaube, dass es ihn belastet. Bestimmt wird er viel netter, wenn das gelöst ist.«

Ich schüttele nur verärgert den Kopf. Diesen Angeber werde ich bestimmt nicht pampern! Wenn ihn etwas umtreibt, muss er das mit sich selbst ausmachen.

Fee hat das Strickzeug beiseitegelegt und tippt auf ihrer Handytastatur herum.

»Was tust du jetzt?«

»Ich verabrede mich mit Chris für morgen. Wir sollten nun, so schnell es geht, damit beginnen, den Plan umzusetzen.«

Mein Augenrollen ist bestimmt kaum zu übersehen. »Kommt Mick mit, und ich muss gleich dabei sein?«

Bitte nicht! Aber natürlich wird er das, weil Fee Chris bestimmt kein Date zu zweit vorschlagen wird. Das wäre zu offensichtlich. Sie wartet Chris' Antwort ab und nickt. »Ja, also beginnt dein erster Einsatz gleich morgen um elf Uhr. Lass dir was einfallen, wie du dich mit Mick abseilen kannst!«

Ich überlege eine Weile und beschließe, über meinen Schatten zu springen. »Ich schreibe ihm.«

Fee springt auf und gibt mir einen fetten Knutsch auf die Wange. Danach überlegen wir hin und her, was ich schreiben soll, damit es nicht blöd wirkt. Fee besorgt derweil von Chris die Nummer.

Schließlich haben wir einen Text zusammen, mit dem ich leben kann.

Hi Mick. Ich bin es, Dana! Bist du morgen auch am Strand dabei?
Mit zitternden Fingern schicke ich es ab und könnte mir im selben Augenblick in den Hintern treten.

»Das *muss* für ihn so aussehen, als würde ich mir wünschen, dass er kommt. Und doch ist es genau andersherum«, sage ich, während ich auf mein Display starre.

»Ach was, das klingt voll neutral«, tröstet Fee mich.

Kurz darauf ploppt mein Handy mit meinem schnarrenden WhatsApp-Ton auf.

Ja, ich bin dabei. Warum fragst du?
Ich halte Fee das Handy hin. »Und jetzt?«

Sie zuckt mit den Schultern. »Keine Ahnung. Schreib doch einfach: Nur so, weil ich auch dabei bin.«

»Guter Witz. Das sieht ja aus, als wolle ich mich ihm anbieten.« Ich schnaube. »Ich antworte gar nicht.«

Fee setzt sich wieder und ergreift das Strickzeug. »Dann lass es. Entweder er kommt trotzdem oder er lässt es. Dann kannst du einfach verschwinden und musst dich nicht um ihn kümmern.«

Diese Variante gefällt mir ausgesprochen gut.

»Ich google mal ein bisschen übers BMXen«, murmele ich dann. »Sicher ist sicher.«

Zum Glück meldet Mick sich nicht wieder. Ich hoffe, dass ich ihn vergrault habe.

18

Ich erwache viel zu früh, weil ich vergessen habe, mein Rollo runterzulassen, und mich die Sonne jetzt an der Nasenspitze kitzelt. Vorsichtig öffne ich die Augen und sehe die Staubflöckchen im Licht tanzen. Der Hahn kräht draußen, und kurz drauf höre ich die Hühner gackern. Fee hat eine weitere Nacht bei mir geschlafen. Sie liegt auf der Luftmatratze neben mir und schläft noch tief und fest. Ihr langes dunkles Haar hat sich um ihren Kopf gelegt.

Heute ist ein toller Tag, die Sonne scheint noch immer. Ich setze mich auf.

Und falle gleich wieder zurück ins Kissen. Von wegen toller Tag! Fee und ich haben uns am Strand mit Mick und Chris verabredet. Das kann gar nicht schön werden, weil ich mich gegen meine Überzeugung mit einem Jungen treffe!

Ein Blick zum Wecker sagt mir, dass ich noch exakt drei Stunden und zehn Minuten Zeit habe, mir zu überlegen, was ich mit Mick unternehmen möchte, und noch viel schlimmer: wie ich ihm beibringen soll, dass ich allein mit ihm sein muss, ohne dass er womöglich denkt, ich will was von ihm.

Die ganze Idee ist völlig idiotisch!

Fee schnauft jetzt vor Wohlbehagen und schlägt ebenfalls die Augen auf. »Was für ein Tag!« Sie reckt sich und lächelt selig. Meine Freundin sieht selbst morgens ungewaschen und völlig verstrubbelt klasse aus. Ihr Blick fällt ebenfalls auf den Wecker auf meinem

Nachtschrank! »Nur noch drei Stunden«, sagt sie. »Dann treffe ich Chris.«

»Drei Stunden und fünf Minuten«, korrigiere ich sie. Sonst ist Fee schließlich auch so kleinlich.

»Ich glaube, du bereust es schon.« Sie kichert. »Komm, ab ins Bad!«

Wir machen uns in Ruhe fertig, und Fee besteht darauf, etwas Lidschatten aufzutragen. Ich weigere mich, als sie mir das kleine Döschen auffordernd hinhält. Für Mick mache ich mich bestimmt nicht zurecht, zumal ich immer noch hoffe, dass er gar nicht erst aufkreuzt.

Nachdem wir fertig sind, gehen wir runter in die Küche zum Frühstück. Meine Eltern sind schon draußen, sodass wir ganz für uns sind. Ma war allerdings so lieb und hat uns alles bereitgestellt.

»Weißt du schon, wie du ihn nachher von Chris und mir weglotsen willst?«, fragt Fee, während sie sich ein Stück vom frisch gebackenen Brot schmiert. Sie wirkt total aufgeregt. Ich habe allerdings absolut noch keinen Plan, wie ich das anstellen soll. Immerhin habe ich mich fachlich minimal vorbereitet, damit es nicht oberpeinlich wird, wenn ich mich mit Mick unterhalten will. An ihn kommt man am besten ran, wenn man über sein Bike spricht. Hauptsache, er denkt bei alldem nichts Falsches!

Am liebsten wäre es mir, ich würde ohnmächtig irgendwo in der Ecke zusammenbrechen und mit einem Krankenwagen in die nächste Klinik gebracht werden. Das wäre der einzige Weg, aus dieser vertrackten Situation rauszukommen.

Ich höre den Trecker, unsere beiden Border Collies bellen. Sally klingt immer etwas heiserer als die ältere Sandy, daran kann man beide wunderbar voneinander unterscheiden.

Nach dem Frühstück gehen wir noch in den Stall, denn irgendwie müssen wir schließlich die Zeit herumbekommen, bis wir los zum Strand müssen. Deshalb wollen wir nachsehen, wie es Miep, Luna und dem Namenlosen geht.

Pa hat gestern erwähnt, dass die ersten Tiere in den nächsten Tagen auf die Hausweide dürfen, weil es schon ziemlich warm ist. Ich freue mich vor allem für Miep und ihre Kleinen. Es ist so niedlich, wenn die Lämmer vor Begeisterung lustig über die Wiese hopsen.

Wir setzen uns zu Miep und ihren Lämmern in die Ecke.

»Wann ist denn der Schaftreck dieses Jahr geplant?«, fragt Fee. Sie lacht, weil Luna sie immer wieder anstupst.

»Ich denke, bald. Das wird wieder eine große Aktion, wenn alle Muttertiere mit den Lämmern zu Fuß auf die Deichwiesen gebracht werden.« Ich freue mich trotzdem sehr darauf, auch wenn es bedeutet, dass die Tiere den Sommer und Herbst über am Deich bleiben und ich sie nicht so oft sehe.

Natürlich gibt es in der Schäferei dann trotzdem viel zu tun. Meine Eltern und unsere Arbeiter müssen die Zäune kontrollieren, sich um das Winterfutter kümmern, die Schafe zweimal täglich ansehen. Ob die Euter in Ordnung sind, kein Tier verletzt ist oder ein Lamm gar die Mutter verloren hat. Das ist für die Kleinen lebensbedrohlich, und es passiert oft, wenn sich Hundebesitzer auf den Deichweiden herumtreiben und die Hunde nicht einmal anleinen.

»Hoffentlich denken die Leute dieses Mal daran, dass eure Schafe keine Kuscheltiere sind«, sagt Fee und taucht mit ihrer Nase ganz in Lunas Wolle ab. »Es ist so fies, wenn sie die Kleinen jagen. Weißt du noch, wie das eine Lamm im letzten Jahr fast gestorben wäre, weil die Eltern mit den Kindern damit kuscheln wollten?« Sie seufzt einmal laut auf. »Das Kleine war völlig panisch und hat sich mit dem Hinterlauf im Zaun verhakt. Das war so übel.«

Ich nicke. »Die Leute kapieren es einfach nicht.«

Meine Mutter kommt mit einem Eimer in der Hand auf uns zu. »Wenn das Wetter sich hält, können wir die Herden bald zum Deich bringen. Das Gras steht schon recht hoch. Hilmar war eben dort. Die nahe gelegenen Weiden werden wir zu Fuß machen, das schaffen die Kleinen schon. Zu den weiter entfernten fahren wir mit dem Transporter.«

Demnächst beginnt dann also unser Schaftreck. Dabei muss ich mithelfen, wir brauchen jede Hand. Ich freue mich aber jedes Jahr darauf, denn es macht unglaublichen Spaß, die Schafe mit Sally und Sandy zu den Deichweiden zu bringen. Ich liebe das leise Klackern der vielen Schafhufe auf den Wegen. Ich liebe das Blöken und die Atmosphäre des Trecks. Von mir aus könnten wir das jeden Tag machen.

Wir verlassen den Stall, und ich helfe mit, Heu von der Tenne zu holen. Es macht Spaß, die Ballen von dort hinunterzuwerfen. Das dauert eine Weile. Fee schaut lieber zu, sie will sich nicht schmutzig machen.

Kurz vor elf wird sie unruhig. »Wollen wir nicht langsam los? Ich möchte nicht zu spät kommen.«

Ich schon, aber das wäre unfair von mir. »Ich zieh mich nur kurz um. Mein Haar ist außerdem voller Heu.« Schnell husche ich ins Haus, wechsle die Hose und den Pullover, kämme mich und wasche mir die Hände. Das muss reichen.

Fee ging es trotzdem nicht schnell genug. Sie wartet schon am Fahrrad und schaut nervös auf die Uhr.

»Bin ja schon da!«, rufe ich fröhlicher, als mir zumute ist.

19

Fee rast so schnell, dass ich kaum hinterherkomme. Wir haben uns an der Bushaltestelle in Deekendorf verabredet, und die Jungs stehen mit ihren Bikes schon dort, als wir ankommen.

»Hi!« Chris strahlt regelrecht, während Mick uns nur knapp zunickt.

»Auf zum Strand, bevor die Badegäste ihn ganz erobern!«, sagt Chris und fährt los. Ich halte etwas Abstand, damit Fee sich neben ihn drängeln kann. Mick versucht glücklicherweise nicht, sich auch noch nach vorn zu schieben, und so sind die beiden für sich.

Heute herrscht vom Wind her Flaute, sodass die Fahrt zum Strand nicht anstrengend ist, sondern richtig Spaß macht. Die ersten Urlauber haben die Parkplätze bereits gekapert, deshalb ist am Meer kurz vor Ostern schon eine Menge los. Wenn das Wetter hält, werden sich die Feriengäste ab der nächsten Woche hier drängeln. Das ist aber gut für unseren Hofladen. Ma freut sich immer sehr über den Nebenverdienst.

Fee sieht mich bittend an, als wir am Strandeingang stehen und sich der Sandstrand mit dem dahinterliegenden Meer vor uns ausbreitet. Aber ich habe noch immer keine Ahnung, wie ich Mick von hier weglotsen kann. Bestimmt hat er sich unglaublich über meine Nachricht gestern gewundert. Jetzt heißt es, meiner Freundin zu zeigen, dass ich es ernst meine.

»Ich würde gern zum Wattsaum gehen«, sagt Fee. »Und du, Chris?«

Der guckt fragend zu seinem Kumpel, doch bevor er zustimmen kann, sage ich: »Geht ihr beiden doch schon einmal vor! Ich wollte noch was von Mick wissen. Über sein Bike.«

Chris zögert noch, aber Fee zieht ihn einfach mit sich.

Ich lächle Mick an, aber es sieht bestimmt falsch und verrutscht aus. Ich bin froh, dass ich mir gestern das winzige Fachwissen angeeignet habe. Drei Filmchen habe ich mir dazu angesehen, damit ich jetzt nicht völlig dumm dastehe. »Als wir in der Küche waren, hast du was von dieser Freecoaster-Nabe gesagt. Das habe ich nicht ganz verstanden.« Das stimmt natürlich nicht. Wenn ich etwas nachlese und es dann auch noch in einem Filmchen serviert bekomme, hab ich das auf dem Schirm. Aber was tut man nicht so alles für seine Freundin. Ich gebe also das rothaarige Dummchen. Das kann Fee echt nicht wiedergutmachen. Schwur aufheben, Treffen mit Mick, und dann noch die Ahnungslose spielen.

Mick sieht mich erstaunt an. So, als dämmere ihm, dass ich hier gerade eine One-Woman-Show spiele.

»Kannst du mir das mal zeigen?«, druckse ich herum. »Mein Cousin hat auch ein BMX, und ich wollte ihm vorschlagen, sich diese Nabe einbauen zu lassen.« Das war echt eine dicke Lüge. Erstens habe ich gar keinen Cousin, und zweitens interessiert mich dieses merkwürdige Teil nicht.

»Wundert mich, dass gerade du Interesse an meinem Bike zeigst«, sagt Mick. »So wie ich mich schon über deine WhatsApp gestern gewundert habe.«

Ich lächle vorsichtig. »Du hast immer viel erzählt, und da mein Cousin bald Geburtstag hat ... Muss man das in einer Werkstatt machen lassen?«

Manno, das weiß ich doch längst, aber meine Worte zeigen Wirkung. Mick taut merklich auf. »Dann komm!«

Wir gehen gemeinsam zu seinem Bike. Er erklärt mir alles ganz genau, und nach einer Weile lausche ich ihm andächtig, denn er hat eine interessante Art zu erzählen, und ich erfahre Dinge, die ich tatsächlich noch nicht wusste. Diese Mischung aus Begeisterung und Ernsthaftigkeit lässt mich einen Augenblick vergessen, wie blöd ich ihn eigentlich finde. »Ist sicher ganz schön schwierig, mit dieser Kiste zu fahren«, sage ich am Ende. »Ohne Bremsen und so.«

Mick streicht sich durch die dunklen Locken. »Sag bitte nie wieder Kiste. Es ist ein Bike!«

»Okay, dann eben Bike«, sage ich in versöhnlichem Tonfall. Immerhin hat auch er heute noch keine dämliche Bemerkung gemacht.

»Wollen wir jetzt auch zum Strand?« Mir fällt einfach keine weitere Frage ein. »Ich hätte Lust, zu testen, wie kalt das Nordseewasser noch ist, denn es ist Flut.«

Fee und Chris sind verschwunden, und so können wir gefahrlos ans Wasser gehen.

Wir schlendern los. Den Kopf gesenkt und fieberhaft nach einem Thema suchend, über das man unverfänglich reden kann.

»Immerhin regnet es nicht«, sage ich nach einer Weile und beiße mir sofort auf die Lippen. Blöder geht es wohl nicht.

»Hm«, antwortet Mick. »Aber bestimmt bald wieder.«

»Guck mal, die Silbermöwe!« Ich zeige auf ein recht großes Tier. Es hüpft bettelnd vor einer Urlauberin auf und ab, die ein Brötchen in der Hand hält. Sie wirft der Möwe ein paar Krümel hin.

»Das geht gleich in Schiet über«, unke ich.

»Warum?« Mick bleibt stehen und dann sieht er, was ich meinte.

Die Möwe hebt nämlich jetzt ab, fliegt direkt auf das Brötchen zu und reißt es der Frau aus der Hand. Wir können gar nicht so schnell gucken, wie der Vogel weggeflogen ist.

»Wow«, kommentiert es Mick. »Damit habe ich nicht gerechnet.«

»Wenn man Möwen füttert, werden die frech und kennen nichts. Die greifen dann sogar an. Kann man überall nachlesen und sollte es echt lassen. Ich glaube, es kostet sogar Strafe«, klugscheiße ich und unterbreche mich sofort.

»Hab ich auch nicht gewusst, werde es mir aber merken.«

Wir laufen wieder eine Weile schweigend nebeneinanderher. Vorsichtig schiele ich zu Mick rüber. Er nagt auf seiner Unterlippe. Kann der nicht auch mal was sagen? Auch wenn er sich mit Möwen nicht auskennt?

»Hast du dich in Deekendorf schon eingelebt?«, wage ich einen zweiten Vorstoß, weil das Schweigen ein wenig peinlich ist.

»Hm«, grunzt er wieder, und ich gebe es auf. Ich bin froh, als wir am Wasser angekommen sind.

Die kleinen Wellen lecken am Spülsaum, der Wind der letzten Wochen hat viel Treibgut und Muscheln angespült. Ich stöbere ein bisschen und finde eine leere Austernschale. Früher gab es die bei uns nicht, sie sind von Schiffen eingeschleppt worden. Mick sucht auch und findet wunderschöne Sandklaffmuscheln und einen getrockneten Seestern.

»Den lass mal besser liegen«, sage ich. »Der stinkt dir sonst später das ganze Haus voll.«

Mick wirft ihn in hohem Bogen zurück ins Meer.

Über uns kreischen ein paar Lachmöwen, ein Stück weiter balgen sie sich um ein Stück weggeworfenes Brot.

»Lachmöwen heißen nicht so, weil sie lachen. Auch wenn der

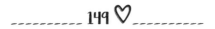

Name so klingt«, sage ich nach einer Weile. Ich habe echt nur Klug-scheißerthemen, aber Mick fragt sofort nach.

»Nicht? Dachte, das kommt, weil sie vielleicht lachend rufen.«

Ich schüttle den Kopf. »Ne, das kommt von Lache, das heißt fla-ches Gewässer. Aber – jetzt kommt's! Auf Latein heißen sie wirklich lachende Möwe.«

Mick stößt mich an. »Und wie ich dich kenne, weißt du auch das exakte lateinische Wort.«

Ich werde rot und stammle: »Larus ridibundus.«

Er lacht, aber es klingt kein bisschen gehässig.

»Es ist schön hier in Ostfriesland«, sagt Mick. Er deutet auf eine Mole, die sich rechts von uns befindet. Sie ist gemauert und ragt ein ganzes Stück ins Meer hinein.

»Wollen wir dorthin? Es sieht aus, als wären wir da fast allein.« Er schaut mit skeptischem Blick zu den zahlreichen Menschen am Strand.

Ich habe ebenfalls nichts dagegen, ihnen aus dem Weg zu gehen. Auf der Mole hält sich kaum jemand auf. Wir können uns in den Windschatten setzen und anlehnen.

Das tun wir dann auch. Hier prallt die Sonne direkt auf uns, und es ist jetzt so warm, dass ich meine Jacke ausziehe und mich lieber daraufsetze. Mick zerrt sich den Pulli über den Kopf und nutzt ihn als Unterlage. Verstohlen sehe ich ihn an. Er hat ziemlich kräftige Muskeln, als ob er Bodybuilding macht. Aber vermutlich kommt das alles eher vom BMXen.

So richtig wissen wir beide immer noch nicht, worüber wir uns unterhalten sollen, und schauen schweigend übers Meer. Merkwür-digerweise ist das inzwischen kein bisschen mehr peinlich. Es gibt ja Menschen, da hat man das Gefühl, ständig reden zu müssen, aber bei

Mick ist das nun nicht mehr der Fall. Ich ertappe mich sogar dabei, mich neben ihm sehr wohlzufühlen.

»Der Horizont ist eigentlich etwas ganz Eigenartiges«, sagt Mick plötzlich. »Er sieht aus wie eine scharfe Linie, und es scheint, als wäre dort die Welt zu Ende. Dabei stimmt das gar nicht. Der rückt ja immer weiter, wenn man ihm näher kommt.«

Ich bin für einen Augenblick verwundert. So etwas habe ich von Mick nicht erwartet.

»Ich bin gern am Meer«, sagt er weiter. Seine Stimme ist dunkel und klingt ganz anders als sonst. Nachdenklicher. Weicher. »Es ist viel besser als in der Stadt. Man fühlt sich so frei hier, findest du nicht?«

»Doch, schon. Dafür ist hier nichts los. Außer Schafen, Kühen und Urlaubern.« Dann kann ich mir den einen Stich nicht verkneifen. »Und natürlich den blökenden Schafmädchen.«

»Sorry, das war eine völlig dumme Ansage von mir.«

Ich schaue ihn überrascht an. »Es tut dir wirklich leid?«

Mick nickt. »Ich bin eigentlich sonst nicht so komisch. Aber lass gut sein. Klingt wie eine dumme Ausrede. Jedenfalls war es nicht okay, so einen Müll zu labern.« Er macht eine kurze Pause, ehe er sagt: »Bremen ist weit weg, da kann ich ja langsam wieder zu Mick werden.«

»Du bist nicht Mick?«, hake ich sofort nach. »Wer bist du dann? Mr Undercover?« Ich boxe ihn sacht in die Seite.

Mick findet das aber nicht witzig. Ein gequälter Ausdruck huscht über sein Gesicht. »Ist kompliziert, Dana. Hab da echt einen Lauf hinter mir, aber das ist nun vorbei.«

Ups, hat Fee doch recht?

»Aber du willst nicht drüber reden«, stelle ich fest.

»Nein. Wie gesagt: Bremen ist weit weg.«

»Was mochtest du dort denn nicht? Da war doch bestimmt mehr los. Auch für BMXer.«

Mick zieht einmal kräftig die Luft ein. Es fällt ihm sichtlich schwer, mir darauf zu antworten. »Das schon, aber mehr los bedeutet nicht automatisch, dass es einem auch besser geht«, antwortet er dann mit arg zurückhaltender Stimme. »In der Stadt herrschen andere Gesetze. War es früher im Dschungel gefährlich, würde ich mal behaupten, dass es gegen das, was in den Städten heute abgeht, ein Kinderspiel ist.«

Das höre ich zum ersten Mal. Alle aus den Dörfern wollen später in die Großstadt. Nach Berlin oder Hamburg oder München. Bremen ist den meisten noch viel zu klein. Und nun sitze ich neben dem Macho Mick, und der erzählt mir, wie gefährlich eine Großstadt ist?

»Du deutest nur Sachen an und dann windest du dich raus. Ich mag eher klare Ansagen.« Mich nervt dieses Drumherumgelaber.

Jetzt versteinert sich Micks Miene. »Ist doch egal. Es ist nichts Besonderes. Nun sind wir hier, mein Vater mit seiner Freundin und ich. Was vorher war, tut nichts zur Sache.«

Ich schlucke. Mick würde mir kein bisschen mehr erzählen. »Fee und Chris kommen bestimmt gleich zurück«, lenke ich schnell ab.

Mick hält die Augen geschlossen und atmet tief durch. »Ich finde es schön, hier zu sitzen«, antwortet er.

»Klar, vor allem mit mir.« Ich lache unsicher auf. Verlegen drehe ich eine Locke zwischen den Fingern.

Aber Mick bleibt ernst. »Warum nicht? Ich finde, man kann sich richtig gut mit dir unterhalten. Und man kann mit dir schweigen. Das ist super, manchmal stören Worte.« Er greift nach meiner Hand.

152

Mein Herz beginnt zu galoppieren, und ich weiß nicht, ob ich sie besser wegziehen sollte. Ich atme tief ein und aus.

Mick rückt ein Stück näher. Er sieht dabei weiter auf die See hinaus, und deshalb wirkt es wie zufällig, obwohl es nicht wie zufällig ist.

Sein Knie berührt jetzt meins, und mein Herz steht kurz vorm Flimmern. Was passiert hier gerade? Mick hält meine Hand in seiner ganz fest, als wäre es das Normalste auf der Welt.

Ich schäme mich ein bisschen, dass meine Hände so rau sind. Zu viel Ausmisten. Zu viel Heuschleppen. Zu viel Arbeit mit den Schafen. Weil mir nichts Besseres einfällt, um dieser Situation zu entkommen, zeige ich auf eine weitere Lachmöwe und kann ihm so meine Hand entziehen. »Wir müssen aufpassen, dass sie uns nicht auf den Kopf macht und sich über uns amüsiert«, sage ich und rücke ein Stück ab. Jetzt bekomme ich wieder Luft.

Mick sieht mich mit einem verschmitzten Grinsen an. »Ja, ja, die Möwen.«

Wir sitzen nun einfach nur da. Jedes Wort hätte gestört.

20

Ich weiß gar nicht, wie viel Zeit vergangen ist. Wir reden kaum, berühren uns nur ab und zu mit den Fingerspitzen. Es wirkt wie zufällig und doch ist es irgendwie ein Versprechen.

Ich genieße es, mit Mick hier zu sitzen. Aufs Meer hinauszusehen. Den Schiffen hinterherzublicken, wie sie sich am Horizont je nach Route nach links und rechts bewegen, bis sie ganz verschwunden sind.

Eigentlich bin ich keine Romantikerin, aber das hier mit Mick hat etwas Zauberhaftes.

»Was machst du eigentlich morgen?« Mick sieht mich mit einem so durchdringenden Blick an, dass mein Herz wieder losgaloppiert. »Über deine Nachricht habe ich mich gefreut, auch wenn du mir keine Antwort gegeben hast, warum es wichtig sein könnte, dass ich komme.«

Wums. Wieder dieses Herzrasen.

»Ich wollte das alles wieder zurechtrücken. Also was ich an Blödsinn abgelassen habe.«

Ich zucke zusammen. Das hat er nicht wirklich gesagt, oder? Ist das der Mick, den ich vor ein paar Tagen noch sonst wohin gewünscht habe? Wer von beiden ist nun der echte? Der Angeber und Aufschneider mit den blöden Sprüchen oder der echt coole Typ neben mir? Der, mit dem man schweigen kann und der das normal findet?

Weil ich völlig verunsichert bin, begebe ich mich jetzt auf sicheres Terrain. Schafe. Lämmer. Deiche. »Wir bringen morgen die ersten

Schafe raus auf die Hauswiesen. Das ist für die Tiere schön, und die Lämmer können sich ein bisschen eingewöhnen.«

Mick sieht mich an. Er muss etwas blinzeln, weil die Sonne blendet. »Ich dachte, sie laufen im Sommer auf dem Deich?«

Ich nicke. »Ja, das stimmt. Der Deichauftrieb ist allerdings ein bisschen aufwendig. Das machen wir demnächst, je nach Wetterlage.«

»Inwiefern ist das aufwendig? Also wie kann ich mir das vorstellen?« Mick sieht mich interessiert an.

»Wir müssen die Schafe zu Fuß dorthin treiben«, erkläre ich. Inzwischen bin ich ruhiger und kann mich einigermaßen normal mit ihm unterhalten.

»So richtig? Mit Hunden und Schäferstöcken?«, fragt er ungläubig. »Wie man das aus dem Bilderbuch kennt?«

»Ich weiß zwar nicht, was du so für Bilderbücher angeschaut hast, aber wahrscheinlich sieht es so aus. Es sind etwa zwei Kilometer Fußmarsch. Nur die ganz kleinen Lämmer fahren wir mit dem Transporter und zwei Herden, die auf weiter entfernten Deichen grasen.«

Mick ist sichtlich beeindruckt. »Und wie läuft das morgen ab, wenn ihr sie nur auf die Wiese vom Hof schickt?«

»Da lassen wir die schon kräftigeren Lämmer mit den Muttertieren raus. Die Böcke sind ohnehin schon auf der Wiese.«

Mick überlegt eine Weile. »Wie viele Schafe müsst ihr denn zum Deich bringen?«

»Etwa 800, aber in kleineren Herden. Pa geht mit Hut, Stock und Eimer voran, die Herde folgt ihm, und die Hunde passen auf, dass die Tiere beisammenbleiben. Ich und unsere Arbeiter laufen hinterher und treiben sie zusammen, wenn die Hunde sie gestellt haben. Sie müssen den Weg schon laufen, wir können die vielen Schafe ja schlecht tragen!« Ich lache auf. »Du weißt schon, was so ein Schaf wiegt, oder?«

Mick schüttelt den Kopf. »Nicht genau, sie sahen allerdings ganz schön schwer aus. – Sag mal, kann man da mitmachen? Bei diesem Almauftrieb?«

»Deichwiesenauftrieb oder auch Schaftreck genannt«, berichtige ich ihn.

»Genau, da will ich gern mitmachen.«

Ich runzle die Stirn. »Du willst wirklich und wahrhaftig am Bauernleben teilnehmen?«

Mick nickt. »Das will ich. Ich fand es verdammt interessant bei euch. Es war eine völlig neue Erfahrung.«

Ich bin noch immer skeptisch, ob mich der coole Mick vielleicht auf den Arm nehmen will. »Und hinterher lästerst du dann in der Schule über uns Schäfer ab, oder was?«

»Nein, mich interessiert es wirklich.« Er sieht mich fest an. »Meine Entschuldigung war ernst gemeint!«

»Okay«, sage ich gedehnt. »Dann musst du aber früh aufstehen. Wir beginnen morgens um sechs.«

Jetzt schluckt er doch, und ich vermute, dass er nun einen Rückzieher macht, aber nichts dergleichen passiert. »Ich werde da sein. In Stallklamotten«, verspricht er.

»Und als Nächstes willst du bestimmt stricken lernen!«, sage ich und stupse ihn an.

Und wieder überrascht er mich. »Kann passieren. Dafür könntest du ein paar Tricks auf dem BMX versuchen.«

»Ich fahre bestimmt auf keinem Rad ohne Bremse«, sage ich lachend. »Guck dir doch deine Schuhe an!«

Er schmunzelt, als ich auf seine kaputten Vans zeige. »So muss

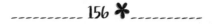

das eben. Aber was meinst du zu meinem Vorschlag? Ich lerne stricken und du biken. Das ist ein fairer Deal.«

»Wie lebst du eigentlich?«, wage ich dann zu fragen.

»Mit meinem Vater und seiner Freundin Isa«, gibt Mick wider Erwarten bereitwillig Auskunft. »Meine Mutter sehe ich nicht so oft. Sie ist beruflich viel unterwegs. Aber wir kommen gut klar.«

»Und Isa?«

»Sie ist okay. Mischt sich nicht ein und so. Und sie kann kochen. Ihretwegen wohnen wir hier. Pa wollte wieder eine richtige Familie, und sie kommt aus Ostfriesland. Nun leben wir zusammen. Und sind weg aus Bremen.«

»War das nicht blöd? Die Schule zu wechseln. Die Freunde zurückzulassen ...«

Mick presst die Lippen zusammen, bevor er weiterspricht. »Es war ... schwierig. Ich hatte dort Freunde. Monty und seine Clique. Es gab eine Freundin.«

Ich schlucke. »Gibt es die immer noch?«, rutscht es mir heraus.

»Nein.« Die Antwort kommt schnell und endgültig.

Das beruhigt mich irgendwie. Obwohl es dir völlig egal sein kann, ob er eine Freundin hat oder nicht, mahne ich mich innerlich selbst. »Wie war da die Schule?«

»In der Schule war es okay, bis ...« Plötzlich bricht er ab. »Lass man sein.«

Ich frage nicht weiter, aber etwas sagt mir, dass der Umzug nicht nur mit der neuen Freundin seines Vaters zu tun hat. Wieder schweigen wir eine Weile, bis Mick sagt: »Sorry, ich rede nicht gern drüber.«

»Ist okay. Hauptsache, du fühlst dich hier wohl«, antworte ich. »Und du lernst jetzt stricken.«

Mick lacht jetzt wieder. »Nein, der Deal war, dass ich stricke und du BMX fährst!«

Ich will eben bei ihm einschlagen, als wir hinter uns Schritte hören. Chris und Fee sind zurückgekommen. Ich könnte schwören, dass sie beide mehr strahlen als eben. Fee wird mir bestimmt gleich ausgiebig Bericht erstatten.

»Wir wollen noch zur Wasserskianlage«, sagt sie sofort. Es ist bis dorthin nicht weit, sie befindet sich hinter dem Strand an einem Binnenmeer. »Kommst du kurz mit zum Rad? Ich habe noch dein Shirt in meinem Rucksack.«

Ich bin gespannt wie ein Flitzebogen, was Fee mir sagen will. »Klar. Ich komm kurz mit, dort können wir es umpacken.« Ich stehe auf und folge meiner Freundin.

»Und – wie war es mit Mick?«, fragt sie, als wir außer Hörweite der Jungs sind.

»Weniger schlimm als gedacht«, gebe ich zu. »Aber was viel wichtiger ist: Was ist mit dir und Chris?«

Fee lächelt selig. »Läuft«, sagt sie nur.

»Dann scheinen wir meinen Punkte-Plan rasant abzuarbeiten, oder?«

»Sieht auf jeden Fall gut aus«, bestätigt Fee. »Mit etwas Glück werden auch die nächsten Punkte fließend folgen.« Wir sind bei Fees Rad angelangt, und sie wühlt in ihrem Rucksack, den sie auf dem Gepäckträger gelassen hat. Als sie mir mein Shirt reicht, schauen wir zu Mick und Chris, die sich noch immer angeregt unterhalten.

»Hab ich mich getäuscht, und Chris ist doch ganz okay?«, frage ich. »Ich muss zugeben, dass Mick …« Ich breche ab. Was soll ich über ihn sagen? Ich will nicht, dass meine Freundin denkt … »… also Mick will den Schaftreck mitmachen.«

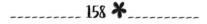

Fee hat mir anscheinend gar nicht richtig zugehört. Ihr Blick klebt noch immer an Chris. »Das ist doch schön«, sagt sie nur. »Wollen wir los?«

»Was ist denn jetzt mit Viola?«, frage ich, als wir uns auf den Weg zu den Jungs machen.

»Er fragt nicht mehr nach ihr«, antwortet sie fahrig und beschleunigt ihre Schritte.

»Wir wollen morgen mit dem Kutter zu den Seehundbänken rausfahren. Stell dir vor, das hat Chris noch nie gemacht!« Sie ist regelrecht entrüstet.

Kaum zu fassen: Fee hat an einem einzigen Vormittag drei weitere Punkte meiner Liste einfach so abgearbeitet und ist bereits bei Punkt vier angekommen. Eine Kutterfahrt gilt schon als Einladung! Ich hingegen habe Mick an den Hacken – und es stört mich nicht die Bohne.

Trotzdem wird mir das jetzt zu viel. Wir haben die Jungs erreicht. Ich will schnellstens weg und das alles erst einmal in Ruhe verarbeiten.

»Wir gehen dann«, sagt Fee und küsst mich rechts und links. Chris hebt nur lässig die Hand. Ich stehe nun allein mit Mick herum. Er wirkt verlegen.

»Ich habe noch für die Schule zu tun und werde jetzt zurückfahren«, erklärt er. Ich bin froh, dass er den Anfang macht.

»Also dann, bis morgen!«, sage ich. »Mein Magen knurrt, und meine Ma kann fuchsteufelswild werden, wenn ich nicht pünktlich beim Essen bin.«

Mick grinst nur, und ich hoffe, er hat nicht mitbekommen, wie verwirrt ich gerade bin.

21

Als ich wieder zu Hause bin, husche ich in mein Zimmer und che-cke das Handy. Fee hat sich noch nicht gemeldet, sie wird mit Chris länger an der Wasserskianlage sein. Es ist trotz allem ein komisches Gefühl, dass sie ihre Zeit nun mit einem Jungen anstatt mit mir ver-bringt. Von Miri hat sie aber länger nicht gesprochen. Wenigstens was.

Jetzt gibt mein Handy seinen schnarrenden Ton von sich. Mein Herz klopft eine Spur zu schnell, denn die Nachricht ist von Mick.

Ich freue mich auf morgen! Werde pünktlich um 6 am Gatter ste-hen. Und ich bin auf den Treck wirklich neugierig!

Ich muss eine Weile überlegen, was ich darauf antworten möch-te. Ich freue mich ein bisschen zu sehr, dass er sich gemeldet hat, und auch, dass er tatsächlich kommen will. Aber es bleibt noch der Funken Zweifel. Mick hat zwei Gesichter, und woher soll ich wissen, welches er mir morgen zeigt? Nicht, dass er danach wieder gemein wird! Ich fand es heute so schön auf der Mole.

Und ganz ehrlich interessiert mich nun doch, warum Mick aus Bremen hergekommen ist und warum er so verschlossen auf sämt-liche Fragen in diese Richtung reagiert. Es gab also eine Clique und einen Monty und eine Freundin. Dazu Ärger auf der Schule. Dann hat er dichtgemacht. Solange er seine Geheimnisse mit sich herum-trägt, will ich vorsichtig sein und antworte ihm lieber ein bisschen zurückhaltend.

Ich bin auf jeden Fall morgen früh dabei. Schön, dass du es dir ansehen möchtest. Am Nachmittag kann ich allerdings nicht mehr. Da ist MiFüUhTe mit Fee. LG Dana

Ich hoffe, dass meine Freundin es nicht vor lauter Verliebtheit vergisst. Ich lese mir die Nachricht noch einmal durch und drücke dann auf *Senden*. Den Text finde ich neutral genug. Freundlich, aber nicht zu eng.

Mick antwortet mit einem Smiley und einem erhobenen Daumen. Dann aber kommt eine weitere Nachricht.

Was ist MiFüUhTe?

Ich muss grinsen. Und erkläre es ihm.

Er schickt zwar den erhobenen Daumen zurück, aber auch den Satz:

Ach, dann ist das so ein Mädchenkram.

Dahinter setzt er aber einen Smiley.

Vorsichtig!

Auch ich hänge einen Smiley an. Mit einem Lächeln auf den Lippen schicke ich die Nachricht ab. Leider schreibt er nicht wieder.

Gelangweilt wälze ich mich auf dem Bett herum und klicke mich durch mein Handy, bleibe aber nirgendwo hängen.

Schließlich lege ich das Ding weg und lege mich mit unter dem Kopf verschränkten Händen hin. So kann ich am besten nachdenken. Über Chris und Fee. Über den Anti-Verliebtheits-Pakt, den es nun nicht mehr gibt.

Und über Mick und seine zwei Gesichter. Hätte er nur das von heute Nachmittag ...

»Denk nicht einmal dran, Dana Weerts«, weise ich mich selbst zurecht.

Ich angle nach meinem Handy, das noch immer stumm auf dem Nachttisch liegt.

Weil Fee sich noch nicht gemeldet hat, will ich ihr mal auf den Zahn fühlen.

Ich schicke ihr eine Nachricht, schließlich könnte sie mir wenigstens schreiben, wie es mit ihr und Chris läuft. Immerhin habe ich ihr Mick vom Hals gehalten, den Plan entworfen …

Natürlich antwortet Fee nicht.

Genervt setze ich mich aufs Sofa, schnappe mir meine Wolle und schlage neue Maschen an. Ich werde mir jetzt ein Stirnband stricken. Auch aus der leichten Baumwolle. Das kann mir das Haar wunderbar aus dem Gesicht halten, wenn der Wind wieder weht. Irgendwie muss ich mich schließlich beschäftigen.

Ich habe gerade ein paar Runden geschafft, als es an der Haustür klingelt. Ma macht auf, und kurz darauf steht Fee verheult in der Tür meines Zimmers.

Ich werfe mein Strickzeug in die Ecke, springe auf und nehme sie in den Arm. »Was ist passiert?«

Fee schluchzt nur. Dann kommt es bruchstückhaft. »Er ist wohl doch in diese blöde Viola verknallt! Immer wieder fragt er nach ihr. Erst nichts, und dann, als wir an der Wasserskianlage unser Eis gegessen haben, fängt der wieder von ihr an!«

»Dieses Arschloch!«, entfährt es mir. »Warum tut er das? Ist er etwa nur mit dir zusammen, weil er Infos über sie haben möchte? Das wäre der totale Hammer!«

Fee zieht die Nase hoch. »Ich weiß nicht. Es fing so super an, und ich dachte echt schon, er mag mich. Es fehlte nur noch der Punkt: Chris muss mir seine Liebe gestehen und mich küssen.«

Ich weiß gar nicht, was ich dazu sagen soll. Am liebsten würde ich dem Typen die Pest an den Hals wünschen.

Fee schluchzt zwischendurch immer noch, als sie erzählt: »Ich bin fast an meinem Eis erstickt, kann ich dir sagen. Hast du mal ein Taschentuch?« Ich reiche ihr eins, und sie wischt sich damit die Tränen ab. »So, das war es jetzt. Meinetwegen können wir den Schwur erneuern! Wir hatten so was von recht! Keine Jungs in unserem Alter! Never!«

Einen Augenblick lang bin ich versucht, ihr zuzustimmen, aber dann schwebt mir das Bild von Mick und mir an der Mole vor. »Wir müssen ja nichts überstürzen«, beschwichtige ich meine Freundin. »Fügen wir also dem Punkte-Plan einen weiteren hinzu! Oder besser dazwischen.«

Fee sieht mich fragend an. Gut, meine Idee ist nicht ganz uneigennützig, aber effektiv.

»Ich werde Mick mal fragen, ob er weiß, was Chris von dieser Viola will. Dann hast du Klarheit. Sollte er ihr wirklich nachlaufen, erneuern wir unseren Anti-Verliebtheits-Pakt.«

Die Idee gefällt mir gut, denn sollte Chris wirklich was von Viola Hinrichs wollen, dann haben sich sämtliche Vorurteile bestätigt: Alle Jungs in unserem Alter sind einfach nur blöd und gemein. Ich halte zu Fee, damit das mal klar ist. Wenn Chris sie nur benutzt, um an Infos über Viola ranzukommen, weiß Mick mit Sicherheit davon. Das wäre es dann. Ich seufze.

»Unsere Seehundtour hat sich auch erledigt«, sagt Fee. »Mit so einem fahre ich nicht Kutter!«

»Hast du was zu stricken mit?«, frage ich meine Freundin.

Fee schüttelt den Kopf. »Bin doch direkt zu dir gekommen!«

Ich zeige auf einen Berg gewaschener und kardierter Wolle, die ich noch verspinnen will. »Hast du Lust zu spinnen? Ma braucht neue Socken für den Laden.«

Ich hatte schon begonnen, und Fee braucht den Faden nur aufzugreifen. Kurz darauf erfüllt das leise Surren des Spinnrades vermischt mit dem Klicken meiner Stricknadeln das Zimmer.

22

Mein Wecker klingelt, und es ist wirklich grauselig früh. Und das in den Ferien! Eine Katzenwäsche muss heute reichen.

Als ich aus dem Fenster schaue, hängen über den Wiesen dichte Nebelschwaden. Sie sehen aus wie eine dünne Schicht Zuckerwatte.

Ich schlüpfe in meine Jeans, stülpe mir den Pulli über, schnappe mir nur einen Keks und gehe nach draußen. Frühstücken würden wir später.

Mick steht am Gatter und sieht mir abwartend entgegen.

»Hi, du bist tatsächlich da! Ich hatte schon Angst, dass du verschläfst!«, begrüße ich ihn. Erst liegt mir auf der Zunge, ihn sofort nach Viola und Chris zu fragen, aber vor uns liegt eine Menge Arbeit, und außerdem ist es mir für Probleme zu früh am Morgen.

»Heute lassen wir nur die eine Herde mit den älteren Lämmern raus«, erkläre ich deshalb.

Er begleitet mich zum Stall, wo meine Eltern schon alles vorbereiten. Sie haben die Wege zur Weide mit Absperrungen gesichert, und nun wird das erste Gatter geöffnet.

Ich bin wie immer voll geflasht! Es ist cool, die Tiere heute aus dem Stall zu lassen und ihre Lebensfreude zu spüren. Sie hüpfen wie kleine Kinder durch das Gras, vor allem bei den Lämmern sieht es sehr lustig aus. Ein Lamm fällt beinahe hin, weil es beim Sprung über einen Maulwurfshügel stolpert. Aber dann rappelt es sich auf und stakst weiter.

»Das ist echt voll cool«, sagt Mick. »Danke, dass ich mit dabei sein darf.«

Er ist wirklich immer wieder für Überraschungen gut. Dass er sich bei mir bedankt, ist schon der Hammer.

»Macht Spaß, oder?«, frage ich.

»Mega!«

Als die Schafe draußen sind, komme ich um das Gespräch nicht mehr herum. Ich habe es meiner Freundin versprochen. »Ich muss etwas wissen. Wegen Fee.«

»Worum geht es?« Mick wirkt völlig ahnungslos.

»Um Viola und Chris. Will er was von der? Warum macht er mit Fee rum, wo er doch ganz offensichtlich Interesse an Viola hat?«

»Er macht ja nicht rum. Ich wüsste nicht, dass sie sich schon geküsst haben.« Mick grinst mich unsicher an.

Ich hole einmal tief Luft. »Er tut aber so, als würde er Fee mögen. Das kannst du nicht abstreiten. Sie ist wegen Viola am Boden zerstört!«

Mick schaut zu Boden und schabt mit der Fußspitze über das Gras.

Er schweigt eine Spur zu lange. Das reicht mir! Natürlich weiß er von der Sache! Natürlich steckt er mit Chris unter einer Decke! Sind sie gerade gemeinsam dabei, mich und Fee zu verarschen? Mir platzt echt der Kragen.

»Ich möchte, dass du sofort von hier verschwindest. Ihr seid doch alle gleich und schützt euch gegenseitig! Ich kann es nicht leiden, wenn man ein falsches Spiel spielt. Es ist so mies, wie ihr Jungs auch bei jeder Schweinerei zusammenhaltet! Erst einen auf verletzlich machen und dann das!«

Mick aber geht nicht sofort. »Ich kann es dir erklären«, sagt er. »Es ist ganz anders.«

Ich bin stocksauer und will die Ausflüchte nicht hören. »Er hält sich Fee also nur warm, falls es mit Viola nicht klappt? Oder braucht er sie, um an sie heranzukommen, weil sie Nachbarn sind? Und du? Du machst einen auf einfühlsam, um dann hinter meinem Rücken zu lästern? Oder amüsierst du dich ganz wunderbar über meine Arbeit? Da stimmt doch was nicht mit euch.«

»So ist es nicht«, wendet er ein.

Mir reicht es. Ich zeige mit dem ausgestreckten Arm zum Hoftor. »Und tschüss und weg!«

Dann mache ich auf dem Absatz kehrt und lasse ihn einfach so stehen.

23

Gut geht es mir nicht, weil ich Mick gestern wegen Chris so angefahren und ihm selbst solche Gemeinheiten unterstellt habe. Aber dieses Rumgehampel macht mich wütend.

Als ob der nichts weiß!

Unser MiFüUhTe verlief gestern entsprechend traurig. Fee hat nicht eine Masche gestrickt, sondern nur aufs Handy gestarrt. Gestern hat sie Chris' Anruf weggedrückt und ist nun unsicher, ob das eine gute Idee war.

»Ich hätte ihm vielleicht doch zuhören sollen«, sagt sie. »Bestimmt kann er es erklären.«

»Was denn bitte?« Ich runzele die Stirn. »Er fragt nach dieser Eule, und du sollst ihm Auskunft geben. Welche andere Erklärung, als dass er sich für Viola interessiert, soll es da bitte geben? Ich finde es richtig, dass du ihn erst mal auf Abstand hältst. Er soll persönlich auf allen vieren angekrochen kommen und dir bitte schön erklären, was der Mist soll, wenn es nicht so ist, wie wir vermuten.«

Fee ist ganz geknickt nach Hause gefahren.

Ich ziehe mich nun an, lege mich zurück aufs Bett und checke mein Handy. Es schmatzt, denn von Fee ist eine WhatsApp eingegangen.

Er will nichts von Viola!!!!!!!!!!

Zehn Ausrufezeichen! Ist der Herr aufgewacht?

Ich schicke ihr ein Fragezeichen. Es folgt eine unendlich lange Nachricht, die mit den Worten endet:

Ich war also den ganzen Tag umsonst traurig. Wir treffen uns gleich am Strand. Danke, dass du mir zugehört hast!

Der Bruder von Chris ist also schuld. Er wollte über ihn an Infos rankommen, und weil Fee nebenan wohnt, hat er sie eben ausgehorcht. So ein Vollhorst! Er hätte doch einfach mit ihr reden können!

Zögernd schreibe ich Mick eine WhatsApp. Zu ihm war ich dann wohl doch etwas ungerecht.

Sorry, hab da überreagiert. Steht es jetzt 1 zu 1?

Mick scheint nicht nachtragend zu sein, er antwortet sofort.

Alles gut! Kann dich verstehen. Wäre von Chris auch echt eine miese Nummer gewesen. Und ich habe dir nichts vorgemacht. Tut mir leid, wenn du das gedacht hast.

Irgendwie bin ich erleichtert, dass sich alles so friedlich geklärt hat. Ich kann ein leichtes Herzflattern nicht vermeiden. Und ja, ich möchte, dass Mick wiederkommt.

Gleich sollen die letzten Schafe auf die Hausweide getrieben werden, hast du Lust? Eine Herde ist noch übrig. Die hat auf dich gewartet!

Mick möchte gern dabei sein. *Ich bin schon fast da!*, schreibt er.

Heute kommen auch Miep, Luna und Namenlos raus. Noch immer konnte ich mich für keinen Namen entscheiden. Er ist mit der braunen Wolle etwas so Besonderes, da will ich ihn nicht einfach Hein oder Herbi nennen. So ähnlich, wie unsere anderen Böcke heißen.

Miep, Luna und Namenlos.

Wenn ich nicht achtgebe, wird er immer so heißen, Hilmar macht sich bereits einen Spaß daraus.

Ich schlüpfe in meine Stalljeans und in den Troyer, hüpfe fröhlich die Treppe hinunter und gehe in die Küche.

Ma hat schon Frühstück gemacht, aber ich verspüre vor Aufregung kaum Hunger. Immer wieder schaue ich aus dem Fenster in der Hoffnung, endlich Mick zu sehen.

»Wartest du auf Mick?«, fragt Ma.

»Ja, er will die letzte Herde mit rausbringen. Wann machen wir eigentlich den Treck genau? Hat Pa das schon auf den Tag festgelegt?«

»Am Dienstag nach Ostern«, antwortet sie. »Mick ist ein netter Kerl. Schön, dass er gleich mithelfen möchte.«

Darauf antworte ich lieber nicht. Zum Glück kommt er auch eben mit seinem Bike auf den Hof gefahren.

Ich laufe hinaus. Mick wirkt ein bisschen verlegen, aber weil ich ihn sofort freundlich begrüße, legt sich das schnell. »Ich kann wirklich nichts dafür«, sagt er. »Chris scheint manchmal ein echter Idiot zu sein.«

»In der Beziehung bestimmt!«, pflichte ich ihm bei.

Gemeinsam gehen wir in den ersten Stall. Pa ist schon dort und nestelt am Gatter herum. »Wollt ihr es öffnen?«, fragt er. »Ich habe den Weg dorthin schon abgezäunt. Heute Nacht holen wir sie wieder rein.«

Klar wollen wir das. Ich überlasse es Mick, schließlich habe ich es oft genug getan. Die Tiere drängeln sich nach draußen und folgen der Absperrung bis zur Weide, wo wir das Gatter dann verschließen, als das letzte Schaf auf der Weide ist. Wir sind wieder begeistert, als die Tiere fröhlich blökend über die Wiese rennen.

»Und so kleine Lämmer werden zu Ostern geschlachtet«, murmelt Mick kopfschüttelnd.

Ich rolle mit den Augen. Ich weiß, dass bei Facebook immer diese Bilder von kleinen Minischafen herumgeistern. »Das ist Blödsinn«, berichtige ich. »Kein Schäfer bringt ein so kleines Tier um. Die Lämmer auf den Bildern in den sozialen Netzwerken sind Neugeborene,

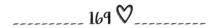

die tötet doch keiner. Die Leute sind dumm, die so etwas verbreiten, und haben sich kein bisschen informiert.«

Wir schauen noch eine Weile zu, wie die Lämmer sich mit ihren Müttern freuen, auf der Wiese zu sein, beobachten, wie die Kleinen gesäugt werden.

»Das ist pures Glück«, sagt Mick. »Ihr wohnt so wunderbar hier.«

»Nicht wahr«, bestätige ich.

»Was ist denn das da für ein Baum?« Er deutet zu unserer Kirsche, die gerade in voller Blüte steht und mit den weißen Blütenblättern den Rasen bedeckt, als hätte es geschneit.

Darunter lag einst der Schwur. Er ist aufgelöst, und als Mick jetzt so nah neben mir steht, bin ich erleichtert, dass es so ist. Zum Glück kann ich nicht länger darüber nachdenken, weil meine Eltern mit Hilmar und Hero auf uns zukommen. Sandy und Sally springen munter um sie herum.

»Lasst uns mal kurz die Lage besprechen!«, sagt Pa und reibt sich die Hände. »Wie gehen wir den Treck nächste Woche an?«

»Also, wenn ich darf, bin ich gern dabei«, sagt Mick. »Wann ist es denn genau?«

»Am Dienstag, morgens um sechs geht es los. Es macht Spaß, ist aber sehr anstrengend. Und viel Lauferei«, erklärt mein Vater.

Das scheint Mick aber nicht abzuschrecken. »Wunderbar! Ich freue mich darauf.«

Und ich erst.

Als mein Blick zum Boden schweift, erkenne ich einen winzigen Papierschnipsel zu meinen Füßen. Der Rest unseres Schwurs, der sich langsam, aber sicher auflöst.

24

Fee hat kaum noch Zeit, aber für heute hat sie mir versprochen, im Lädchen zu helfen. Auch wenn Mick immer mal auftaucht, bin ich nun viel allein. Trotzdem fehlt mir die Lust, mich mit jemand anderem zu treffen. Es bliebe sowieso nur Miri, und das will ich auch nicht. Also überbrücke ich die Leere mit Stricken, Häkeln und Wollespinnen. Und so schaffe ich es binnen kürzester Zeit, etliche Sachen für den Hofladen herzustellen. Die Situation in der Schäferei ist nun merklich entspannter, wo die Herden auf den Hausweiden sind und nur in der Nacht reinkommen.

Ma kocht Marmelade ein, die Früchte hat sie letzten Sommer in großen Mengen eingefroren. Auf unserer Streuobstwiese wachsen Birnen, Äpfel und Quitten, dazwischen gedeihen Brombeeren, Himbeeren und Stachelbeeren. Die Marmeladen und Konfitüren meiner Mutter sind neben den selbst gestrickten Schafwollsocken der Hit im Lädchen, und beides findet reißenden Absatz. Ich arbeite unglaublich gern hier, weil es im Laden immer wunderbar duftet. Nach Gewürzen, nach Schafwolle und anderem. So genau kann man das gar nicht unterscheiden.

Gerade, als ich die Tür zum Hofladen aufschließe, kommt Fee um die Ecke geradelt. Sie sieht so glücklich aus, dass ich sie fast beneide.

»Ist deine Mutter schon weg?«, fragt sie, während wir den Laden betreten. Ma hat schon zwei frisch gebackene Kuchen auf der Ladentheke abgestellt, bevor sie weggefahren ist. Einmal Apfelstreuselkuchen, einmal Kaffeekaramellschnitten.

»Ja, ich habe übernommen«, antworte ich und suche nach dem Messer zum Anschneiden des Kuchens.

Ma muss heute dringend in die Stadt, aber am Ostersamstag erwarten wir viele Touristen in Ostfriesland, und ein paar werden hoffentlich auch das Lädchen aufsuchen.

»Ich bin so froh, dass wir unseren Schwur gelöst haben. Chris ist dermaßen süß, das glaubst du nicht.« Fee lächelt verzückt.

Wenn ich meine Freundin genau betrachte, glaube ich ihr das aufs Wort.

»Habt ihr euch schon …?«

Fee wird rot. »Einmal ganz kurz. Auf die Wange. Er riecht gut.«

Er riecht also gut. Warum verursacht das bei mir Bauchschmerzen? Ich wollte doch, dass es so kommt. Weil du jetzt viel allein bist und Fee teilen musst, beantworte ich mir im Stillen diese Frage selbst.

Ich lächele und versuche, meinen Neid zu unterdrücken. Ich gönne es meiner Freundin ja. Du hast Miep und Luna und Namenlos, denke ich. Aber schon, als ich das tue, komme ich mir schrecklich armselig vor.

Fee hat einen Freund, und ich eine Schafmutter mit zwei Lämmern. Ob das auf Dauer wirklich ein Ersatz ist? Also füge ich in Gedanken noch den Namen Mick hinzu, weiß aber nicht, ob das wirklich schon passt. Manchmal sieht er mich so an, als ob, und dann wieder verhält er sich merkwürdig zurückhaltend.

Fee hat, während ich meinen Gedanken nachhänge und Kuchen anschneide, die ganze Zeit weitergequasselt. Ich höre gerade noch, wie sie sagt: »Hast du denn mittlerweile rausgefunden, warum Mick aus Bremen wegmusste?«

»Nö, er will nicht drüber reden«, antworte ich. Um meine Gleichgültigkeit zu demonstrieren, winke ich lachend ab.

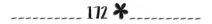

»Aber du triffst dich doch mit ihm. Läuft da auch bald was?«

»Ganz bestimmt nicht. Den habe ich dir doch nur vom Leib gehalten, damit unser Punkte-Plan funktioniert. Er hat sich dabei ein bisschen in die Schäferarbeit verguckt. Er hängt eher bei Hilmar als bei mir ab.«

Ich stelle ein Schildchen auf, das umgefallen ist. Nun ist alles fertig, und die Kunden können kommen.

»Will er jetzt Schäfer werden?«, unkt Fee.

»Dann muss er blöken wie ich!« Ach, es tut gut, mit Fee herumzuflachsen. Das hat mir total gefehlt.

Sie glaubt mir zwar nicht, das sehe ich ihr an, aber sie nimmt meine Antwort erst einmal zur Kenntnis. »Ich habe schon gedacht, dass du und er …«

»Um Gottes willen«, stoße ich aus und sortiere kurzerhand die Marmeladengläser neu, weil nichts weiter zu tun ist. »Im Leben nicht!« Ich sehe Fee fest an. »Natürlich gönne ich dir deine Liebe wirklich von Herzen, aber ich habe für mich beschlossen, mich an die Abmachung zu halten. Ich traue Jungs in dem Alter nicht. Und sollte Chris irgendwann zum Ar… mutieren: Ich werde dann für dich da sein.«

»Das weiß ich«, flüstert Fee. »Aber es wird nicht so kommen.«

Es rührt mich, wie überzeugt sie davon ist.

Gegen Mittag ist es endlich ziemlich voll, weil auch viele Radfahrer vorbeischauen. Wir verkaufen unsere Marmelade und etliches Selbstgestricktes. Mamas eigener Kuchen ist bereits ausverkauft. So vergeht die Zeit rasend schnell.

Als es etwas ruhiger wird und wir die Ladentheke wieder neu sortieren, damit es hübsch aussieht, tauchen plötzlich Chris und Mick auf.

Sie haben ihren gewohnt lässigen Gang drauf und spazieren in aller Seelenruhe auf die Ladentür zu.

»Moin«, sagt Chris, als er das Lädchen betritt. Er tut zwar cool, aber sein Lächeln wirkt verrutscht. Ich habe ihn noch nie so unsicher gesehen.

Er will alles richtig machen, schießt es mir durch den Kopf, und in mir kommt der Gedanke auf, ob Jungs vielleicht ähnlich unsicher sein können wie Mädchen, auch wenn sie sich so lässig geben wie Mick und Chris.

»Moin«, antwortet Fee und läuft feuerrot an.

Ich sage gar nichts, weil mein Blick an Micks Augen kleben bleibt. Sie sehen warm aus und freundlich, und ich kann nicht anders: Ich muss ihn anlächeln.

»Was wollt ihr hier?«, höre ich jetzt Fee sagen. Sie steht wie angewurzelt vor Chris.

»Nicht über Viola reden«, sagt er und wird nun seinerseits rot. Chris macht mutig einen Schritt auf Fee zu und nimmt ihre Hand. Das ist mir schon fast too much. So viel Schmalz kann ich gerade nicht gut ab.

Hilflos sehe ich zu Mick, dem es ähnlich zu ergehen scheint. Er formt mit seinen Lippen ein lautloses »Wollen wir verschwinden?«, aber das kann ich nicht tun. Ich habe Ma schließlich versprochen, auf den Laden aufzupassen.

Fee und Chris stehen wie hypnotisiert voreinander. Mick geht auf sie zu und klopft Chris auf die Schulter. »Hey, Alter. Ich glaube, du und Fee macht jetzt mal einen wunderschönen Spaziergang über die Schafweiden. Ihr habt euch bestimmt viel zu erzählen.« Er schiebt die beiden zur Tür.

Nun sind wir allein. Er grinst mich an. »Verliebte sind nur schwer zu ertragen«, sagt er dann. Mick sieht sich interessiert um, denn er war zuvor nie in unserem Laden. »Das ist echt cool hier. Und es riecht so gut!« Er schaut sich die Schafwollsocken näher an, die Fee und ich in der letzten Woche gestrickt haben. Er befühlt die Loops und Strickarmbänder, die auf dem Ständer hängen. »Die habt ihr wirklich selbst gemacht?«

Ich nicke und zeige ihm auch die anderen Sachen, die im rückwärtigen Teil des Lädchens liegen und die ich ebenfalls gestrickt habe. Es sind Handschuhe, Stulpen und Mützen. »Wir verkaufen nur Handmade. Ma kümmert sich um die Lebensmittel und strickt und webt auch.« Ich zeige ihm die Tischdecken, Läufer und Teppiche. »Fee und ich unterstützen sie, wenn wir Zeit und Lust haben.«

»Wenn wir am Dienstag die Schafe auf die Deichwiesen gebracht haben, kannst du mir das Stricken mal zeigen«, sagt er schließlich.

Ich kichere los. »Du willst wirklich stricken lernen?« Ich kann mir alles vorstellen, aber ganz sicher nicht, dass Mick Stricknadeln in der Hand hält.

»Doch. So etwas müssen ja nicht nur Mädchen können.«

»Sagt der Obermacho der Schule.«

Wir müssen unser Gespräch kurz unterbrechen, weil Kundschaft in den Laden kommt. Eine Oma mit ihren beiden Enkeln. Sie kaufen zwei Gläser Marmelade und ein Glas Honig, den wir von unserem Nachbarn haben, der ein paar Bienenstöcke hat. Dann stehen sie vor den Schafwollsocken und nehmen gleich drei Paare in unterschiedlichen Größen mit.

Mick nickt mir anerkennend zu. »Du kannst also nicht nur stricken, sondern mit deinen vierzehn Jahren auch schon richtig gut verkaufen. Willst du das später auch tun?«

»Nebenbei, so wie meine Ma. Ich werde die Schäferei mal übernehmen. Schafe sind mein Leben.«

»Ich könnte auch Spaß an der Arbeit finden. Man muss also Schäfer lernen und kann noch Agrarwissenschaften studieren?«

»Ja. Um eine Schäferei zu leiten, braucht man spezielle Kenntnisse. Schäfer sollte man schon sein. Einfach ist es nicht. Auch Urlaub machen kann man nicht immer, wenn man Lust dazu hat.« Ich fixiere Mick und stupse ihn dann an. »Du willst mich hochnehmen und hast das nicht ernsthaft vor, oder?«

Doch Mick hält meinem Blick stand. »Ich weiß, das klingt schräg, aber ich kann mir das wirklich vorstellen. Ich habe neben dem BMXen lange keinen solchen Spaß an etwas gehabt. Es ist eine so coole Arbeit.«

Wieder kommt da so ein anderer Mick neben dem motzigen zutage.

»Ich dachte, du bist einfach nur der geborene BMXer.«

»Damit ist aber eher kein Geld zu verdienen. Und mein Hobby kann es für immer bleiben.«

»Auch wieder wahr.« Mir gefällt die Idee. Mick mit Schäferhut, unter dem seine braunen Locken hervorquellen, in der Hand den Schäferstab und ein schönes Wollcape um die Schultern gebunden. Sandy und Sally um ihn herum.

»Aber was meinst du …«, reißt er mich aus meinen Träumereien. »Wenn ich nun die Schafe mit auf die Weide treibe und stricken lerne: Kommst du danach einmal mit in den Skatepark und lernst einen einzigen Trick auf meinem BMX?«

Mir wird im Wechsel heiß und kalt. Ich soll diese Halsüberkopf-Manöver fahren? Und dann mit Mick allein? Beim Stricken, im Skatepark? Will ich das?

Bevor ich Mick eine Antwort geben kann, kommt Ma mit unserem Pick-up auf den Hof gefahren.

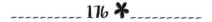

Sie strahlt, weil ich Besuch habe. An Mick hat sie offenbar einen Narren gefressen. In ihren Augen glitzert es immer ganz verdächtig. Wahrscheinlich hat sie schon geprüft, ob unsere Seelen zusammenpassen und ob die Aura stimmt. Wenn das positiv ausgefallen ist, malt sie sich im Geist schon die Hochzeit aus.

Damit sie bloß keine Bemerkung in diese Richtung loslässt, erkläre ich ihr kurz, was ich verkauft habe.

»Super, dann löse ich dich jetzt ab. Mein Esoterik-Seminar war auch ganz wundervoll. Ich hatte so interessierte Teilnehmer!«

Mick sieht sie gespannt an, aber das Thema will ich jetzt wirklich nicht vertiefen! Ma und ihre Geister, im Leben nicht vor Mick.

Sie aber sieht ihn mit schräg gestelltem Kopf an. Dann fixiert sie mich eine Weile. Ihr Blick schweift zurück zu Mick. »Du schleppst was mit dir rum, mien Jung. Deine Augen sind so …«

Ich unterbreche meine Mutter sofort! Das kann sie jetzt unmöglich ernst meinen. Ich schaue Mick an, der verlegen zu Boden blickt. »Ich mag nicht darüber reden, Frau Weerts. Ist eine alte Geschichte«, fügt er sehr leise hinzu, aber ich habe es trotzdem verstanden.

Ma sieht ihn noch immer mit ihrem merkwürdigen Hellseherblick an. Das ist mir oberpeinlich.

»Du wirst Hilfe bekommen, Mick. Aus einer Ecke, von wo du es nicht erwartest. Bleib also ganz entspannt.« Ma streicht ihm über den Kopf, als wäre er ein Lamm. »Dann sehen wir uns spätestens Dienstag zum Schaftreck«, sagt sie, jetzt wieder mit ihrer normalen Mamastimme. Ich atme erleichtert aus. »Um sechs geht es los. Das Wetter soll in der nächsten Woche frühlingshaft warm bleiben.« Ma schiebt uns aus dem Laden. »Nun macht euch einen schönen Nachmittag!«

Wir trollen uns und schlendern in Richtung Schafwiese. Miep

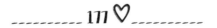

wird mit ihren Kindern bald nicht mehr so nah bei mir sein, und ich will die Zeit noch nutzen.

»Hast du denn schon einen Namen für den Bock?«, fragt Mick, als wir bei den dreien angekommen sind.

Ich schüttele erst den Kopf, doch plötzlich weiß ich, dass ich gar nicht anders kann. Ich sehe Mick an, der nach Mamas Ansage blasser geworden ist. Und dann rutscht mir raus, was ich selbst nicht für möglich gehalten hätte. »Ich glaube, ich nenne ihn Mick 2. Er hat deine Locken und …« Ich halte inne, denn das, was mir nun durch den Kopf geschossen ist, darf ich nicht laut sagen. Dass Mick 2 genauso verloren war, wie Mick jetzt oft auf mich wirkt.

Zum Glück hat der mein Zögern nicht bemerkt, sondern starrt mich mit großen Augen an. »Du willst Namenlos nach mir benennen?«, fragt er ungläubig.

»Ja, das will ich! Er hat die gleiche Wolle auf dem Kopf wie du.« Mick 2 rast gerade über die Weide und fällt dabei über einen Maulwurfshügel. »Und wie du siehst, macht er auch Tricks!«

»Er soll echt heißen wie ich?«

»Möchtest du das nicht?«, stottere ich. »Also ich verstehe ja, dass du vielleicht nicht wie ein Schafbock heißen möchtest.«

Mick grinst breit. »Doch! Danke. Danke, Dana. So etwas Schönes hat mir noch nie jemand geschenkt.«

Wir gehen zusammen zu dem kleinen Bock und erzählen ihm, wie er nun heißt. Wie zufällig berühren sich beim Streicheln durch die Wolle unsere Hände.

25

Mein Telefon klingelt. Mick ist eben erst losgefahren und nun ruft er mich schon an? Er wirkt sehr aufgeregt.

»Was ist los?«, frage ich sofort.

»Auf der Weide liegt ein totes Schaf. Weißt du, wem die Wiese hinter dem kleinen Eichenwäldchen an der Landstraße gehört?«

»Den Meyers, aber die wohnen weit hinter Deekendorf.« Ich ahne, was passiert ist, und hüpfe schon, das Handy zwischen Schulter und Kopf geklemmt, die Treppe hinunter. »Bin gleich da!«

Ich drücke ihn weg.

Unten angekommen, ziehe ich schnell Jacke und Schuhe an, hole das Rad aus der Remise und fahre los. Kurz darauf habe ich die Weide erreicht.

Mick zeigt auf ein Schaf, das auf dem Rücken liegt und die Beine steif in den Himmel reckt. »Das ist tot. Wie kann das passieren?«

Ich klopfe Mick auf die Schulter. »Da ist nun Erste Hilfe angesagt.«

Mick versteht nur Bahnhof. »Hey, das Ding lebt nicht mehr, was willst du da in Ordnung bringen?«

Ich lache nur, und er versteht nicht, was daran so witzig ist.

»Es kann passieren, dass die Tiere Übergewicht bekommen«, erkläre ich. »Meist passiert es, wenn die Wolle schwer und dicht ist, aber manchmal auch beim Schubbern. Sie kommen dann nicht mehr von allein hoch. Das kann gefährlich werden, weil die Organe so gequetscht werden.«

»Und nun?«

Ich stehe schon neben dem Schaf. »Nun wenden wir es. Was sonst?« Ich versuche es zu drehen, was mir aber nicht sofort gelingt, denn so ein Schaf ist verdammt schwer. »Kannst du mit anpacken? Ich zeige dir, wie es geht«, bitte ich Mick. »Stell dich neben mich und greife einfach zu!«

Das tut er, und unsere Schultern streifen sich. Als ich Mick ansehe, versinke ich einen Augenblick in seinen Augen.

»Ich zähle nun bis drei, und dann drehen wir sie.« Einmal tief Luft holen: »Eins. Zwei. Drei!«

Es gelingt uns nicht.

»Ich greife mal tiefer«, quetscht Mick zwischen den Zähnen hervor.

Wir starten den zweiten Versuch, aber auch der misslingt.

»Wenn es jetzt nicht klappt, müssen wir Hilfe holen«, beschließe ich. »Sonst wird es für das Tier gefährlich. Wer weiß, wie lange es schon hier liegt. Auf drei, okay?«

»Okay!«

Ich zähle erneut an.

»Eins! Zwei! Drei!«

Endlich ist es geschafft. Das Schaf steht wieder, schüttelt sich und rennt zur Herde zurück.

»Wow«, sagt Mick. »Ich dachte wirklich, da ist nichts mehr zu machen.« Er sieht mich mit einem Blitzen in den Augen an, sodass mir ganz warm wird.

Mick wischt sich den Schweiß von der Stirn. »Du bist echt toll!«

Ich winke ab. Mit Komplimenten kann ich nicht gut umgehen, und wenn sie von Mick kommen, erst recht nicht. »Das war für das Schaf nicht ungefährlich, aber wir haben die Situation ja retten können.«

Er schaut mir schon wieder tief in die Augen, und ich weiche seinem Blick nicht aus. »Super, dass du Bescheid gesagt hast. Erste Aktion als Schäfer geglückt!« Verdammt, was labere ich für ein dummes Zeug!

Mick streicht mir über den Unterarm. »Das erste Fleißpünktchen habe ich also von dir erhalten.«

»Jap.« Ich grinse ihn breit an.

Plötzlich hält ein Auto mit quietschenden Reifen. Mick fährt erschrocken zusammen, als wäre er bei etwas Verbotenem ertappt worden.

»Keep cool! Das ist nur Herr Meyer, der Besitzer. Bestimmt hat ihn jemand angerufen.«

Er eilt mit großen Schritten auf uns zu. »Dana!«, sagt er sofort. »Du hast es schon wieder aufgestellt?«

»Ja. Mein Freund hat mich angerufen, und wir haben es schnell zusammen gemacht. Hätte es nicht geklappt, hätte ich Sie angerufen.«

Mick sieht mich wieder an, und erst da bemerke ich, was ich eben gesagt habe. *Mein Freund.*

»Dann kann ich ja wieder verschwinden«, sagt Herr Meyer. »Nochmals danke. Hast was gut!« Er geht zurück zu seinem Auto und fährt los.

»Hier wissen wohl einige, was sie an dir haben«, sagt Mick. »Nicht nur ich.«

Ich glaube, ich habe mich verhört. In der Ferne beginnt die Kirchturmuhr zu schlagen.

Mick schaut auf die Uhr. »Ich fahre dann mal. Man sieht sich.«

Ja, man sieht sich, denke ich. Hoffentlich schon bald wieder.

26

Mein Wecker klingelt, es ist ziemlich früh, aber heute wollen wir die Schafe zum Deich treiben, da ist faulenzen einfach nicht angesagt! Mit dem Treck müssen wir früh beginnen, sonst schaffen wir es zeitlich nicht. Ostern ist vorbei, und das Wetter super.

Egal wie müde ich bin, den Schaftreck lasse ich mir niemals entgehen.

Mick kommt immer häufiger vorbei, die Arbeit auf dem Hof scheint ihm wirklich Spaß zu machen. Er hat sogar schon den Trecker mit dem Hochlader gefahren. Wir haben viel Spaß zusammen, aber mehr passiert nicht. Ich weiß auch gar nicht, ob ich das will. Trotzdem gefällt es mir, wenn er da ist. Manchmal kommt es mir vor, als wäre es ein ganz anderer Mick als der, der noch vor Kurzem auf der Mauer vom Schulhof saß und König gespielt hat.

Von Fee höre ich nur wenig. Sie ist nur noch mit Chris zusammen und genießt die Schmetterlinge im Bauch. Aber sie hat mir versprochen, dass unser MiFüUhTe nicht darunter leidet. Hauptsache, sie hält sich daran! Morgen kann sie es beweisen.

Ich klettere aus dem Bett, husche unter die Dusche, ziehe meine Jeans und den Hoodie über. Danach stülpe ich mir den neuen Loop über den Kopf. Er sieht klasse aus. Ich habe dafür hellgrüne Wolle gewählt, und der Farbton unterstreicht meine Augenfarbe und passt zum dunklen Grün des Pullovers.

Komisch, bis vor Kurzem habe ich mir nie Gedanken darüber

gemacht, was ich anziehe, habe immer nach dem gegriffen, was praktisch war oder obenauf lag. Und jetzt mache ich mir ausgerechnet am Tag des Schaftrecks Gedanken darüber, ob die Farben des Hoodies und des Loops zusammenpassen?

Ich atme einmal tief ein und versuche, wieder normal zu denken. Loop und Pullover sind also schon mal gesetzt. Draußen scheint zwar die Sonne, aber der Wind ist wieder aufgefrischt, und deshalb ist es besser, auch eine Mütze und eine Weste zu tragen. Dazu durchforste ich meinen Schrank und finde schließlich die dunkelgrüne Pudelmütze. Sie wird allerdings nachher zu warm sein. Die schwarze Weste hängt in der Diele an der Garderobe. Ich gehe die Treppen hinunter, nehme sie vom Haken und stehe danach tatsächlich vor dem Spiegel. Ich drehe mich nach links, dann wieder nach rechts. Ich sehe nicht schlecht aus. Aber es ist besser, meine Lockenmähne etwas zu bändigen. Sonst bekomme ich die Strähnen nachher nicht mehr auseinandergezerrt. Ich laufe noch einmal hoch ins Bad und fasse das Haar zu einem Zopf zusammen.

Endlich bin ich zufrieden. So kann ich Mick unter die Augen treten, schießt es mir durch den Kopf. »Obwohl dir das schietegal sein kann, wie er dich findet«, sage ich zu meinem Spiegelbild.

Ist es aber nicht. Überhaupt nicht. Und ich benehme mich schon wie die anderen Mädchen. Mir bleibt aber keine Zeit, weiter darüber nachzudenken, weil ich schnell in die Küche muss, um mir ein Stück Brot auf die Hand zu schnappen. Ma hat schon Tee, Kaffee und belegte Brote hingestellt. Ausgiebig werden wir nach dem ersten Treck frühstücken. Dafür kommt heute Hilmars Frau, die alles herrichten wird, weil Ma beim Treck mithelfen muss.

Mick ist pünktlich und er wartet schon am Hoftor, als wir aus dem Haus kommen. Er hat ebenfalls eine Mütze auf, allerdings eine in Dunkelblau, die oberhalb der Ohren mit einem Rollrand endet. Mick sieht damit ein bisschen aus wie ein Skipper. Und es wirkt cool, weil seine braunen Locken darunter hervorquellen. Mein Herz klopft wieder eine Spur zu schnell, und ich wende den Blick rasch ab.

»Schön, dass du mitkommen willst!«, sagt Ma zu ihm. Sie pfeift nach unseren Hunden. Das kann sie wirklich laut, und Mick sieht sie auch gleich ganz baff an. Meine Mutter ist immer für eine Überraschung gut. Nicht nur, wenn sie auf einem Bein im Garten steht oder Menschen und ihre Schicksale analysiert.

Um Mick zu imponieren, pfeife ich ebenfalls. Er sieht mich anerkennend an. Pfeifende Mädchen sind auch für ihn etwas ungewöhnlich. Ich bin eben keine Tusse aus der Stadt.

Sally und Sandy kommen schon um die Ecke geschossen. Vor allem Sandy ist sehr gut abgerichtet, sonst könnte sie die Aufgaben als Hütehund nicht machen.

Mick grinst mich an. »Nun bin ich schon so oft hier gewesen und ich weiß auch, dass die Hunde Sandy und Sally heißen. Sandy sieht älter aus. Aber willst du sie mir nicht beide mal kurz vorstellen, bevor wir heute so eng miteinander arbeiten?«

»Gut, also los: unsere beiden Border Collies. Als Erstes Sally. Sie ist erst im letzten Jahr aus der Ausbildung gekommen und muss deshalb von Sandy noch eine Menge lernen. Auf sie kannst du dich nachher also noch nicht vollständig verlassen. Du musst sie kontrollieren.«

Mick streicht Sally über den Kopf. »Meine liebe Dame, ich werde Sie nicht aus den Augen lassen.«

Ich muss jetzt echt lachen, weil Mick so förmlich tut. »Die beiden sind auf jeden Fall so etwas wie Familienmitglieder, dürfen auch mit ins Haus und wohnen dort in der Diele. Ein bisschen hüten sie uns mit, sagt Ma immer. Sie kümmert sich um die Hunde und trainiert sie.«

Ich kraule Sally jetzt auch, sie ist einfach unglaublich verschmust. Sandy mag Nähe hingegen nicht so gern.

»Und warum habt ihr zwei Hunde?«, fragt Mick noch.

»Eigentlich schafft es ein einziger Hund, auf die Herde achtzugeben, aber mit zweien ist es leichter. Und außerdem wird Sandy langsam alt.«

In dem Augenblick kommt Hilmar um die Ecke gerannt. »Da bin ich!«

»Hallo, Hilmar«, begrüßt mein Vater ihn. »Dann können wir nun starten. Wir haben nicht ganz zwei Kilometer Fußmarsch«, erklärt Pa weiter. »Das schaffen auch die Lämmer. Es ist jetzt Anfang April und das Wetter stabil, sonst hätten wir noch eine Woche gewartet. Die sehr jungen oder schwachen Lämmer fährt meine Frau mit den Mutterschafen im Bulli hinterher. Den brauchen wir ohnehin, wenn mal ein Schaf schlappmacht.«

»Wie viele Herden haben Sie denn überhaupt?«, fragt Mick.

»Wir haben jetzt vier«, erklärt Pa. »Alle sollen nun auf den verschiedenen Deichwiesen grasen. Das ist gut für die Tiere, aber auch für die Deiche. Der Boden wird von den Klauen der Schafe verdichtet, was sehr wichtig ist, wenn in der kalten Jahreszeit die Sturmfluten kommen. Auf diese Weise weichen die Deiche nicht so leicht auf. Ohne die Schafe dort hätten wir Menschen ein großes Problem!« Pa liebt es, über seine Arbeit zu sprechen.

»Und alle Schafe werden so auf die Weiden getrieben?«, fragt Mick weiter. »Dana hat was von einem Transport erzählt.«

Mein Vater nickt. »Das stimmt. Zunächst bringen wir zwei Herden auf die näher gelegenen Deichweiden, später fahren wir zwei

weitere mit Viehtransportern. Das Weidegebiet ist zu weit entfernt, das wäre nicht gut für die Kleinen.«

Mick ist sichtlich beeindruckt. Pa erzählt munter weiter, er ist voll in seinem Element. »Im Herbst werden aber alle Schafe mit Zwischenrast auf die Sommerwiesen zurückgetrieben. Die haben wir bis dahin bestellt, damit wir Winterfutter haben. Die am weitesten entfernt gelegene Weide liegt elf Kilometer entfernt. Die Klauenpflege haben wir die letzten Wochen gemacht, Wurmkuren und Ähnliches auch. Nun wird es Zeit für die Freilandhaltung.« Er zeigt auf Hilmar. »Natürlich mussten wir täglich die Zäune entsprechend prüfen und die Euter kontrollieren. Schauen, ob alle Lämmer bei den Müttern sind und all so etwas. Schließlich wollen wir kein Tier verlieren.«

Mein Vater läuft mit einem Futtereimer voraus. Er trägt seinen Schäferhut und hat den Stecken in der Hand. Ich gehe mit Mick, Hilmar und den zwei Hunden hinterdrein. Ma folgt uns langsam mit dem Bulli.

Es ist immer wieder spannend, wie Sandy die Schafe kurz mit ihren Blicken fixiert und sie so zwingt, in der Herde zu bleiben. Sally ist noch etwas albern. Sie springt überall herum, kommt dauernd mit irgendwelchen Stöckchen angeflitzt und ist sehr unkonzentriert. Dafür wird sie sowohl von Hilmar als auch von Sandy zurechtgewiesen. Nach einer Weile benimmt sie sich endlich wie ein richtiger Hütehund. Beim Abtrieb wird sie das alles schon richtig gut können und eines Tages Sandy ablösen, wenn sie in den Ruhestand geht.

Mit lautem Blöken geht es durch Diekhusen in Richtung Deich. Die Leute schauen immer neugierig aus den Fenstern, wenn Schafauftrieb ist. Für viele ist das der Beginn des Frühlings. Wenn unsere Schafe rauskommen, geht es mit dem Grün der Weiden und den Temperaturen aufwärts.

Pa hebt ständig den Stecken und grüßt alle freundlich. Mick und ich müssen mit unseren Schafstecken immer mal wieder das eine oder andere Schaf zurücktreiben, wenn Sandy oder Sally es gestellt haben.

Ich liebe diese Arbeit!

Endlich kommen wir am ersten Weidegrund an. Ein Schaf nach dem anderen huscht durchs Gatter, und Mick darf es am Ende schließen.

»Wow, das hat Spaß gemacht!« Er strahlt. »Wirklich meine zukünftige Arbeit. Ganz sicher!«

Wir fahren mit dem Bulli zurück zur Schäferei.

21

Bevor wir den zweiten Treck begleiten, gibt es Frühstück. Immerhin haben wir schon vier Kilometer Fußmarsch hinter uns.

Mick will nicht nach Hause, sondern weitermachen. Er ist voll in seinem Element, und die Arbeit macht ihm viel Spaß.

Nach dem Frühstück geht es also mit der zweiten Herde in die andere Richtung. Jetzt sind auch Miep, Luna und Mick 2 dabei.

Auf dem Weg zum Deich nehme ich alles noch ganz locker. Ich beobachte die beiden Lämmer, wie sie mit der Herde mitrennen. Mick 2 muss von Sandy allerdings öfter zurück in die Herde gedrängt werden. Er ist einfach zu neugierig und würde am liebsten an jeder Löwenzahnblüte am Wegrand knabbern.

Dann aber kommt der große Abschied. Ich drücke alle drei ganz fest und verspreche ihnen, sie oft zu besuchen. Leider interessiert es sie nicht sonderlich, denn sie haben nur das frische grüne Deichgras im Blick.

»Ganz schön undankbar«, sagt Mick, als wir das Gatter auch hinter dieser Herde verschließen.

»Sie werden sich hier draußen auf der Weide wohlfühlen, das ist das Wichtigste.«

Nach unserer Rückkehr gibt es eine kräftige Suppe, die Hilmars Frau gekocht hat. Dazu hat Ma gestern schon Weißbrot gebacken. Nach so vielen Stunden draußen tut das deftige Essen richtig gut, und wir können den dritten und vierten Treck starten.

Das sind die zwei Herden, die mit den Transportern weggebracht werden. Ich bin schon ziemlich müde, aber ich will zusammen mit Mick noch einmal kräftig mit anpacken.

Wir treiben im Stall die Schafe zusammen und drängen sie zum Ausgang. Von dort müssen sie durch die Absperrung über die Rampe auf die verschiedenen Transporter. Aber natürlich nicht alle auf einmal. Wir müssen genau zählen, damit alle Schafe gleichmäßig verteilt sind.

Nach dem ersten Schwung schließen wir also das Gatter, warten, bis der nächste Transporter vorfährt, und dann geht es weiter.

Es sind mehrere Fahrten notwendig. Wir fahren jetzt aber nicht mit, denn meine Eltern benötigen dabei nicht so viele Leute. Uns schmerzen die Füße ohnehin schon zu sehr.

Wir schlendern nach dem letzten Verladegang zurück zum Haus und setzen uns in die Küche. Ich koche Tee, und wir ruhen uns ein wenig aus. »Danke für den tollen Tag«, sagt Mick. »Ich habe noch nie so etwas Einzigartiges erlebt!« Er zwinkert mir zu, und sein Blick geht mir durch Mark und Bein.

Ich schlucke. Was ist denn das jetzt für eine Ansage? Er hat sich um 180 Grad gedreht. Noch vor einer Woche hat er alle Schäfer und auch meine Arbeit ins Lächerliche gezogen. Ich möchte ihm so gerne glauben. Ja, ich möchte Mick vertrauen. Also lächele ich zurück, schweige aber lieber.

Nach dem Tee bricht er auf. Er drückt meine Hand sehr lange und wieder fixiert er mich mit seinem Blick.

»Bringst du mich zur Tür?«, fragt er.

Natürlich mache ich das.

Als er fortradelt, schaue ich ihm lange nachdenklich hinterher. Denn kaum glaubt er sich unbeobachtet, sinkt er irgendwie in sich zusammen. Er dreht sich auch nicht mehr um, als er mit seinem BMX in Richtung Straße verschwindet.

Ich gehe in mein Zimmer und checke erst einmal das Handy. Aber nicht einmal Fee hat geschrieben.

Gut, wenn meine Freundin beschäftigt ist, werde ich jetzt allein noch ein bisschen stricken. Ich habe allerdings keine Lust, noch weitere Socken herzustellen, und entscheide mich dafür, mal ein Paar Stulpen zu versuchen. Die sehen ja auch als Accessoire super aus.

Ich brauche ein Nadelspiel mit fünf Nadeln und passende Wolle. Da von der hellgrünen noch genug da ist, nehme ich den Rest, dann habe ich ein Set aus Stirnband, Stulpen und Loop.

Ich setze mich auf meinen Stricksessel und lege los. Es klimpert so herrlich beruhigend, wenn die Nadeln des Nadelspiels aneinanderschlagen. Dabei denke ich fast ununterbrochen an Mick. Wie er mit hochroten Wangen die Schafe mit mir getrieben hat. Wie wir gestern das Schaf gerettet haben. Wie selbstverständlich er mit den Hunden umgeht. Und wie glücklich er dabei gewirkt hat. Ich habe ihn nicht einmal beim BMXen so erlebt.

Ob er sich wirklich darauf einlässt, Stricken zu lernen? Und ob er mir Tricks auf dem Bike beibringt? Ich stricke und stricke und träume von Mick. Bin ich wirklich dabei, mich in ihn zu verlieben? Ich wehre mich immer weniger dagegen. Er ist ein cooler Typ, und wenn er mich so ansieht, werden meine Knie weich, mein Herz galoppiert, und ich fühle mich die ganze Zeit gut. Eigentlich ist Verliebtsein ein wunderbarer Zustand. Aber er muss mir verraten, was ihn bedrückt. Was genau in Bremen los war. Sonst wird es nichts mit uns.

Ich schaffe eine halbe Stulpe, ehe Ma zum Abendessen ruft.

Kurz darauf geht auch von Fee eine Nachricht ein. Ich liebe den schmatzenden Ton.

Morgen ist der letzte Ferientag. MiFüUhTe bei mir? Gibt was zu besprechen. Nur zwischen uns.

Ich freue mich über die Nachricht. Fee hat unseren MiFüUhTe nicht vergessen. Ich sage sofort zu.

28

Letzter Ferientag. Ich bin der totale Ferientyp und mag nicht, dass morgen die Schule wieder beginnt. Ausschlafen, viel stricken, bei den Schafen sein und mit Fee klönen ist einfach das Größte. Wobei sich das Thema Fee in diesen Ferien massiv reduziert hat.

Trotzdem will ich den letzten Tag in vollen Zügen genießen, habe deshalb lange geschlafen und den ganzen Tag, außer Musik zu hören und an Mick zu denken, eigentlich gar nichts gemacht. Doch, gegessen habe ich, weil meine Mutter heute Birne und Hüdel gekocht hat. Mein Lieblingsessen. Hüdel ist ein über Wasserdampf gekochter Hefekloß, dazu gibt es gegarte Birnen und Speck. Es ist ein typisches Essen in Ostfriesland, woanders kennt man es auch nicht glaube ich.

Jedenfalls habe ich mir den Bauch ordentlich vollgeschlagen. Jetzt ist es gleich drei Uhr, und ich packe meine Stricksachen zusammen. Wir waren zum MiFüUhTe lange nicht bei Fee, aber weil sie in den Ferien öfters bei mir geschlafen hat, sehe ich ein, dass sie es gut findet, wenn ich sie auch wieder einmal besuche.

Ich werde gleich meine zweite Stulpe weiterstricken. Die erste habe ich gestern noch fertig bekommen. Bevor ich den Rucksack schließe, kontrolliere ich vorsichtshalber noch einmal, ob ich an alles gedacht habe. Es fehlt nichts.

»Ich gehe zu Fee«, sage ich zu Pa, als ich an der Küche vorbeikomme. Er ist gerade dabei, Tee für alle zu machen und den frisch gebackenen Apfelkuchen anzuschneiden. Meine Mutter sitzt draußen noch auf dem Trecker und fährt den Mist aus den Ställen. Hilmar und Hero helfen ihr dabei. Sie werden aber gleich alle in die Küche kommen.

»Viel Spaß!«, ruft Pa mir zu. »Bist du zum Abendessen zurück?«

»Ich denke, ich werde bei Fee essen. Ihre Mutter weiß, dass ich komme, und kocht bestimmt wieder Spanisch!« Sie freut sich immer sehr, wenn sie mir etwas Gutes tun kann. Und ich liebe ihre Tortilla!

Dann brause ich los.

Fee öffnet mir sofort, sie muss schon gewartet haben.

»Na, was strahlst denn du so?«, frage ich sie. Gleichzeitig sauge ich den köstlichen Duft nach dem schon vorbereiteten Essen ein. Ich freue mich auf die Tortilla und vor allem auf die Churros, die Fees Mutter ganz sicher extra für mich macht.

»Rate mal!« Fee legt den Zeigefinger beschwörend auf ihre Lippen und zieht mich die Treppen rauf in ihr Zimmer.

Dort lassen wir uns sofort auf ihr Bett fallen. »Ich ahne, was passiert ist: Chris hat dich geküsst, nicht nur auf die Wange. Und ihr habt meinen wundervollen Fünf-Punkte-Plan im Schnelldurchlauf geschafft«, mutmaße ich und liege offenbar völlig richtig mit meiner Vermutung.

»So ist es!« Fee seufzt vor Wohlbehagen. »Er hat mich geküsst. Und wie! Meine Beine sind noch immer wie Pudding.«

Ich beneide Fee plötzlich. Sie hat es geschafft.

»Und was ist mit dir und Mick?«, fragt sie.

»Nichts. Er ist anders, als ich dachte, ja. Und er ist okay, ich habe sogar den kleinen Namenlos nach ihm benannt …«

Fee fällt mir augenblicklich ins Wort. »Wie jetzt, du hast dem Lamm doch seinen Namen gegeben? Wie cool ist das denn?« Ihre Augen sprühen förmlich Funken. »Und dann sagst du, da ist nichts? Das ist von deiner Seite ja fast so etwas wie eine Liebeserklärung!«

Ich springe vom Bett auf. »Nein, das war nur Dankbarkeit. Weil er echt krass viel mitgeholfen hat. Er war bei allen Trecks mit. Hat mit mir ein gestürztes Schaf gerettet. Und er fährt sogar Traktor. Kannst du dir Mick bei der Stallarbeit vorstellen?«

»Eher nicht«, gibt Fee zu. »Nimmt er zum Ausmisten sein Bike mit Frontlader?«

Ich lache laut auf. »Blödsinn. Nein, im Ernst. Er hängt ständig bei Hilmar ab. Und er hat sogar schon fallen lassen, dass er überlegt, Schäfer zu werden.«

Nun pfeift Fee anerkennend und sagt mit dunkler Stimme, während sie mit den Händen eine Kugel wie die einer Wahrsagerin formt: »Ich erkenne Gemeinsamkeiten und eine gewisse Zukunft zwischen euch. Lasst noch etwas Zeit ins Land gehen, und ich höre die Kirchenglocken schlagen ...«

Ich schubse Fee an und kriege mich vor Lachen kaum ein. Mick und ich vor dem Traualtar! »Komm, hör auf, Fee. Das ist ja wohl die größte Fantasie der Welt.«

Fee aber wird merkwürdig ernst. »Tu nicht so. Ich sehe es dir doch an. Du magst ihn. Aber so was von.«

Wieder bemühe ich mich, distanziert zu wirken. »Er ist netter als gedacht, das ja. Aber er redet nicht über sich. Und so etwas liegt mir nicht. Ich weiß immer gern, woran ich bin.«

Fee zuckt mit den Schultern. »Er wird es dir eines Tages sagen, Dana. Mick trägt sein Herz halt nicht auf der Zunge, sagt Chris.«

Ich ziehe die Brauen hoch. »Solange er mir nicht sagt, was mit ihm los ist, wird es einfach bei einer lockeren Freundschaft bleiben. Wenn ich eins nicht möchte, dann sind es Stress und Geheimnisse.«

Fee neigt den Kopf zur Seite. »Aber wenn er sich dir anvertraut, dann hätte er eine Chance?«

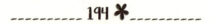

»So war das nicht gemeint. Nein, ich will mich nicht verlieben. Für mich gilt der Schwur irgendwie immer noch.«

Fee seufzt. »Als ob man das selbst bestimmen kann. Wann man sich verliebt und so.«

Ich gebe noch immer nicht klein bei. »Dass wir befreundet sind, finde ich prima. Er will sogar, dass ich ihm das Stricken beibringe.«

Fees Augen leuchten schon wieder. »Das will er tun? Na, meine Liebe, ich glaube, du machst dir etwas vor, wenn du behauptest, da läuft nichts!«

»Blödsinn!« Kichernd greife ich nach dem kleinen Kissen hinter mir und schleudere es zu Fee. Im Nu ist eine Kissenschlacht im Gang, die wir erst unterbrechen, als mein Handy klingelt.

Fee lacht noch immer. »Los, geh ran!«

Es ist Mick, und ich stelle den Ton laut, schließlich habe ich vor meiner Freundin nichts zu verbergen.

»Ich langweile mich gerade«, sagt er. »Wo bist du?«

Ich gebe mich betont gleichgültig, will nicht, dass Fee sich in ihren Hoffnungen bestätigt sieht, aus mir und Mick könnte etwas werden. »Ich bin bei Fee, warum?«

»Nur so. Ich wollte mein Versprechen einlösen und mir von dir zeigen lassen, wie man strickt. Morgen Nachmittag eine Strickstunde und danach ab in den Skatepark? Was meinst du?« Er lacht leise auf. »Ich sehe dich schon beim Bunny Hop!«

Mein Herz klopft schon wieder schneller. Mick will mich sehen! Ich überlege gerade, was ich darauf antworten soll.

Aber Fee kann es nicht lassen. Sie springt vom Bett auf und turnt vor mir herum. Dabei formt sie mit den Händen ein Herz.

Das nervt mich dermaßen, dass mir herausrutscht: »Tut mir leid, Mick, aber morgen habe ich bestimmt viel mit der Schule zu tun.

Geht ja wieder los. Vielleicht ein anderes Mal. Ciao!« Ich drücke das Gespräch weg.

Fee sieht mich entsetzt an. »Was war das denn? Mick bietet dir ein Date an, und du sagst es einfach so ab?«

»Ich will ja nichts von ihm«, murmele ich. »Morgen haben wir bestimmt viel auf.« Aber es bleibt ein merkwürdiges Grummeln im Bauch. Eines, das sich gar nicht gut anfühlt. Dass mir beim Stricken nun ständig die Maschen von der Nadel rutschen, wundert mich gar nicht.

Ich bin froh, als Fees Mutter uns ruft.

»Sag mal lieber zu Hause Bescheid, dass es später wird«, sagt sie. »Mein Mann bringt dich später rum.«

Die Idee finde ich gut, denn das bedeutet ausgiebiges spanisches Essen, und das dauert – und schmeckt.

Es gibt vorab ein paar Tapas. Ich liebe die großen Garnelen in Olivenöl und die Datteln im Speckmantel.

Außerdem hat Fees Mutter drei wunderbare Tortillas zubereitet. Eine ist mit Bacon, Champignons und Aioli gefüllt. Die zweite ist mit Paprika und Tomaten fertig gemacht, und die dritte die klassisch spanische mit Zwiebeln.

Als Hauptgang gibt es Hühnchen nach katalanischer Art mit Pflaumen und Rosinen. Und zum Nachtisch natürlich Churros und eine spanische Bananencreme. Danach bin ich so voll, dass ich zu platzen glaube.

Fees Vater lädt mein Rad nach dem Essen ein und bringt mich nach Hause.

Als ich am Abend in meinem Zimmer bin, schickt Mick mir eine WhatsApp. Ich finde den Inhalt ein wenig verwirrend. Mich wundert, dass er sich nach meiner Ablehnung vorhin überhaupt meldet.

Ehrlich gesagt schäme ich mich ein bisschen, weil ich so ruppig zu ihm war. Das muss ich irgendwie zurechtbiegen, es war mies von mir. Und das alles, weil ich Fee keinen Anlass mehr geben wollte, mich mit ihm zu verkuppeln.

Sie hat danach wenigstens nicht mehr davon gesprochen, dass aus mir und Mick doch auch ein Paar werden könnte. Ich weiß eben selbst nicht, ob ich das will und was richtig ist. Seit Jungs in unserer Freundschaft eine Rolle spielen, ist es schwieriger mit uns geworden. Ganz so, wie wir es damals vorausgesagt haben.

Ich öffne die Nachricht.

Alles komplett in der Spur, schreibt er. *Ich kann wieder leben.*

Kein Wort, weil ich so blöd zu ihm war. Ich kann allerdings mit der Nachricht nichts anfangen.

??? Versteh nicht, was du mir sagen willst.

Soll ich dir schreiben, was los ist, Dana?

Worum geht es?

Um mich.

Ich schlucke.

Mick will mir tatsächlich etwas anvertrauen. Wow.

Ich überlege eine Weile. Es ist schon sehr spät, und morgen ist Schule. Ja, ich möchte wissen, was mit ihm ist, aber per WhatsApp? Nein, so etwas muss man persönlich klären, auch wenn ich total neugierig bin.

Wohl kaum das richtige Medium für Beichten, schreibe ich zurück.

Morgen nach der Schule? Dann haben wir Ruhe dazu.

Hast auch wieder recht. Schlaf gut!

Er schickt mir noch einen Mond.

Das finde ich süß. Und auch, als er schreibt:

Und damit sind wir ja doch wieder verabredet.

Natürlich kann ich jetzt nicht einschlafen, weil Micks Nachricht mich so beschäftigt. Was will er mir erzählen? Will er mir endlich sein Bremer Geheimnis offenbaren? Mir etwas zu seiner Ex sagen? Was heißt es wohl, wenn er schreibt, er kann wieder leben?

Die Gedanken tanzen in meinem Kopf hin und her.

Ich wälze mich lange von einer Seite auf die andere, bis mir endlich die Augen zufallen.

29

Die Ferien sind viel zu schnell vergangen, und heute beginnt die Schule wieder. Lust darauf habe ich gar nicht.

Aber es hilft ja nichts. Immerhin werde ich aber heute ein wenig mehr von Mick erfahren. Diese Aussicht treibt mich nun doch aus dem Bett.

Nach dem Frühstück radle ich los zur Haltestelle. Fee steht schon da, das ist noch nie passiert. Sie scheint sich sehr auf die Schule zu freuen, vermutlich weil sie nun allen zeigen kann, dass sie jetzt mit Chris zusammen ist. Und sie trägt ihr Haar offen. Auch etwas Neues. Ich steige mit Fee in den Bus, und in Deekendorf kommen Chris und Mick hinzu. Alles genauso wie vor den Ferien. Nur mit dem Unterschied, dass meine Freundin und Chris aufeinander zustürzen und sich in die Arme fallen.

Mick und ich lächeln uns schüchtern an. Dann setzen wir uns nebeneinander, denn natürlich will Fee bei Chris sitzen. Damit hat sie mich schon den ganzen Weg genervt. Ob ich dann sauer wäre und so.

»Und, alles in der Spur?«, frage ich Mick sofort.

Er wird rot. »Ja, so was von! Wir reden später. Hier geht es wirklich nicht.«

Ich überlege, was ich sagen soll, aber so richtig fällt mir nichts ein.

»Wann treffen wir uns denn?«, fragt Mick schließlich. »Ich würde erst gern mit dir reden. Es gibt wirklich tolle Neuigkeiten. Und danach kannst du mir das Stricken zeigen, und ich möchte dich zum

Ausgleich auf meinem Bike sehen.« Er sieht mich mit treuherzigem Blick an. Mann, werden mir die Knie weich.

Ich seufze auf. »Das alles ist ein bisschen viel. Pass auf: Heute nur reden und stricken. Das geht nämlich auch zusammen ganz gut. Aber beim nächsten Treffen gehen wir zum Skatepark.«

Himmel, was tue ich da? Ich plane einfach weitere Verabredungen mit ihm.

»So lange dauert meine Beichte nicht«, überlegt Mick. »Im Ernst, ich möchte heute mit dir auch BMXen.«

Ich zögere kurz. Es ist einfach besser, Mick noch auf Abstand zu halten. Wer weiß, was er mir nachher auftischt. Also: Ball flach halten. »Ich weiß nicht. Wir haben heute bestimmt viel auf. Deshalb war ich gestern schon vorsichtig. Ich muss wegen Mathe echt aufpassen«, beginne ich langsam, aber Mick greift nach meiner Hand. »Bitte! So viel wird es doch nicht sein. Ich komme zu dir. Du kannst ja eine Nachricht schicken, wenn du fertig bist.«

Es rührt mich, wie er mich mit seinen blauen Augen so flehentlich ansieht, und deshalb kann ich gar nicht anders, als einzuwilligen. »Okay, dann um vier bei mir? Bis dahin bin ich bestimmt fertig. Aber heute noch kein Skatepark. Das wird sowieso zu dunkel sein. Ich geh mal davon aus, dass du beim Stricken zwei linke Hände hast.«

Jetzt grinst er richtig breit. So, als hätte er eine Banane quer im Mund.

»Treffer versenkt, meine Liebe. Bin tatsächlich Linkshänder!«

Ich boxe ihn in die Seite.

Dann sieht er sich mit verschwörerischem Blick um. »Aber posaune das alles nicht überall rum. Also, dass Mick jetzt unter die Strickweiber geht. Ich habe einen Ruf zu verlieren.«

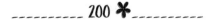

»Versprochen!« Wir schlagen ein, und da hält der Bus auch schon an der Schule.

Mick zwinkert mir zu. Ich müsste lügen, wenn ich behaupten würde, dass es mich kaltlässt.

Der Schultag zieht sich endlos dahin. In den Pausen treffe ich mich mit Fee, Chris und Mick, was mir bitterböse Blicke der anderen Mädchen einbringt. Vor allem Miri ist echt sauer. Sie fährt Fee richtig an. »Warum hängst du immer mit Chris ab? Und Dana scheint sich inzwischen an Mick ranzuwanzen. Habe ich während der Ferien was verpasst? Ich dachte, sie findet ihn blöd?«

Ich mag gar nicht zu Chris und Mick sehen, so oberpeinlich ist mir das. »Nun komm mal runter«, ist das Einzige, was mir einfällt.

Mick zieht nur die Brauen hoch, und Chris grinst dämlich.

Fee hingegen versucht sofort, Miri zu trösten. Sie nimmt sie in den Arm, zieht sie ein Stück beiseite und erklärt ihr, was in den Ferien alles passiert ist.

Die beiden Jungs haben aber wohl die Nase voll.

»Wir gehen dann mal. Bis später«, sagt Mick und verschwindet mit Chris in Richtung Schulkiosk.

Danke, super gemacht, Miri, denke ich. Nun ist er weg. Weil ich sonst nicht weiß, wohin, stelle ich mich zu Fee und Miri.

Meine Freundin redet noch immer mit Engelszungen auf sie ein.

»Ihr hättet mich ja mal bei euren Treffen dazuholen können«, sagt sie gerade schmollend. »Ihr wisst doch, wie cool ich BMXen finde. Und ich wäre dann auch ganz gern mit zur Schäferei gekommen. Wenn Mick da ist.« Sie wirft mir einen triumphierenden Blick zu. »Du willst ja nichts von ihm. Dann kannst du mich doch unterstützen. Ich würde nicht Nein sagen.«

Ich zucke betont gleichgültig mit den Schultern. Es ist für alle eben sehr ungewöhnlich, dass gerade ich mit Jungs rede.

Es klingelt, und wir gehen in die Klassen. Aber auch die nächsten Pausen sind echt ätzend. Warum auch immer die Jungs glauben, sie müssten mal wieder so richtig einen ablassen. Ich will auf dem Schulhof gerade zu Fee und Chris gehen, als Jonas aus der Nachbarklasse zu Hochform aufläuft.

Meine Freundschaft zu Mick stößt einigen offenbar sauer auf.

»Also ich habe für Dana schon ein Pferd mit schwarzen Punkten bemalt und ein Äffchen bestellt, dem ich nur noch einen kleinen Pulli stricken muss!« Er brüllt es. Sehr deutlich. Und mit einem widerlichen Gegacker.

»Du lachst ja selbst wie ein Äffchen, sei lieber vorsichtig«, gifte ich ihn an. Jonas will gerade den nächsten Spruch bringen, als ich unerwartet Hilfe von Mick bekomme, der das Gelaber mitbekommen hat.

Er ist richtig wütend. »Mann, halt einfach deine Klappe! Ich sag doch auch nicht, dass du aussiehst wie Gollum persönlich!«

Danach herrscht erst einmal peinliche Stille. Jonas klappt den Mund wieder zu und verzieht sich. Allerdings höre ich noch, wie er sagt: »Nun spielt er den Ritter für Pippi Langstrumpf.«

»Hab ich gehört!«, ruft Mick ihm hinterher. Dann wendet er sich an mich. »Komm mit! Wir kaufen uns ein Brötchen. Solche Typen hab ich in Bremen genug kennengelernt. Nur dumme Sprüche und keinen Arsch in der Hose, wenn es drauf ankommt.« Er läuft voraus, und ich folge ihm. Wow, das war wirklich ein anderer Mick.

Aber wohl fühle ich mich trotzdem den ganzen Vormittag nicht und ich bin froh, als der Schultag rum ist. Ich hoffe, die anderen beruhigen sich schnell!

30

Glücklicherweise haben wir nur wenig Hausaufgaben aufbekommen, und so kann ich mich nach dem Mittagessen in Ruhe in meinem Zimmer auf das Treffen mit Mick vorbereiten. Wenn er zum ersten Mal stricken soll, muss es etwas Einfaches sein!

Ich suche eine Wolle raus, die sich leicht verarbeiten lässt. Dann überlege ich, was Mick denn genau stricken könnte. Ich entscheide mich für ein Armband. Das wird mit einem Nadelspiel gemacht und geht schnell und einfach, wenn man die Maschen erst einmal auf den Stricknadeln verteilt hat.

Ich erwarte Mick draußen, denn ich will noch kontrollieren, ob es unseren Böcken gut geht, die auf der Hausweide grasen. Es ist für mich ausgeschlossen, nicht wenigstens ein Mal am Tag kurz nach den Schafen gesehen zu haben. Morgen werde ich, bevor ich in den Skatepark fahre, um einen Trick zu lernen, erst nach Miep, Luna und Mick 2 schauen. Ich vermisse die drei so sehr. Sally und Sandy springen um mich herum, vor allem Sandy benimmt sich wieder sehr albern. Ständig springt sie in die Luft oder wälzt sich im Sand. Dann jault sie herzzerreißend. Ruhe herrscht erst, als ich ein Stöckchen werfe und mit ihr spiele.

Doch schon bald verliert sie die Lust, und ich sehe jetzt ganz in Ruhe den Böcken beim Grasen zu. Dazu lehne ich mich gemütlich mit den Armen auf den Zaun. Die Sonne scheint vom klarblauen Himmel, die ersten Bienen summen in der Luft, und am Feldrand entdecke ich zwei Rehe, die sich mit gespitzten Ohren nähern. Plötzlich drehen sie sich um und rennen weg. Es ist Mick, der sie mit seinem Kommen aufgeschreckt hat. Er lehnt das Bike an die Stallwand und stellt sich neben mich. Wir lassen uns die Sonne ins Gesicht scheinen. »Hi! Ist komisch, wenn die Schafe nicht da sind, oder?«

Erstaunt sehe ich ihn an. »Das fühlst du auch?«

Mick stützt sich ebenfalls am Zaun ab. »Ja, es ist so viel stiller in der Schäferei. Kein lautes Blöken, weniger Gewusel. Anders, aber auch schön.«

»Zum Glück bleiben die Böcke am Haus«, sage ich. »Mit ihnen muss man allerdings vorsichtig sein. Sie sind manchmal etwas ungestüm.«

»Jungs eben!« Mick grinst, und ich stoße ihn an.

»Ja, Jungs eben!«

»Ich war vorhin noch bei Miep und den Kleinen«, spricht er dann weiter. »Es geht ihnen gut.« Micks Augen sind so warm, als er das sagt. »Mick 2 hat mich, glaube ich, erkannt. Kann das sein?«

So genau weiß ich das auch nicht. Der kleine Bock ist von Natur aus sehr neugierig, aber mir gefällt der Gedanke. »Wäre schön, wenn es so wäre, aber ich weiß es nicht«, antworte ich dann ehrlich. Ich kann einfach niemandem etwas vormachen. Nicht einmal Mick. »Aber danke, dass du da warst. Ich fahre sie morgen besuchen. Bevor ich zum Skatepark komme. Dann bin ich ja wohl dran, oder?« Ich lächle ihn an. »Muss mir bei ihnen Mut holen, bevor ich den Trick lerne. Hab davor nämlich echt ein bisschen Schiss.«

Mick nimmt meine Hand und sieht mich mit diesem unergründlichen Blick an, den nur er draufhat. »Ich komme mit zu den Schafen. Darf ich? – Und vor dem BMXen musst du keine Angst haben. Ich werde nichts Gefährliches von dir verlangen. Das wäre ja blöd, wenn ich dich anschließend im Krankenhaus besuchen müsste.«

Er lässt meine Hand nicht los, was ich schön finde. Mick hat schlanke Hände, aber trotzdem wirken sie kräftig. Es fühlt sich gut an.

»Warum warst du gestern so abweisend?«, fragt er mich dann.

»Es kam ein bisschen plötzlich, und ich weiß nicht, was an meiner Frage verkehrt war. Als ich dir dann die WhatsApp geschickt habe, war wieder alles gut. Ich finde es schwierig, wenn ich nicht weiß, woran ich bin.«

Ich druckse herum. Jetzt fällt es mir doch schwer, ihm die Wahrheit zu sagen, weil es peinlich ist. Ich weiß schließlich gar nicht, was er für mich empfindet. »Ich war schräg drauf«, sage ich nach einer Weile. »Sorry. Aber jetzt ziehen wir unsere Abmachungen durch, okay?«

»Machen wir. Ich hab dir gestern ja geschrieben, dass ich dir unbedingt was erzählen muss.«

»Ich habe, ehrlich gesagt, nicht verstanden, was du mir sagen willst. Also, worum geht es?«

Mick drückt meine Hand. »Das ist nicht so einfach. Ich kann es nur schwer in Worte fassen, aber es wird Zeit, dir ein bisschen was zu erzählen.«

Fragend schaue ich ihn an.

Er schluckt. »Ich hatte in Bremen ein paar Probleme, das weißt du ja. Ich war in einer Clique. Also keine Clique, wie ihr das hier kennt.« Er runzelt angestrengt die Stirn. »Waren eben nicht so die tollen Typen. Jedenfalls bin ich deswegen in Schwierigkeiten geraten.«

Ich pule am Holz des Gatters herum, weil ich nicht recht weiß, was ich darauf antworten soll. »Du hast gestern geschrieben, alles wäre nun gut.«

Mick nickt. »Ja, ich bin sozusagen reingewaschen. Von daher kann ich nun in Deekendorf durchstarten. Das war für mich total wichtig.

Es wäre sonst ganz schön was hängen geblieben, und das wollte ich nicht.« Er holt tief Luft. »Bitte sprich mit niemandem darüber. Ist mir unangenehm.«

»Ich erzähle es keinem. Versprochen!«

Ich warte noch eine Weile. Doch Mick hält nur weiter meine Hand umschlossen, ohne zu verraten, um was genau es eigentlich geht und wovon er reingewaschen werden musste. Ich bin froh, dass er mir überhaupt etwas erzählt hat. »Wollen wir reingehen?«, frage ich.

»Gute Idee. Ich muss ja noch stricken lernen, sonst setzt du dich nie auf mein Bike.«

Hand in Hand gehen wir zum Haus, und ich bin froh, dass Fee das jetzt nicht sieht. Wer uns aber beobachtet, ist meine Mutter! Sie steht im Garten und macht gerade irgendeine Yogaverrenkung auf ihrer Gymnastikmatte. Mann, das muss doch jetzt nicht sein, wo Mick gerade da ist!

»Deine Mutter ist der Hit!«, meint er grinsend.

»Warum das?«

»Sie fährt Traktor und geht mit schwerem Gerät um. Sie kann backen und kochen, als wäre sie vom Fach ...«

»Ist sie ja auch«, unterbreche ich Mick. »Sie ist unter anderem Hauswirtschafterin.«

»Egal, aber dann hat sie noch das Lädchen, gibt Kurse und macht diesen Entspannungskram. Sie kann sogar Dinge vorhersehen. Bei mir hatte sie recht.« Er lacht und deutet zu Mama und ihrer derzeitigen Verrenkung. »Diese Figur hat echt was!«

Ja klar, sie macht jetzt nämlich gerade Shirshasana, einen Kopfstand als Yogaübung, wobei sie die Beine lang zum Himmel streckt. Welche Mutter tut das, während sie zudem noch nebenbei eine Schäferei schmeißt?

Ich zucke mit den Schultern und sage lieber nichts dazu. Bloß schnell weg, bevor sie noch Schlimmeres anstellt.

»Lass uns stricken gehen.«

Mick folgt mir ins Haus und dann die Treppe hinauf in Richtung meines Zimmers.

»Womit hatte meine Mutter denn recht?«, hake ich nach, als ich die Tür hinter uns geschlossen habe.

Mick zeigt auf den Sessel, wo ich das Strickzeug für ihn bereitgelegt habe. »Das ist für mich? Mit so vielen Nadeln?«

»Das ist ein Nadelspiel«, erkläre ich ihm geduldig. »Damit kannst du super einfache Runden stricken.«

Wir setzen uns auf mein kleines Sofa.

Um ihm alles haargenau vormachen zu können, müssen wir ganz dicht beieinandersitzen. Das macht mich so nervös, dass meine Hände ein wenig zittern und schweißig werden. Das ist beim Stricken doof, weil dann die Wolle nicht richtig rutscht.

Ich zeige Mick, wie man Maschen anschlägt und wie man die erste Runde schließt. Dann erkläre ich ihm, wie man rechte und linke Maschen strickt.

Mick zittern vor Anstrengung richtig die Hände, das ist wirklich ein völlig neues Gebiet für ihn. Er tut sich anfangs auch ungeheuer schwer, und ich muss es ihm immer wieder zeigen. Aber als die ersten Runden gestrickt sind, hat er den Dreh raus. Ihm gelingen ein paar Reihen ohne meine Hilfe.

»Dass ich so etwas mal mache!« Er ist über sich selbst erstaunt. »Mach bloß kein Foto und poste es womöglich bei Instagram! Das wäre in der Schule mein Untergang.« Er stupst mich sacht an. »Sagte ich ja schon.«

Da muss ich ihm recht geben, aber ich hole trotzdem zum Spaß

mein Handy und schieße ein Foto. »So habe ich dich für immer in der Hand!« Ich zwinkere ihm zu und setze mich dann wieder neben ihn. Dabei berühren sich unsere Knie.

»Das hast du doch sowieso«, flüstert er.

Ich glaube, ich habe mich verhört. Mein Herz beginnt zu rasen. Das hat er nicht wirklich gesagt, oder?

Ich sehe ihn an, aber Mick ist schon wieder mit den Nadeln und Maschen beschäftigt. Er ist keinen Millimeter weggerückt, sodass ich seine Wärme an meinem Bein noch immer spüre. Mick riecht auch gut. So ein bisschen nach frischem Wind und ein wenig süßlich. Stumm sehe ich ihm zu, wie er sich mit den Maschen abmüht.

Nach einer Weile tut ihm alles weh, er hat die ganze Zeit sehr verkrampft gesessen. »Ich brauche eine Pause, sonst habe ich morgen echt Krallen und keine Finger!« Mick legt das Strickzeug weg und schüttelt die Hände aus.

»Vermutlich hast du auch Rückenschmerzen. Du hast dagesessen wie eine Großmutter mit Buckel.«

Mick seufzt. »Aber ich habe es versucht. Test bestanden?«

»Jep. Bestanden. Morgen folgt dann meine Feuerprobe.«

Es ist spät geworden, und Mick muss aufbrechen. Er zeigt zum Strickzeug. »Darf ich das mitnehmen? Dann kann ich noch ein bisschen üben.«

»Klar, du musst es schließlich fertig stricken. Am Ende werde ich dir noch zeigen, wie man die letzte Runde abkettet.«

»Zur Not gibt es bestimmt YouTube«, sagt er. »Aber es wäre schön, wenn ich es in der Realität gezeigt bekomme. Von dir.«

Als er von mir abrückt, lächelt er mich an. »Ich muss leider los«, sagt er. »Es war schön bei dir.« Mick greift nach meiner Hand und kommt mir wieder näher.

Dann nähert sich sein Gesicht, und unsere Lippen berühren sich. Nur ganz kurz, aber mich durchfährt ein heftiger Schlag.

Erschrocken fahren wir auseinander.

»Ich muss dann echt«, murmelt Mick. Meine Hand hat er noch immer umfasst und nun lässt er sie langsam aus seiner gleiten.

Er packt sein Strickzeug und steht auf. Plötzlich hat er es sehr eilig. »Wir sehen uns morgen erst in der Schule und dann um drei im Skatepark«, sagt er noch, bevor er aus der Tür huscht.

31

Ich stehe schon seit einer Viertelstunde im Skatepark, und wer nicht kommt, ist Mick. Er hat mir heute Morgen in der Schule nur kurz gesagt, dass er doch nicht mit zu Miep kann, weil ihm etwas dazwischengekommen ist.

Deshalb war ich dort eben allein und habe nach dem Rechten gesehen. Den dreien geht es wunderbar. Sie genießen die Freiheit auf der Weide sichtlich.

Ich schaue auf meine Armbanduhr. Sollte Mick in fünf Minuten nicht hier sein, verschwinde ich. Ich habe mich gestern viel zu weit aufs Eis gewagt, als er mich geküsst hat, und nun drohe ich einzubrechen, obwohl ich es doch wirklich besser hätte wissen müssen. Keine Jungs, Dana!

Mir sitzt ein dicker Knoten im Hals. Ich kämpfe mit den Tränen, denn es macht absolut keinen Spaß, versetzt zu werden, wenn man von demselben Jungen am Vortag den ersten Kuss seines Lebens bekommen hat.

Immer wieder schaue ich mich um, aber kein Mick zu sehen.

Stattdessen kommt Viola um die Ecke geschlendert. Wie immer trägt sie den Kopf ein bisschen zu hoch. Wie immer schaut sie sich mit einem leichten Lächeln auf den Lippen um. Und wie immer starren sie alle an.

»Auf wen wartest du?«, fragt sie lauernd. »Falls es Mick sein sollte, kann ich dir nur sagen, dass der gerade anderweitig beschäftigt ist.« Sie grinst eine Spur zu unverschämt.

Und schwups, bin ich wieder das kleine hässliche Entlein, das vor der schönen Schwanenprinzessin kuscht.

Klar ahnt Viola, dass ich mich mit Mick verabredet habe, wir hängen ja in der Schule in jeder Pause zusammen, und alle zerreißen sich das Maul darüber. Der tolle Mick und die rothaarige Dana von der Schäferei. Nur warum weidet sie sich daran, dass er mich offenbar hängen gelassen hat? Sie hat doch ein Auge auf Timor geworfen. Echt komisch, wie viele mir diese Freundschaft neiden.

Viola beobachtet mich noch immer mit diesem herablassenden Blick. Plötzlich legt sich in mir ein Schalter um. Ich lasse mich nicht kleinkriegen! Nicht von einem Jungen, und schon gar nicht von Viola! Dann soll sie mir doch die Wahrheit sagen! Es ist immer besser, wenn man Bescheid weiß. Also strecke ich den Rücken durch und mache einen Schritt auf sie zu. »Er ist anderweitig beschäftigt? Was meinst du damit?«

Viola grinst mich gemein an. »Ich hab nix gesagt. Muss dann auch weiter. Mein Freund versetzt mich schließlich nicht.«

Sie läuft weiter, geht zu Timor und beachtet mich nicht mehr. Kurz darauf kommt Mick mit hochrotem Kopf um die Kurve gepest. Er bremst abrupt ab. »Es ging nicht eher«, japst er. »Sorry!«

»Hab ich schon gehört. Du warst beschäftigt.« Ich zeige auf Viola, von der wir nur noch die rote Jacke sehen können.

»Ich ... nein ... wir haben Besuch bekommen«, erklärt Mick verlegen.

»Besuch?«, hake ich sofort nach.

Mick winkt ab. »Nichts Wichtiges. Aber mein Vater und Isa haben darauf bestanden, dass ich erst dableiben musste.«

Ich überlege kurz, ob ich ihm das nach Violas Andeutung glauben soll. Aber er sieht mich so freundlich an, dass ich es einfach tun

will. Kurz warte ich, ob sich die Vertrautheit von gestern wieder einstellt, aber da ist plötzlich eine unsichtbare Wand zwischen uns. Wer auch immer die hochgezogen hat.

Mick stupst mich freundlich an. »Komm, wir konzentrieren uns jetzt lieber auf den Trick, okay? Nun müssen wir da ran.«

Er erklärt mir zunächst ganz in Ruhe, wie man ein BMX fährt. Mir macht es am meisten Angst, dass es keine Bremsen hat. Ich finde es komisch, mit den Füßen zwischen Reifen und Sattel zu bremsen. Nicht, dass ich mir noch den Fuß breche. Aber Mick ist geduldig und zeigt es mir ganz genau. Schließlich wage ich es, eine Runde um den Skatepark zu fahren und das Bike auf diese Weise zum Stehen zu bringen.

»Und nun der Trick!«, schlägt Mick euphorisch vor. Seine Begeisterung ist ansteckend, und ich möchte wirklich irgendetwas können, was ihn beeindruckt. Etwas neben der Arbeit in der Schäferei. Außerdem will ich nicht als ängstlich dastehen. Schlimmer, als ein Lamm auf die Welt zu holen, kann das hier schließlich auch nicht sein. Also gebe ich mir einen Ruck.

»Okay, aber nur einen, der nicht sooo schwer ist. Ich finde mich jetzt schon richtig mutig!«

»Fast mutig«, gibt Mick zurück. »Fast!«

»Fast sehr!«, sage ich.

»Ich schlage vor, du machst Air.«

»Was soll das denn sein?« Air heißt Luft und klingt irgendwie gefährlich, finde ich. So nach freiem Fall.

Aber Mick beruhigt mich. »Ist voll easy. Du fährst die Rampe rauf, machst eine Drehung und fährst wieder runter.«

Mick zupft den Helm zurecht, schnappt sich das BMX und macht es mir vor.

Ich lache laut auf und winke ab. »Willst du mich veräppeln? Ne, das mache ich im Leben nicht.«

Mick wirkt etwas schuldbewusst. »Für mich ist das einfach, aber gut, dann was anderes. Bunny Hop?«

Bunny Hop klingt besser, da muss ich keine Rampen hoch- und runterfahren. Der Gedanke allein verursacht bei mir Panikattacken.

»Klingt wirklich besser. Also: Wie geht das?«

Mick zeigt mir, wie man einen Bunny Hop macht. Es sieht aus, als ob er mit dem Rad springt. Das habe ich schon oft bei ihm und Chris gesehen.

Als Erstes muss ich mir seinen Helm aufsetzen. Er sieht ein bisschen aus wie eine Eierschale, und ich komme mir vor wie ein Küken.

Damit ich den Trick auch nur ansatzweise hinbekomme, muss ich erst über eine Kante fahren, dabei den Lenker hochziehen und hinten mit den Füßen arbeiten.

Es dauert ewig, bis es bei mir so funktioniert, dass es in etwa aussieht wie ein Hop. »Ein super mini Bunny Hopi«, witzele ich.

Mir reicht es danach. Ich bin ziemlich kaputt und mehr traue ich mir wirklich nicht zu.

»Versprechen eingelöst«, sage ich lächelnd zu Mick. Wir stehen ganz dicht voreinander, als er mir den Helm abnimmt.

Ich rühre mich kein bisschen vom Fleck. Mick riecht wieder so gut. Ein bisschen herb, ein bisschen nach Nordseewind. Er fixiert mich mit seinen warmen Augen. Dann nimmt er meine Hand und zieht mich vorsichtig zu sich heran. Erst streifen seine Lippen meine Wange. Micks Atem kitzelt auf meiner Haut, und mein Herz rast. So stehen wir eine Weile, bis seine Lippen weiterwandern und meine erreicht haben.

Ich öffne meinen Mund und spüre seine Zunge, die zärtlich mit meiner spielt. Seine Hände hat er fest an meinen Rücken gepresst, und je länger der Kuss dauert, desto mehr wage auch ich, Mick zu umarmen. Vorsichtig streifen meine Hände über seinen Rücken. Ich wünsche mir in diesem Augenblick, dass die Zeit stehen bleibt.

Auch nach dem langen Kuss halten wir uns eng umschlungen. Ich fühle sein klopfendes Herz, das genauso schnell pocht wie meins. Ich höre seinen schnellen Atem, der sich nur langsam beruhigt. Mick ist also genauso aufgeregt wie ich.

Nach einer Weile schiebt er mich ein Stück von sich weg, schaut mich aber weiter an. »Ich habe mich unglaublich in dich verknallt, Dana.« Er spielt mit meinem Haar. »In deine Locken. In deine grünen Augen. In alles.«

Da weiß ich: Egal, was Viola eben angedeutet hat: Es war gelogen.

32

Fee steht schon um zehn Uhr bei mir vor der Tür. Heute trägt sie zwei lockere Zöpfe. Zum Glück ist Wochenende, und ich konnte etwas länger im Bett bleiben. Ich bin voll glücklich, weil Mick mir schon zweimal geschrieben hat. Nun muss ich Fee wohl doch beichten, dass ich mit ihm zusammen bin.

Sie klingelt wie immer pünktlich, Ma lässt sie rein, und schon höre ich sie die Treppe hinaufpoltern. Fee reißt die Tür auf, fällt mir freudestrahlend um den Hals und beglückwünscht mich überschwänglich.

Sie weiß es also schon. Klar, Chris hat Mick getroffen, und der hat gequatscht … Der Buschfunk funktioniert im Dorf immer und zuverlässiger als alles andere. Wahrscheinlich ist es trotz des Wochenendes in der Schule rum.

»Ich freu mich so!«, jubelt sie. »Jetzt können wir ganz viel zu viert unternehmen! Das ist so mega!«

Ich weiß noch gar nicht, ob ich das auch mega finde.

»Es ist alles noch ziemlich frisch«, wiegele ich ab. »Ich muss das selbst erst klarkriegen, Fee. Ja, es ist cool, dass Mick mir ständig schreibt. Und wir haben uns geküsst. Aber lasst uns erst mal allein an alles gewöhnen, bitte!«

»Ja, versteh ich«, antwortet Fee dann schon etwas zurückhaltender. »Wollen wir raus? Das Wetter ist so schön.«

Das ist eine super Idee, finde ich. Irgendwie tut mir die frische Luft momentan gut.

Wir spazieren zum Schafgatter und schauen zu unserer Kirsche rüber. »Wer hätte das gedacht, dass wir beide unfähig sind, den Schwur einzuhalten«, seufzt Fee. Sie sieht dabei überglücklich aus. »Und vor allem, wie schön es ist, verliebt zu sein. Zu küssen, sich zu umarmen. Wir vier im Glück!«

Ich lege meine Hand auf ihren Unterarm. »Fee, noch einmal: Ich weiß noch gar nicht, ob das mit mir und Mick so eng ist wie bei euch. Es ist noch sehr ungewohnt. Und ich weiß gar nicht genug von ihm und brauche noch Zeit.« Euphorie war ohnehin nie mein Ding, und nun passiert mir etwas, was ich nie für möglich gehalten hätte. Damit muss ich wirklich erst klarkommen.

Fee kraust ihre Nase. »Das ist echt blöd, dass er nichts über seine Vergangenheit sagt. Von Chris weiß ich eine ganze Menge, ich habe sogar schon seine Eltern kennengelernt.«

Darum beneide ich sie. Ich habe mich in Micks Augen verliebt, seine Art zu reden. Ich mag es, dass er mir oft schreibt und dass er gern auf dem Hof mitarbeitet. Ich ahne, dass er ein netter Typ ist, der sich ganz gern hinter seiner Angeberei versteckt. Aber kann ich einen Jungen wirklich lieben, von dem ich so gut wie gar nichts weiß? Gut, er hat sich ein wenig geöffnet, aber es bleiben noch so viele Dinge, die er vor mir verbirgt.

»Was weiß Chris denn über Mick?«, frage ich. Vielleicht hat er sich seinem neuen Freund anvertraut. »Mir hat er nur gesagt, dass er mit seinem Vater und dessen Freundin zusammenlebt. Und dass er Probleme in der Stadt hatte, die nun aber vom Tisch sind. Es gab da wohl eine merkwürdige Clique.« Und ob er vorhat, mich seiner Familie irgendwann vorzustellen, weiß ich auch nicht.

Fee überlegt kurz. »Viel ist es nicht, er hält sich auch Chris gegenüber bedeckt. Die Freundin seines Vaters heißt Isa und ist ein gutes

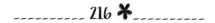

Stück jünger. Soll aber ganz cool sein. Auf jeden Fall ist sie Altenpflegerin und kommt von hier. Gestern war ihre Tochter aus Köln zu Besuch«, weiß Fee zu berichten. »Chris und ich haben ihn zufällig getroffen, und wir haben sie gesehen. Er hat sie uns kurz vorgestellt, mehr weiß ich aber nicht. Mick spricht nicht über seine Familie.«

Da weiß sie trotzdem mehr als ich. Das Mädchen war dann der Besuch und der Grund für seine Verspätung. Hätte er doch einfach sagen können. Viola hat die beiden gesehen und ihre falschen Schlüsse gezogen. Super, das wird sie jetzt fein in der Schule verbreiten. Ich kann mir die pseudomitleidigen Blicke und die dumme Laberei auf dem Schulhof schon richtig gut vorstellen.

Guck, da denkt Dana, er will was von ihr, und – schwups – hat er die Nächste.

Meine Mundwinkel gleiten merklich nach unten. So geht es irgendwie nicht.

Mick und ich müssen dringend miteinander sprechen, wenn das etwas Festes mit uns werden soll. Sonst werden wir scheitern. Und das will ich nicht.

Fee sieht, was mit mir los ist, und legt nun ihrerseits die Hand auf meinen Arm. »Der taut schon noch auf, Dana. Manche brauchen eben länger.«

Ich hoffe so sehr, dass sie sich da nicht irrt.

33

Nachdem wir eine Weile durch die Felder spaziert sind und in einer Endlosschleife das Thema Mick und seine Verschwiegenheit ausdiskutiert haben, wollen Fee und ich nun zum Strand. Die meisten Ostergäste sind weg, und jetzt wird es dort schön leer sein.

»Will Mick sich heute noch bei dir melden?«, fragt Fee, als wir dort unsere Räder am Fahrradstand abschließen.

»Das hat er mir versprochen«, antworte ich und checke mein Handy. Aber es ist nichts gekommen. Ich zucke mit den Schultern und stecke es zurück in die Hosentasche. »Dann ist er wohl beschäftigt. Mit seiner Stiefschwester oder wer weiß wem.«

Fee presst die Lippen kurz aufeinander. »Höre ich da eine gewisse Würze?«

»Ja, ein bisschen«, gebe ich zu. »Komm, gehen wir ein Stück. Die Strandluft pustet den Kopf frei.«

Ich bin wirklich ein bisschen beunruhigt. Gestern die kurzfristige Absage, dass er doch nicht mit zu Miep kann. Schuld daran und dass er zu spät kam, war seine Stiefschwester. Jetzt hüllt er sich in Schweigen und ist schon wieder abgetaucht. Immer wieder zupfe ich beim Laufen das Handy aus der Tasche und checke meine Nachrichten, aber Mick ist länger nicht online gewesen.

Weil ich das Warten nicht mehr aushalte, schreibe ich ihm doch.

Hallo, du wolltest dich doch bei mir melden. Ist was passiert? Bitte schreib doch kurz, was Sache ist!

Aber auch jetzt geht er nicht online.

So richtig werde ich nicht schlau aus ihm. Einerseits ist er total anhänglich, andererseits zieht er so was ab wie heute und meldet sich einfach nicht, obwohl wir es abgemacht haben.

Von daher bin ich froh, dass Fee heute Zeit hat und ich deshalb abgelenkt bin.

Wir sind inzwischen am Spülsaum angekommen. Dort liegt ein wenig Blasentang herum. Es knirscht, als wir über die angespülten Muscheln laufen. Die Wellen plätschern sacht an den Strand, es riecht wie immer leicht fischig und angenehm nach Nordsee.

Ich habe keine große Lust mehr, zu reden. Das merkt Fee natürlich. Sie drückt mich kurz.

»Du bist traurig«, sagt sie.

Ich bleibe stehen. Kurz kämpfe ich mit den Tränen, und dann bricht es aus mir heraus. »Mick hat mich gestern schon warten lassen. Mir hat er nur erzählt, es wäre Besuch gekommen. Von dir weiß ich, dass es seine Stiefschwester war. Und heute? Seit zwei Stunden warte ich darauf, dass er sich wie abgesprochen bei mir meldet. Und was ist? Wieder Funkstille!«

»Bestimmt ist ihm etwas Wichtiges dazwischengekommen. Wenn er nichts von dir will, hätte er doch heute Morgen nicht geschrieben«, versucht Fee mich zu beruhigen, aber ich höre auch den Zweifel in ihrer Stimme.

»Wenn das so wäre, kann er doch wenigstens absagen!«, wende ich ein, und dem kann auch Fee nicht widersprechen. Eine Absage wäre nur fair mir gegenüber.

»Ich wollte keinen Freund«, beginne ich wieder. »Ich wollte mich nicht verlieben und ich habe dennoch beides getan. Und nun kommt es mir ein bisschen so vor, als hätte ich nicht nur einen riesigen Fehler gemacht, sondern mich auch selbst verraten.«

Fee nimmt meine Hand, aber das schmerzt fast noch mehr, denn so hat es Mick mit mir gemacht. »Es ist blöd, dass er nicht absagt, das stimmt«, bestätigt sie. »Aber ich glaube, das ist nur gedankenlos. Sag ihm das, wenn es dich stört. Vielleicht merkt er gar nicht, dass es verletzt. Nur musst du deswegen ja nicht gleich eure Liebe infrage stellen. Sprich mit ihm!«

Fees Worte beruhigen mich etwas. Und so spazieren wir den Strand entlang. Als wir wieder am Ausgangspunkt angekommen sind, geht es mir etwas besser, aber Mick hat noch immer nichts von sich hören lassen und er ist weiter offline.

»Dann fahre ich jetzt nach Hause«, sage ich resigniert. Mir geht es wirklich mies.

»Ich drücke die Daumen, dass er sich meldet!«, sagt Fee. »Und dass er das alles erklären kann.«

»Danke, viel Spaß bei Chris!«

Wer hätte gedacht, dass der sich am Ende als zuverlässiger Freund erweisen würde. Fee drückt mir ihre gewohnten Küsschen auf die Wangen und will dann gehen.

Mein Blick wandert gedankenverloren nach links, und ich erstarre. Einen Augenblick lang muss ich mich am Fahrradstand abstützen. Fee entdeckt zur gleichen Zeit, was mich so erschreckt. Da kommt tatsächlich Mick, und neben ihm läuft eine dunkelhaarige Schönheit. Kurzer Minirock, ein etwas breiterer Po, aber nicht so, dass er dick aussieht, und ein knallrot geschminkter Mund. Jetzt bleiben sie stehen, und Mick nimmt das Mädchen in den Arm. Sie halten sich lange aneinander fest, dann küsst sie ihn auf den Mund, dreht sich um und läuft zum Parkplatz.

»Ist das seine Stiefschwester?«, frage ich Fee, aber die schüttelt entschieden den Kopf. »Nein, das Mädchen kenne ich nicht.«

Mich überkommt eine böse Vorahnung.

Dann sieht Mick mich. Er wird erst blass, dann rot. Er bleibt lange auf ein und derselben Stelle stehen. »Dana«, sagt er schließlich und kommt die letzten Meter auf mich zu. »Es ist nicht so, wie es aussieht«, sagt er sofort. Seine Stimme zittert.

Ich zittere auch, allerdings vor Wut. Diesen blöden Satz hätte er sich schenken können. »Ich will gar nicht wissen, wer das eben war und was das soll. Ich weiß nur, dass du mich, ohne mir abzusagen, versetzt hast. Jetzt weiß ich auch, warum!«

»Dana! Lass es dir erklären!« Mick klingt verzweifelt, aber ich habe keine Lust mehr, mir seine Ausflüchte anzuhören. Ich habe gesehen, was ich wohl besser nicht hätte sehen sollen.

»Vergiss alles, was wir die letzte Zeit miteinander erlebt haben«, blaffe ich ihn weiter an. Ich kämpfe mit den Tränen.

Er hebt abwehrend die Hände. Das interessiert mich nun nicht mehr. »Vergiss alles. Es ist deine angebliche Ex, oder? Sah aber nicht nach Ex aus, sorry.«

»Lass es dir erklären, Dana!«

»*Das* braucht keine Erklärung«, stoße ich hervor und kicke eine Muschel mit dem Fuß weg.

»Doch«, beharrt Mick. Sein verzweifelter Blick lässt mich fast weich werden, aber das darf nicht sein. Ich überlege, wie ich ihm jetzt wehtun kann. Meine kleine Rache für das, was er mir gerade antut. Mir fällt nur eins ein. Mick 2.

»Und der Bock wird umgetauft! Es gibt keinen Mick 2 mehr. Mach's gut!« Ich schnappe mir das Fahrrad und fahre los.

Fee hält natürlich zu mir, und ich höre noch, wie sie zu Mick sagt:

»Du bist der mieseste Typ, der mir je begegnet ist!« Dann folgt sie mir, und wir verschwinden, so schnell es geht, in Richtung Schäferei. Dazu radeln wir am Deichfuß entlang und biegen schließlich in die Hauptstraße auf den Fahrradweg ab.

Als wir ein ganzes Stück gefahren sind, kommen wir an einem kleinen Parkplatz vorbei, wo sich ein Picknicktisch mit einer Bank befindet. Ich muss anhalten, denn meine Augen sind vor Tränen blind. Ich lege das Rad ins Gras und setze mich einfach daneben. Dann endlich kann ich richtig weinen. Und das tue ich so heftig wie schon lange nicht mehr.

Fee nimmt mich einfach nur in den Arm. Ich glaube, ich bin in meinem ganzen Leben noch nie so gedemütigt worden.

Viola hat also recht gehabt, als sie sagte, Mick wäre anderweitig beschäftigt. Vermutlich war dieses Mädchen gestern auch schon da. Von wegen Stiefschwester!

»Sie ist so schön«, sage ich zu Fee. »So schön wie Viola, nur mit dunklem Haar.«

»Ihr Hintern ist dick! Sie ist viel zu sehr geschminkt. Der Rock war gar kein Rock. Er war viel zu kurz und ...« Fees Versuche, mich zu trösten, prallen an mir ab. Sie streicht mir übers Handgelenk.

Aber es hilft alles nichts gegen meine Verzweiflung. Mick hatte das fremde Mädchen im Arm, und sie hat ihn geküsst. Es ist egal, ob der Hintern dick ist oder nicht.

»Sie ist auch so anders als ich. Was war das dann mit mir?« Ich bekomme die Worte nur schwer heraus. »Warum hat er mich geküsst, wenn er auf solche Mädchen steht?«

Fee lässt mich einfach reden und hält mich nur fest. Ich bin so froh, dass sie da ist. Sie sagt für heute sogar ihre Verabredung mit Chris ab.

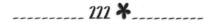

34

Ma fühlt genau, dass etwas nicht stimmt, aber sie fragt nicht, als ich mit roten Augen zurückkomme. Sie hat ein feines Gespür und weiß, dass ich nicht reden will. Ma nimmt mich nur in den Arm und sagt: »Da ist was gewaltig schiefgelaufen. Wenn du was erzählen willst: Ich nehme mir alle Zeit der Welt.«

»Danke«, antworte ich. »Noch geht es aber nicht.«

Ich schleiche wie ferngesteuert in mein Zimmer und werfe mich aufs Bett.

Als Ma mich zum Essen ruft, bleibe ich oben. Ich kann nichts essen, und mein Schädel brummt. Außerdem möchte ich einfach nur allein sein.

Mick hat mich mehrfach angeschrieben und will erklären, was los war. Ich will aber keine Erklärung, ich habe schließlich gesehen, was er abgezogen hat. Und es zeigt auch, warum er nicht über Bremen reden will. Weil er da noch eine Flamme hat, wegen der er mich nun sitzen lassen hat. Was glaubt er eigentlich, wer er ist? Nein, ich möchte nicht mit ihm sprechen und mich weiter anlügen lassen.

Ich hätte einfach auf mein Gefühl hören und mich nicht verlieben sollen. Wenn das nur alles so einfach wäre!

Müde schleppe ich mich durch den Tag. Ich versuche, ein bisschen zu stricken, aber nicht einmal das gelingt mir. Also starre ich gegen die Decke, dabei kann ich wenigstens keinen Fehler machen. Ich beobachte eine Spinne, wie sie sich langsam von der Lampe seilt.

Ich lausche den vertrauten Geräuschen auf dem Hof. Höre die beiden Hunde bellen und versuche, ein bisschen zu schlafen, was natürlich nicht klappt, weil ich viel zu aufgewühlt bin.

Doch plötzlich klingelt es an der Haustür, und dann höre ich Stimmen. Eine davon gehört zu meiner Ma, und die andere kommt mir verdammt bekannt vor! Ruckartig setze ich mich auf. Was will Mick hier?

Ich schleiche mich zur Zimmertür und öffne sie einen Spaltbreit. Dort höre ich noch, wie Ma sagt: »Möchtest du zu Dana? Ich glaube, das ist heute ungünstig.«

»Ich weiß, sie will mich nicht sehen«, sagt Mick. »Ich muss aber etwas wiedergutmachen.«

Du kannst nichts wiedergutmachen, denke ich. Gar nichts!

»Was möchtest du dann? Wenn du nicht zu Dana willst?«

»Mick 2 kaufen«, sagt er. »Und mich dann um ihn kümmern.«

Mein Herz bleibt beinahe stehen. Er will *was*?

Ma lacht kurz auf. »Das wirkt etwas merkwürdig, auch wenn ich weiß, wie sehr dir die Arbeit hier Spaß gemacht hat. Ich weiß, dass du Mick 2 magst, aber egal, warum du ihn haben möchtest: Wir können dir den Bock nicht einfach so verkaufen. Er gehört Dana, und wir machen nichts über ihren Kopf hinweg. Da müsstest du schon mit ihr reden.«

Ich bewundere meine Mutter für die Ruhe, mit der sie Mick freundlich, aber bestimmt abbügelt und ihm klarmacht, wie wir in unserer Familie miteinander umgehen. Und ich liebe sie dafür, dass sie sich komplett hinter mich stellt. Sie hat, ohne dass ich auch nur ein Sterbenswörtchen gesagt habe, mehr begriffen, als ich dachte.

Mick murmelt etwas, das ich von hier oben nicht verstehen kann.

Ich bin versucht, die Treppen hinunterzustürmen und ihn anzu-

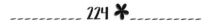

brüllen, was ihm eigentlich einfällt, solche Forderungen zu stellen. Aber da Ma sich nicht erweichen lässt, ihm auch nur minimal entgegenzukommen, verkneife ich es mir und ziehe mich in mein Zimmer zurück.

Das Thema Mick ist so was von durch!

35

Jetzt haben Mick und ich also richtig Krach. Glücklich macht es mich nicht. Noch immer fällt es mir schwer, zu essen und mich auf etwas zu konzentrieren. Immer wieder ertappe ich mich dabei, wie ich das Bild auf meinem Handy ansehe, das ich von ihm gemacht habe, als er zum Stricken bei mir war.

Für mich ist es ein großes Glück, dass heute Sonntag ist. So kann ich mich schon mal in Ruhe darauf einstellen, was die Lästerbacken morgen ablassen werden. Ich überlege sogar, die Schule zu schwänzen und mich krankzumelden, um dem auszuweichen.

Jetzt muss ich aber raus.

Ich überlege, noch ein bisschen mit dem Rad herumzufahren. Ohne mich von meinen Eltern zu verabschieden, fahre ich los. Zuerst zum Deich, denn an der See bekomme ich am schnellsten einen klaren Kopf. Ich fahre in einem Affenzahn, und natürlich fällt mir Mick ein, der in solchen Fällen bestimmt einige Bunny Hops und jede leere Bank für seine gewagten Grinds mitnimmt. Klappt mit der Ablenkung also eher nicht. Nur wird es zu Hause auch nicht besser.

Mittlerweile bin ich völlig durchgeschwitzt.

»Ich stelle mich den anderen am besten schon jetzt«, sage ich laut zu mir selbst, wende und fahre in Richtung Stadt zum Skatepark. Obwohl Wochenende ist, treiben sich nur ein paar BMXer hier rum. Mick ist nicht dabei, und ich bin mir nicht sicher, ob es mich freut oder ärgert.

Die anderen grüßen mich nur. Viola steht in der Ecke und

knutscht mit Timor, der mit seinen Händen unter dem Shirt ihren Rücken streichelt.

Das kann ich gerade nicht besonders gut ab. Also: bloß weg hier.

Gerade als ich wieder losfahren will, kommt Mick um die Ecke gerast. Sein Shirt ist völlig verschwitzt, er muss schon eine Weile unterwegs sein.

Er bemerkt mich gar nicht, und ich verkrieche mich hinter einen der Büsche, weil ich nicht will, dass er mich sieht.

Mick hebt kurz zum Gruß die Hand, die anderen Skater grüßen zurück, und schon rast er die Rampen rauf und runter. Er probiert einen One-Eighty, der ihm super gelingt.

Timor knutscht gerade nicht mehr und ruft: »Mann, hast sogar deinen Kopf mit viel Schwung in die Sprungrichtung gedreht!«

Die anderen bejubeln ihn.

»Ist ja auch der Schlüssel dieses Tricks!«, antwortet Mick. »Jetzt noch der Barspin!«

Er setzt an, wackelt am Ende aber ein bisschen. Ich beiße mir vor Schreck auf die Faust. »Obwohl er meinetwegen doch ruhig hinknallen könnte«, murmele ich.

Wieder ertönt Jubel von den anderen BMXern.

Timor geht auf Mick zu und klopft ihm anerkennend auf den Rücken. »Coole Nummer! Obwohl du den Lenker am Ende nur knapp zu fassen bekommen hast. Gut, dass du nicht gestürzt bist! Pass auf, wenn du es so machst ...« Er zeigt Mick einen Kniff und erklärt ihm etwas, was ich nicht verstehen kann.

Mick wird immer mutiger. Er macht noch ein paar gewagte Tricks und wirkt dann plötzlich erschöpft. Das bemerken auch die anderen, und wieder ist es Timor, der auf ihn zugeht. Er legt seine Hand auf Micks Schulter.

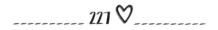

»Komm, mach mal eine Pause. Langsam wird es gefährlich. Du bist ja völlig von der Rolle. Und total kaputt.«

Mick schüttelt den Kopf. »Ach was. Ein bisschen geht noch! Ein kleiner Crankflip?«

»Lass es!«

Kurz bin ich versucht, dazwischenzugehen. Mick fährt an, bekommt bei diesem Crankflip die Pedale nicht richtig mit dem Fuß zu fassen und rutscht aus. Blöderweise knallt das Pedal gegen sein Schienbein, und die Wunde blutet heftig. Er spielt den Helden und ignoriert Schmerz und Wunden. »Alles halb so wild!«, ruft er mit verzerrtem Gesicht. »Das passiert eben.«

»Das ist jetzt definitiv zu gefährlich. Schluss jetzt!« Timor greift in Micks Lenker. »Ich weiß nicht, was mit dir los ist, aber du machst keinen Trick mehr heute.«

Die anderen nicken. Nur Viola steht mit neugierigem Blick dort und ploppt eine Kaugummiblase.

Mick fixiert Timor, reißt dann sein Bike weg. Er atmet tief ein und aus und kneift die Augen fest zusammen.

»Einer geht noch. Ein letzter Trick, dann fahre ich nach Hause. Zum krönenden Abschluss ein Three-Sixty.«

»Das ist ein viel zu schwieriger Trick für dich!«, ruft Timor. Mick ignoriert ihn und rast ungestüm los. »Mach einen One-Eighty daraus, und gut ist es!«, höre ich wieder Timors Stimme.

»Bin doch kein Loser!« Mick nimmt immer mehr Fahrt auf.

Er rast die Rampe hoch und macht oben an der Kante eine 180-Grad-Drehung. Seine Geschwindigkeit ist irre schnell. Ich mag gar nicht hinsehen.

»So, aber jetzt mach ich doch den Three-Sixty!«, ruft er.

Mick spinnt doch total. Wem will er denn was beweisen und vor

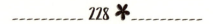

allem, warum? Mir reicht es, und ich haue ab. Ich bin froh, den Skate-park hinter mir zu lassen. Ein Stück bin ich schon entfernt, als hinter mir lautes Geschrei ertönt. Dann hat der Herr Superangeber seinen Trick wohl geschafft.

Blödmann, denke ich und fahre nach Hause.

36

Obwohl ich am nächsten Tag auf dem Schulhof nicht nach Mick Ausschau halten will, tue ich es trotzdem. Aber er ist nicht da. Chris läuft allein herum und wirkt, bis Fee auf ihn zustürmt, ein wenig verloren.

Ich hake mich bei Miri unter, weil sie ebenso allein dasteht und ich sonst gerade nicht weiß, zu wem ich gehen soll.

»Was wird das? Neue Verbrüderungsaktion, weil Mick das Weite gesucht hat und Fee lieber mit Chris kuschelt?«

Oje, sie ist immer noch angefasst, weil wir sie in den Ferien übergangen haben.

Ich lasse Miri los. »Komm, sei nicht eingeschnappt. Mick und ich waren eben gute Freunde, und nun passt es nicht mehr.«

Miri mustert mich kritisch. »So wie du aussiehst, hast du das Wochenende durchgeweint. So egal ist es dann wohl doch nicht, was?«

»Ach Quatsch«, wehre ich erschrocken ab. Wie blöd, wenn man mir meinen Kummer so deutlich ansieht. Gut, dass Mick nicht in der Schule ist. Bestimmt hat er wieder ein Date mit der Schnepfe.

»Ich hätte auch Kummer, wenn mein vermeintlicher Freund sich lieber mit einer schwarzhaarigen Miss Superpo abgibt! Nimm es locker, bei so einer Frau kannst du eben nicht mithalten. Die hat Viola-Niveau!« Miri seufzt. »Man muss Dinge manchmal einfach akzeptieren. Ich bin auch nicht hübsch genug für ihn. Na ja, Schwamm drüber.«

Das alles soll wohl ein Trost sein, aber es zeigt mir nur umso schmerzlicher, wie dumm ich war, dass ich auch nur einen Augen-

blick gedacht habe, ich hätte eine Chance bei Mick. Vermutlich lacht er sich mit diesem Mädchen über den rothaarigen Bauerntrampel tot, der sich einfach so hat küssen lassen.

Ich wechsle das Thema. Wir reden über die Hausaufgaben und anderen Kram.

Doch dann kommt Fee leichenblass auf mich zu. Sie zieht an meinem Ärmel. »Ich muss mit dir reden. Allein.«

»Was ist denn?«, frage ich sie besorgt, denn sie sieht irgendwie verstört aus. »Ist etwas passiert?«

Fee nickt.

»Ich komme ja schon. Bis später, Miri!«

Miri winkt lässig ab und schlendert zu den anderen Mitschülerinnen.

Fee eilt in die hinterste Ecke vom Schulhof an die Ecke der Turnhalle. Dorthin, wo wir wirklich allein sind. Ich komme kaum hinterher. »Mann, du legst vielleicht ein Tempo vor, meine Gute!«

»Bist du entspannt?«, fragt Fee. »Kannst du eine schlimme Nachricht ertragen?«

Nun wird mir doch angst und bange. Es ist nicht nur Fees Stimme, es sind ihre Augen, die mich verunsichern.

Ich nicke vorsichtig. Was auch immer es ist, ich will es unbedingt wissen.

»Es geht um Mick«, flüstert Fee.

Ich lache bitter auf. »Hat er seine Ex oder sonst wen zur Mutter gemacht?«

»Dana, hör bitte auf! Mick ist gestern ganz böse verunglückt. Er hatte mit dem BMX im Skatepark einen Unfall.«

Jetzt habe ich doch einen Kloß im Hals und muss mich irgendwo anlehnen. Ich bin froh, dass die Turnhallenwand direkt hinter mir ist.

»Das war also der Lärm«, flüstere ich mit brüchiger Stimme.

Fee sieht mich fragend an.

»Ich war da. Im Park. Und bin dann abgehauen. Vor seinem Sturz. Weil er voll auf Angeber gemacht hat.«

»Du warst dort?«

Ich fasse mir an die Stirn, weil mir schwindelig wird. »Ja, bin mit dem Rad rumgefahren. Aber das ist doch jetzt egal. Wie schwer ist er verletzt?«

Fee nimmt mich in den Arm, weil ich zittere. »Bleib ganz ruhig, Dana. Er liegt zwar im Krankenhaus, aber er wird bestimmt wieder. Dauert eben nur.«

Ich atme ganz langsam ein und aus. »Und was ist an ihm kaputt?«, versuche ich zu scherzen.

»Er ist mit dem Kopf aufgeschlagen, hat sich den Unterarm gebrochen und das Bein verstaucht. BMXen wird er eine Weile nicht können.«

Ein bisschen bin ich erleichtert, ein Armbruch heilt auch wieder. Aber was ist mit dem Rest?

»Wie schwer ist er denn am Kopf verletzt?«, frage ich sofort. »Zum Glück hatte er einen Helm auf.«

Fee nickt. »Sonst wäre es noch schlimmer ausgegangen. Vermutlich würde er dann gar nicht mehr leben. So ist es nur eine leichte Gehirnerschütterung. Keine inneren Blutungen. Aber natürlich Schürfwunden.«

Ich mag mir gar nicht ausmalen, was noch hätte geschehen können. »Was ist genau passiert?«, frage ich weiter. »Lass mich raten: Sein letzter Trick ist misslungen, oder? Er ist zuvor gefahren wie ein Verrückter. Das habe ich noch mitbekommen.«

Fee zuckt mit den Schultern. »So scheint es zu sein. Er hat den

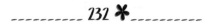

einen Trick nicht hingekriegt. Timor hat ihn wohl zuvor gewarnt. Er hat den Rettungswagen gerufen. Micks Rad ist auch Schrott.«

»Er wird ja eine Weile sowieso nicht BMXen können«, sage ich. »Leider kostet so ein Bike ein Heidengeld. Hätte er sich vorher überlegen sollen.«

»Ich glaube, es geht ihm ähnlich beschissen wie dir«, sagt Fee. »Chris meint, er wollte sich mit extremen Tricks ablenken.«

»Idiot«, rutscht es mir heraus. Ich fasse es immer noch nicht. Trotzdem überfällt mich nun eine große Erleichterung. Micks Verletzungen sind heilbar, Gott sei Dank. Ich weiß nicht, was ich bei einer anderen Nachricht getan hätte. »Seit wann weißt du das?«

»Seit eben. Chris hat vorhin einen Anruf von Micks Vater bekommen. Er ist fix und fertig, weil er Mick gestern abgesagt hat. Sonst hätte er auf ihn achtgeben können. Mick war wohl gestern sehr komisch. Ich nehme an, wegen des Streits mit dir.«

»Er hatte ein anderes Mädchen im Arm. Schon vergessen?«, frage ich. »Dass er sich danach selbst in Gefahr bringt, dafür kann ich doch nichts.«

Fee zuckt mit den Schultern. »Chris sagt, er weiß nichts von einer anderen. Mick hat immer nur von dir gesprochen.«

»Dann hat er wohl so seine Geheimnisse, der Gute! Seine tiefen Bremer Geheimnisse!«

»Spring über deinen Schatten und besuche ihn in der Klinik«, sagt Fee. »Sprecht euch aus, und wenn du es richtig findest, kannst du ja anschließend sofort mit ihm Schluss machen.«

Ich atme einmal tief ein und aus. Ich weiß nicht, ob ich mit Mick reden will. Bloß weil er nun verletzt ist, ändert es ja nichts daran, dass er sich mies verhalten hat.

Als es klingelt, laufen wir langsam zum Eingang der Schule zurück.

»Und?«, fragt Fee. »Fährst du nachher hin?«

Ich schüttele den Kopf. »Nein, Fee. Da muss er von jetzt an allein durch. Ich bin raus. Aber gut, dass es glimpflich ausgegangen ist.«

31

Mir geht Micks Sturz einfach nicht aus dem Kopf, und ich habe deswegen die ganze Nacht kaum geschlafen.

Ma sieht mich beim Frühstück besorgt an. Natürlich habe ich meinen Eltern noch am Abend erzählt, was passiert ist. »Nun iss was, Dana!«

Pa faltet die Zeitung zusammen. »Fahr nach der Schule hin, mien Deern. Egal, was war, ihr solltet miteinander reden. Weglaufen und sich anschweigen ist immer die schlechteste Lösung.«

Ich nehme einen Schluck Tee und verbrenne mir die Zunge. »Ich soll dem Mistkerl verzeihen?«

»Davon habe ich nichts gesagt.« Pa schlägt sein Ei auf. »Ich habe vorgeschlagen, dass ihr miteinander reden sollt.«

Ich greife nach einem Stück Brot und schmiere dick Butter drauf. So mag ich es am liebsten. »Und wenn er mir dann ins Gesicht sagt, wie superduper er seine Ex findet?«

»Dann weißt du es eben«, antwortet Pa ungerührt.

Nun mischt sich Ma ein. Wie immer ist sie viel sensibler drauf. »Das würde dir sehr wehtun, Dani, aber er kann es dir vielleicht erklären. Und was, wenn wirklich alles anders ist und ihr ganz umsonst böse aufeinander seid?«

Ich beiße einmal kräftig ab. »Ich überleg es mir«, grummele ich.

Der Schultag vergeht so zäh wie Kaugummi, und ich bin froh, dass wir heute keinen Nachmittagsunterricht haben.

Nach dem Mittagessen gehe ich in den Stall. Auch wenn die Schafe nicht da sind, riecht es hier vertraut. Ich bin hin- und hergerissen. Würde es wirklich etwas bringen, mit Mick zu sprechen?

»Hey, du hast ihn fast verloren«, rede ich leise mit mir selbst. »Was wäre gewesen, wenn er wirklich nicht mehr aufgewacht wäre?«

Schließlich siegen Papas Argumente. Ich checke kurz, wann der nächste Bus in die Stadt fährt. Ein Blick auf die Uhr zeigt mir, dass ich mich sputen muss.

Ich sage meinen Eltern rasch Bescheid und fahre dann mit dem Rad zur Bushaltestelle.

Die Fahrt kommt mir ewig lang vor. Ich starre aus dem Fenster und lege mir tausend Sätze zurecht, von denen ich mir aber nicht einen merke. Ich weiß einfach nicht, was ich gleich zu Mick sagen soll. Wie führt man ein solches Gespräch?

Von der Bushaltestelle am ZOB muss ich noch ein Stückchen zum Krankenhaus laufen. Aber dann stehe ich vor dem imposanten, rot geklinkerten Kasten. Scheu betrete ich die Empfangshalle und wende mich an die Information. Ich habe nämlich vergessen, Fee nach der Station und Zimmernummer zu fragen.

»Ich wüsste gern, wo Michael Breidenbaum liegt.«

Die braunhaarige Frau mit einem gegelten Kurzhaarschopf hinter der Glaswand schiebt ihr Kaugummi im Mund hin und her. Dann tippt sie mit ihren endlos langen Nägeln auf der Tastatur herum. »Chirurgie. Dritter Stock rechts. Zimmer 309. Da ist der Fahrstuhl.« Sie deutet zum Ende des Gangs.

Ich bin froh, dass ich allein nach oben fahren kann. Es riecht überall komisch. Nach Essen. Nach Desinfektionsmitteln. Nach Krankheit.

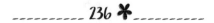

Der Flur ist dunkel, zu beiden Seiten gehen Zimmer ab, deren Türen alle gleich aussehen. An der Wand daneben haben sie die Nummern angebracht. Ich laufe suchend an den Türen vorbei.

Gegenüber vom Dienstzimmer liegt die 309, und nun sehe ich, dass an den Wänden auch Bilder hängen. Es sind Hundertwasserdrucke. Den Maler haben wir mal in Kunst durchgenommen. Auch wenn sie so bunt sind, schaffen sie es nicht, wirklich Farbe in den tristen Flur zu bringen.

Ich klopfe an die Tür.

»Ja?« Die schwache Stimme klingt nicht nach Mick.

Ich drücke die Klinke hinunter. Als Erstes sehe ich einen weißen Raum. Ein paar gelbe Gardinen wehen im Wind des geöffneten Fensters.

Ich kann von hier aus nur den hinteren Teil eines Krankenbettes sehen. Und einen Fuß, der auf einer Schiene liegt. Vorsichtig nähere ich mich und gucke um die Ecke. Im Bett liegt Mick. Sein Arm hängt auf seiner Brust in einer Schlinge. Über seinem Bett ist ein Dreieck angebracht, das an einem Stahlgestell baumelt. Und in seinen Arm tropft eine Infusion.

»Dana?«

»Ja, ich bin's. Wie geht es dir?« Vorsichtig trete ich näher.

Mick deutet auf das Dreieck über ihm. »Meinen Galgen haben sie mir schon hingestellt.«

»Mach keine Witze. Sei froh, dass du noch lebst.«

»Bin ich auch, Dana. Bin ich auch.« Mick versucht, sich ein wenig nach oben zu schieben, aber das muss ihm heftige Schmerzen bereiten. »Wir müssen reden, Dana. Pass auf, nicht, dass du gleich wieder wegrennst, wenn …« Er kann den Satz nicht zu Ende sprechen, weil die Tür auffliegt und ein aufgedonnertes Mädchen reinstürmt. Ich erkenne sie sofort und ich befürchte, dass mein Herz vor Schreck gleich aufhört zu schlagen.

Das Mädchen verharrt in der Bewegung, als sie mich sieht. Dann lacht sie auf.

»Mick macht schon komische Sachen, was? Aber jetzt bin ich ja da.« Sie mustert mich. »Und wer bist du? Ich bin Sofie. Aus Bremen.«

»Dana«, stammele ich. Ich lag also mal wieder vollkommen richtig. Mir wird schwindelig, aber ich will mir keine Blöße geben.

»Dana ist …«, beginnt Mick, aber Sofie lacht nur. Sie mustert mich, als sei ich eine Magd, und zum ersten Mal bereue ich, dass ich ungeschminkt bin. Kein Parfüm aufgelegt habe. Meine Haare aussehen wie ein aufgeplatztes Sofakissen, weil ich auf den Zopf verzichtet habe. Ich schäme mich sogar für die Sommersprossen auf dem Handrücken und zupfe das Shirt ein Stück nach unten.

»Ach Micky, Süßer. Ist doch egal.« Sie küsst Mick einfach auf den Mund. Er dreht den Kopf zwar weg, aber ich habe genug gesehen.

»Dann will ich mal nicht weiter stören«, quetsche ich noch hervor, bevor ich aus dem Zimmer stürze. Ich warte nicht auf den Fahrstuhl, sondern hetze durchs Treppenhaus auf die Straße. Von dort renne ich zur Bushaltestelle. Dabei übersehe ich ein Auto, und erst die quietschenden Reifen, das Hupen und das laute Schimpfen des Fahrers holen mich in die Wirklichkeit zurück.

Schweißüberströmt sitze ich schließlich im Bus und fahre nach Hause.

Pa sieht sofort, was los ist, als ich auf den Hof geradelt komme.

Er stellt die Forke beiseite und nimmt mich einfach nur in den Arm.

»Meine kleine Große«, flüstert er. »Manche Typen sind so blöd.

Und die haben dich nicht verdient. Hätte nur nicht gedacht, dass Mick so einer ist.«

Ma kommt auch dazu und drückt mich. Zum Trost backt sie für uns alle Pizza, und so ist meine Welt wenigstens ein ganz kleines bisschen wieder in Ordnung. Immerhin habe ich die besten Eltern der Welt.

38

Fee kommt am frühen Abend zu mir. Wir sind zwar nicht verabredet und haben seit gestern nicht mehr miteinander gesprochen, aber ich freue mich trotzdem, auch wenn sie schon wieder völlig verändert aussieht. Sie muss in der letzten Zeit Stunden vor dem Spiegel verbringen, um ihre Frisur zu ändern. Heute hat sie die Haare mit einer Bananenspange nach hinten gebunden. »Mick ist wirklich ein solcher Idiot!«, stößt sie gleich hervor, als ich die Haustür öffne.

»Wem sagst du das?«, antworte ich bitter und schaue sie erstaunt an. Um mir das zu sagen, hätte sie nicht extra herkommen müssen. Darüber sind wir uns schließlich einig. Ein bisschen habe ich mich wieder beruhigt. Aber es tut alles verdammt weh.

Wir gehen in den Wintergarten, dort sind wir ungestört, da meine Eltern noch im Stall sind. Ich hole schnell zwei Gläser und Apfelschorle, dann setzen wir uns auf die Sessel. »Und?«, frage ich nach. »Warum kommst du, um mir zu sagen, dass Mick ein Idiot ist?«

Fee lümmelt sich mit beiden Beinen darauf und umschlingt sie mit den Armen, schweigt aber noch immer. Sie ringt sichtlich mit den Worten, was für sie eher ungewöhnlich ist.

»Was genau bringt dich so auf die Palme, dass du extra herkommst?«, hake ich weiter nach.

»Ich war bei Mick im Krankenhaus.«

Ich sehe sie fragend an und ahne, was Fee mir erzählen will.

»Da war dieses Mädchen. Sie heißt Sofie und sie ist von seinem Bett gesprungen, als ich und Chris reingekommen sind.«

Ich beiße mir auf die Lippen. »Ich war auch kurz da und hab die blöde Kuh gesehen. Sie tut so, als wäre Mick ihr Besitz.«

»Was findet er nur an diesem parfümierten Tuschkasten?«, überlegt Fee. »Unfassbar!«

»Was hast du dann gemacht? Als du sie sozusagen überrascht hast?«

»Ich hab mir diese Sofie gegriffen«, erzählt Fee. Sie ist noch immer ganz empört. »Die stinkt, als hätte sie in einem Parfümflakon gebadet, sag ich dir. Und sie sieht aus, als ob sie sich höchstpersönlich von einem hauseigenen Maler anpinseln lässt. Ich sag ja: Tuschkasten.«

Ein bisschen muss ich bei der Vorstellung lachen. Aber ich will trotzdem alles über diese Sofie wissen.

»Was hat sie denn noch gesagt?«

»Sie war in Bremen mit Mick zusammen, und da sind wohl ein paar Sachen blöd gelaufen. Was genau passiert ist, damit wollte sie nicht so richtig rausrücken.« Fees Stimme senkt sich. »Es war aber wohl echt etwas Übles!«

Ich schlucke. Das passt zu dem, was Mick mir erzählt hat.

»Ist sie noch mit ihm …?« Ich kann das gar nicht aussprechen.

Fee verzieht den Mund. »Mick hat zu Chris gesagt, da wäre nichts. Dass er sich am Strand nur bei ihr bedankt hat und sie im Krankenzimmer über ihn hergefallen ist. Er konnte sich wegen des Gipses und der Infusion nicht wehren.«

»Der Arme«, entfährt es mir. »Er kann einem wirklich leidtun. So eine schöne Frau, und er ist wehrlos, wenn sie ihn küsst!«

Fee nickt. »Zu seiner Verteidigung muss ich allerdings sagen, dass er tatsächlich eher abgenervt von der Tante wirkt.«

»Und warum schickt er sie dann nicht einfach weg?«, frage ich. »*Du nervst und tschüss* wäre doch eine klare Ansage.«

»Er tut immer so cool und ist dann wohl eher schüchtern«, resümiert sie weiter. »Aber in jedem Fall ein kompletter Idiot, weil er sie nicht einfach rauswirft!«

»Vielleicht sonnt er sich darin, dass Miss Tuschkasten scharf auf ihn ist.« Ich nehme einen Schluck Schorle. »In dem Fall hat er bei mir allerdings null Chance.«

»Zu Recht«, sagt Fee. Dann überlegt sie kurz. »Gibt da aber noch was.«

»Noch was?« Mir reicht es eigentlich. »Was denn?«

»Leider bist du nun nicht nur sauer auf ihn, sondern er auch auf dich. Ich hab einen Fehler gemacht, weil ich Chris unser Geheimnis verraten habe.« Fee wirkt plötzlich ganz geknickt. »Ich weiß, wir wollten mit keinem darüber reden. Aber dieses Rufen nachts. Das Klatschen ... Ich hab mich verplappert.«

»Du hast ihm von unserem Schwur erzählt?« Ich hebe entsetzt beide Hände und werfe dabei beinahe die Apfelschorle um. Dann schüttle ich nur noch mit dem Kopf. Wie kann Fee so etwas tun? Der Schwur gehört doch uns!

Fee nickt zerknirscht. Sie reibt sich die Oberarme. »Sorry. War blöd.«

»Allerdings. Und jetzt?«

Fee druckst weiter herum. »Chris hat ihm von unserem Schwur erzählt. Und vom Fünf-Punkte-Plan. Auch, welche Rolle Mick dagespielt hat. Er fühlt sich von dir verarscht.«

Das kann ich verstehen. Es wäre besser gewesen, Chris hätte ihm das nicht erzählt. Nur ändert es ja nichts daran, dass er und diese Sofie ...

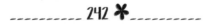

Draußen schellt eine Fahrradklingel, und kurz darauf geht die Haustürglocke. Es ist Chris. Fee fällt ihm sofort um den Hals. Die Begrüßung dauert etwas, weil sie sich gegenseitig ein paarmal ein »Ich liebe dich« – »Ich dich auch« zuflüstern und sich mindestens fünf Mal küssen.

»Wir müssen reden. Sofort«, sagt Chris, als sie fertig sind.

»Nicht über Mick«, entfährt es mir. »Bitte nicht!«

»Oh doch. Er denkt nämlich, dass du ihn nur ausgenutzt hast.«

»Hat Fee schon erzählt. Das ist also sein Argument, jetzt mit Sofie zu knutschen, oder was? Vergiss es!«

Chris packt mich am Arm. »Hey, komm! Mick ist in der kurzen Zeit echt mein Freund geworden. Und du und Fee, ihr seid mir auch wichtig. Deshalb hörst du mir jetzt zu, Dana Weerts.«

Ich sehe ihn erstaunt an. Für so durchsetzungsfähig hätte ich ihn gar nicht gehalten. »Na gut. Er glaubt also, ich hab ihn nur ausgenutzt.« Ich winde mich aus seiner Umklammerung und mache einen Schritt rückwärts.

»Genau. Er hat sich schon gewundert, dass du plötzlich so nett zu ihm warst. Vorher war das ja ein wenig anders. Dann die Wende. Als er von eurem Schwur erfahren hat, konnte er eins und eins zusammenzählen.«

»Das ist aber ja auch nicht so ...«

»... wie es aussieht«, sagt Chris grinsend.

»Höchst unnötig, dass du ihm davon erzählt hast. Weil ich ihn nämlich nicht ausgenutzt habe. Es ist einfach passiert. Verdammt, ich habe mich in den Idioten verknallt, und was macht der? Macht mit seiner dahergelaufenen Ex rum!«

»Nun komm mal wieder runter, Dana. Ich bin ja noch gar nicht fertig.«

»Jetzt beteiligst du dich auch schon an der Märchenstunde, oder wie darf ich das verstehen?«, fahre ich ihn an.

Chris beeindrucken meine Worte allerdings nicht. »Er macht gar nicht mit Sofie rum. Sie ist plötzlich ohne sein Wissen aufgetaucht. Gab da eine alte Geschichte, wo sie ihm geholfen hat. Aber das soll er dir selbst erzählen. Jedenfalls war sie plötzlich da und sie hat ihn ein bisschen überfallen.«

»Mit ihren Küssen, ja? Und er konnte sich nicht wehren, der Arme!«, spotte ich.

Aber Chris nickt ernsthaft. »Nun verrate mir, wie er das, so angebunden, wie er im Krankenbett liegt, machen sollte? Er hat ihr mehrfach eine scharfe Ansage gemacht, aber sie juckt das nicht. Mit seinem Bein kann er schließlich nicht weglaufen. Und beide Hände sind sozusagen angekettet. Ein Arm ist eingegipst und liegt in einer Schlinge, in dem anderen steckt eine Infusionsnadel.«

Ich werde plötzlich still und denke nach. »Okay – eine beschissene Situation«, lenke ich ein. »Was das angeht, könntest du recht haben. Aber was war am Strand?«

»Da hat er Danke gesagt. Mehr nicht.«

Ich bin immer noch sauer. »Das sah aber anders aus. Da war er noch Herr über seine Arme. Schön, dass du deinen Freund reinwaschen willst. Netter Versuch. Ich glaube euch nicht.«

Chris schaut betrübt auf den Boden. »Es ist, wie es ist, Dana. Denke einfach darüber nach. Das wäre es wert.«

Er küsst Fee und verabschiedet sich mit einem kurzen Winken von mir.

Ich sinke in den Sessel zurück und schlage die Hände vors Gesicht. »Unsere Situation ist nun ganz schön festgefahren.

Wahrscheinlich muss ich mich an den Gedanken gewöhnen, dass es das mit uns beiden war. Aus, bevor es richtig begonnen hat.«

»Was ist, wenn Chris recht hat?« Fee kaut auf ihrer Unterlippe herum. »Ich fand, das klang alles ganz logisch. Ob ihr doch noch mal miteinander reden solltet?«

»Nie im Leben. Gut, ich habe ihm am Anfang etwas vorgemacht, aber damit wollte ich dir helfen. Und ich konnte doch nicht ahnen, dass mehr daraus wird.« Ich finde, so klingt es schon besser und für mich auch korrekt. »Bei ihm ist es ja wohl anders. Er hat mich mit Sofie betrogen.«

»Chris glaubt ihm«, sagt Fee. »Was, wenn es genauso war, wie er gesagt hat? Dann tust du Mick unrecht. Du musst mit ihm sprechen!«

Ich ärgere mich total und am meisten über mich selbst. Es wäre besser gewesen, meinem Schwur treu zu bleiben. Dann säße ich jetzt nicht in der Gefühlsfalle und wäre glücklich mit meinem Strickzeug und den Schafen. Stattdessen bin ich traurig und habe die halbe Nacht geweint.

Zeit für einen Cut. Mick ist für mich von diesem Augenblick an Geschichte. Wer weiß, was noch weiter passiert, wenn ich jetzt nicht endgültig einen Schlussstrich ziehe?

»Komm, lass uns stricken«, schlage ich vor. »Ich brauche noch eine Sommermütze. Das Thema ist jetzt durch.«

Wir gehen hoch in mein Zimmer.

Ich habe eine WhatsApp von Mick auf dem Handy. Kurz bin ich versucht, sie einfach wegzudrücken – aber dann siegt meine Neugierde.

Du hast mich ganz schön verarscht.

Erst überlege ich, nicht darauf zu reagieren, aber dann schreibe ich wie von selbst:

Du mich auch. Tut sauweh, damit
du es weißt!

Ich habe nichts gemacht.
Du irrst dich!

Sah aber anders aus. Lass mich
einfach in Ruhe!

Er schickt mir einen traurigen Smiley zurück.

Das war es dann wohl mit uns. Ob ich doch einlenken soll?

Nein, ich darf jetzt nicht nachgeben. Dann habe ich für immer verloren. Für mich gilt er wieder: der Anti-Verliebtheits-Pakt.

39

Ich liege noch im Bett und mag nicht aufstehen.

Chris hat gestern gesagt, dass Mick heute wieder in die Schule kommt. Er hat über eine Woche im Krankenhaus gelegen. Ich will, dass es mir egal ist, aber das stimmt einfach nicht. Es macht mich vollkommen nervös. Seit einer Woche kann ich kaum etwas essen, und was schlafen ist, weiß ich auch nicht mehr. Den ganzen Tag höre ich das Lied von Silbermond: *Das Leichteste der Welt*. »Und ich, ich kann nicht schlafen …«

Damit fühle ich mich vollkommen eins. Fee ist schon genervt von meinem Liebeskummer, obwohl sie mich ja verstehen kann. Nur habe ich eigentlich gesagt, dass das Thema Mick für mich durch ist, und es gibt nichts, was mir lieber wäre, als diesen fiesen Typen endlich zu vergessen.

Es ist grausam, wenn mein Kopf das will, aber mein Herz sich so sehr nach ihm sehnt.

Vorgestern hat Mick mich angerufen, aber natürlich habe ich ihn weggedrückt.

Ich wüsste nicht, was ich zu ihm sagen sollte.

Ich quäle mich aus dem Bett ins Bad und dann in die Küche, wo Ma mich mit ihrem besorgten Mutterblick ansieht. Pa streicht mir wie immer freundlich über den Kopf. Ich habe ihnen letzte Woche nur knapp mitgeteilt, dass es endgültig aus ist mit Mick und ich nichts mehr dazu sagen will. Zum Glück respektieren sie das und fragen nicht nach. Sie wissen, dass ich irgendwann zu ihnen kommen werde. Ich will, außer mit Fee, einfach mit keinem darüber sprechen.

Also unterhalten sich meine Eltern wie jeden Morgen über den Hof und darüber, was an Arbeit anliegt, und ich höre zu. Heute sind die Zaunkontrollen dran, und Pa will mit Hero die Höhe vom Gras sichten. Bald muss gemäht werden.

Ich höre aber nur mit halbem Ohr zu. Es tut gut, dass Ma mir immer wieder Tee nachschenkt und Pa mir aufmunternd zulächelt. Sie verstehen mich, ohne dass wir groß quatschen müssen.

Nach dem Frühstück radle ich lustlos zur Haltestelle und warte auf den Bus. Fee begrüßt mich mit den üblichen Küsschen, als sie wie immer auf die Minute pünktlich ankommt.

Im Bus lasse ich mich auf den Sitz neben Fee fallen und hebe den Blick nicht, als Chris und Mick in Deekendorf zusteigen. Am Rande bekomme ich zwar mit, dass Chris Fee einen Kuss auf die Lippen haucht, aber ich mag nicht mal ihn begrüßen. Zu groß ist die Furcht, Mick in die Augen sehen zu müssen.

Es ist wirklich übel, ihn hinter mir sitzen zu wissen und so zu tun, als würde ich ihn gar nicht kennen.

In der Pause überlege ich, mich auf dem Mädchenklo einzuschließen, aber dann siegt mein Stolz. Ich werde vor Mick nicht kuschen! Ich bin immer noch Dana und bin, bevor ich ihn kennengelernt habe, auch wunderbar zurechtgekommen.

Also straffe ich meinen Rücken, lege mir ein leichtes Lächeln auf die Lippen, auch wenn ich innerlich voll am Weinen bin, hake mich bei Miri ein und laufe fröhlich plaudernd mit ihr über den Schulhof. Ich finde mich mit meinem Schauspiel selbst beeindruckend.

Aus den Augenwinkeln erkenne ich natürlich Fee, Chris und

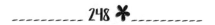

Mick. Die beiden Jungs sitzen wie gehabt auf ihrer Mauer und spielen König. Mick ist die Bewunderung der anderen sicher, stolz hält er allen seinen Gips entgegen, den sie huldvoll unterschreiben.

»Hast du schon?«, fragt Miri und deutet mit dem Kopf in Micks Richtung. »Ich hab es getan, und stell dir vor, er hat sich bei mir bedankt und mir zugezwinkert! Endlich!« Sie guckt mich von der Seite her an. »Hm, das ist für dich jetzt nicht so prall, oder?«

Nein, das ist es nicht, und ihre Ansage hat gesessen. Der Blödi flirtet also jetzt mit Miri! Aber ich lasse mir nicht anmerken, dass es mir etwas ausmacht, und sage lässig: »Das Rumgeschreibsel mache ich nicht. Mick ist nun mal ein Angeber. Guck, er tut so, als wären alle sein Gefolge. Sind wir hier im Ritterspiel, oder was?«

»So hab ich das noch gar nicht gesehen«, piepst Miri. Aber überzeugt wirkt sie nicht, denn sie schaut sich schon wieder nach ihm um. Ich gucke nicht zurück. Auch, weil ich gar nicht sehen will, ob er mit ihr anbandelt. Ich kann es mir sowieso nicht vorstellen. Sie kann einfach nicht sein Typ sein. Mit ihren strengen Haaren und diesem einfallslosen Grau. Trotzdem bleibt eine Restangst.

Liebeskummer ist wirklich grausam, vor allem, wenn sich sämtliche Eingeweide zusammenkrümmen bei diesen Gedanken.

Ich glaube ständig, Micks Blicke im Rücken zu spüren. Aber niemals werde ich ihm den Gefallen tun und mich umdrehen. Er ist und bleibt Luft für mich. Soll er doch Miri nehmen. Oder zu seiner Sofie zurückgehen.

Auch wenn Fee sagt, die wäre danach nicht mehr aufgetaucht.

Überhaupt finde ich, dass meine Freundin immer mehr zu ihm überläuft. Nicht nur, weil sie jetzt bei ihm und Chris steht. Sie versucht ständig, mich dazu zu bewegen, endlich mit ihm zu reden, weil es vielleicht doch ganz anders war als gedacht. Sie möchte ihre heile

Welt, zu der Chris und ich und nun auch irgendwie Mick gehören. Den Gefallen kann ich ihr aber leider nicht tun.

Irgendwie ist es so, als hätten sich alle gegen mich verschworen.

Nach dem Unterricht trotte ich allein zur Bushaltestelle, denn Fee läuft neben Chris, und der natürlich neben Mick.

Fee scheint gar nicht zu merken, wie allein ich bin. Sie meint, ich müsse jetzt aufhören zu schmollen, aber so einfach ist das nicht.

Ich werde belogen und betrogen und bin am Ende diejenige, die übrig ist. Tolle Wurst!

Betont lässig setze ich mich nach hinten auf den Einzelsitz und verlasse grußlos den Bus, als wir in Diekhusen angekommen sind.

Unseren MiFüUhTe sage ich ab. Ich will heute keinen mehr sehen.

40

Mir geht es echt schlecht, und so mache ich mich nach dem Abendessen auf den Weg zur Deichwiese. Ich will Miep mit ihren Lämmern besuchen und auch Mick 2 Guten Tag sagen, selbst, wenn er nicht mehr so heißt. Es war eine so schöne Zeit mit Mick.

Das Fahren tut mir gut, und ich komme ein bisschen runter.

Endlich bin ich am Deich angekommen. Die Sonne steht schon tief, und ihre letzten Strahlen brechen sich in den Riffeln des Wattenmeeres. Ich mag die Abendstimmung am Wasser. Die meisten Leute sind schon weg, und es herrscht ein Friede, den man nirgendwo sonst finden kann.

Mein Blick tastet sich suchend durch die Schafherde, aber Miep kann ich nicht entdecken. Ich gehe noch ein Stück näher ran. Weil ich die drei aber wirklich nirgendwo sehen kann, gehe ich zum Gatter und stoße es auf. Verhält man sich vernünftig, ist es nicht verboten, auf dem Deich zwischen den Schafen spazieren zu gehen, zumal sie mich ja auch kennen.

Ich wähle den Pfad auf der Deichkrone, aber jetzt habe ich keinen Blick für die Schönheit des Wattenmeeres oder der Salzwiese.

Ich suche nur nach Miep und ihren Lämmern. Doch auch als ich die ganze Umzäunung abgelaufen bin und es schon merklich dunkler geworden ist, habe ich keinen der drei entdeckt. Ob sie in eine andere Herde gekommen sind? Das hätte Pa mir aber doch gesagt. Oder ist es wegen meines Liebeskummers an mir vorbeigegangen?

Ich suche weiter und bin inzwischen schon ein gutes Stück am Deich entlanggelaufen. Ich finde zwar Miep und ihre Kinder nicht, dafür entdecke ich etwas ganz anderes. Ein kleines Lamm mit dunklem Kopf, das schwer atmend am Zaun liegt und leise blökt.

Sofort nähere ich mich ihm. Es ist sehr schwach. »Wo ist denn deine Mama?«, frage ich und schaue, ob irgendwo auch ein Mutterschaf suchend herumläuft.

Es blöken zwar immer wieder Tiere, aber es ist nicht auszumachen, ob eines davon nach dem Lämmchen sucht. Mist, das Kleine ist offenbar verloren gegangen! Hastig suche ich nach meinem Handy, denn ich will meine Eltern anrufen. Nur kann ich es nicht finden. Hab es wohl zu Hause vergessen.

»Was ist passiert?«, höre ich eine Stimme.

Ich fahre zusammen und schnelle herum.

»Mick?«

»Ich wollte nach meinem Namensvetter sehen. Und nachdenken.« Er wirkt hilflos.

Ich bin zwar nach wie vor wütend auf ihn, aber jetzt muss erst dem Lamm geholfen werden. »Hast du dein Handy dabei? Ich habe meins vergessen. Der Kleinen geht es nicht gut.«

Mick nickt und zieht es aus der Hosentasche. »Kennst du die Nummer deiner Eltern auswendig?«

Ich presse die Lippen aufeinander. »Nur die vom Festnetz. Ich hoffe, sie sind nicht draußen auf dem Hof. Dort hören sie das Telefon nämlich nicht.«

Ich nenne ihm die Nummer, und er tippt sie in die Tastatur. Es dauert unendlich lange, dann schüttelt Mick mit dem Kopf. »Kein Netz.« Mein Herz beginnt wie wild zu schlagen. Es dämmert bereits, und am Himmel erkenne ich schon den Mond.

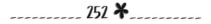

»Wir dürfen keine Zeit verlieren, das Lamm braucht seine Mutter oder die Flasche mit Fertignahrung!«

Mick rennt auf der Deichkrone herum und hält dabei den gesunden Arm mit dem Smartphone in der Hand in den Himmel. Er hofft so, irgendwo Empfang zu haben. »Ich habe einen Teilstrich!«, ruft er und wählt die Nummer noch einmal.

Es geht keiner ran.

»Soll ich Chris anrufen?«, fragt Mick. »Der kann Fee Bescheid geben, und die wiederum könnte zur Schäferei fahren.«

»Das ist ein guter Plan, mach das!«

Mick erreicht Chris sofort, und der verspricht, Fee zu informieren.

»Ich bleibe bei dem Lamm. Kannst du noch einmal das Muttertier suchen?«, bitte ich Mick. »Ich war auch schon los, konnte die Mama aber nicht finden.«

»Klar.« Mick macht sich sofort auf den Weg. Er humpelt noch etwas, und mit seinem Gipsarm ist das bestimmt nicht einfach. Aber er tut es!

Ich hocke mich derweil neben das Lamm und streichle es. Nach etwa einer Viertelstunde kommt Mick zurück. »Nichts. Tut mir leid.«

Er kniet sich neben mich. So nah waren wir uns lange nicht. Es ist fast wie früher. Wenn nicht …

»Du, Dana …«, beginnt Mick, aber ich winke ab. »Später. Vielleicht.« Jetzt ist einfach nicht der Zeitpunkt.

Dann schweigen wir uns an. Es gibt irgendwie nichts zu sagen. Ich habe außerdem zu viel Angst, dass wir uns wieder streiten, und das hier ist nicht der richtige Moment für eine Aussprache.

Nach fünfzehn Minuten hören wir ein Auto, und meine Eltern kommen zusammen mit Sandy über die Weide gerannt.

»Was ist los?«, fragt Ma sofort. Ich erkläre, was passiert ist. »Oje, da ist die Mutter weggekommen. Wir müssen sie suchen.«

»Das haben wir schon getan und sie nicht gefunden«, erkläre ich.

Pa sieht nicht nur besorgt, sondern auch sehr verärgert aus. Er wendet sich erklärend an Mick. »So etwas passiert nur, wenn hier entweder jemand seinen Hund hat laufen lassen, und der hat die Schafe gehetzt, oder ein paar Leute wollten mal wieder kuscheln. Sie rennen dann hinter den Tieren her, die Kleinen geraten in Panik und verirren sich. Oft finden die Mütter sie dann nicht wieder.«

»Übel«, sagt Mick.

»Es hilft jetzt nichts, das Lamm muss sofort zur Schäferei gebracht werden«, bestimmt Pa. »Es braucht dringend Milch und bekommt dort gleich die Flasche. Da haben Dana und meine Frau ja wieder viel zu tun.« Es soll wohl locker klingen, aber ich merke, wie angespannt und wütend er ist.

Vorsichtig hebt er das Lämmchen hoch.

»Sollen wir dich auf dem Rückweg nach Hause bringen?«, fragt er mit einem Blick auf Micks Gipsarm. »Du bist bestimmt nicht mit dem Rad hier.«

»Das wäre nett. Mein BMX ist bei meinem Unfall leider total kaputtgegangen«, antwortet er. »Mein Arm schmerzt ziemlich, und mein Vater und Isa werden sich schon sorgen, weil ich noch nicht zurück bin. Ich bin hergelaufen, weil ich nachdenken wollte.« Er wirft mir einen eigenartigen Blick zu.

»Es ist schon spät, Danas Rad bekommen wir auch mit«, sagt Ma. »Auf geht's! Wir sollten nun nicht herumtrödeln.«

Wir laufen zum Transporter, und ich klettere auf die Rückbank. Mick mit seinem kaputten Arm setzt sich auf den Beifahrersitz.

Pa legt das Lamm zu mir nach hinten. »Wir machen es anders«,

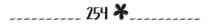

sagt er. »Ich suche mit Sandy nach dem Mutterschaf und komme dann mit Danas Rad nach Hause. Auch hier sollten wir keine Zeit verlieren. Die Mutter hat Milch, und ihr Euter wird sehr wehtun, wenn sie nicht säugen kann.«

»So machen wir das«, stimmt Ma zu.

Pa schwingt sich sofort auf mein Rad und braust los, während Ma den Motor startet und vorsichtig rückwärtsfährt, bis sie wenden kann.

»Und wo kann das Mutterschaf sein?«, fragt Mick dann.

»Schlimmstenfalls hat jemand das Tier aus dem Gatter gescheucht«, antwortet Ma. »Das geht nur an einer Stelle. Mein Mann wird gleich auch das Schloss überprüfen und jeden Meter Zaun. Ich schicke ihm Hilmar zu Hilfe.«

»Wenn ein Schaf weg ist, können dann auch andere auf diese Weise entkommen sein?«, frage ich.

Jetzt sieht Ma mich erstaunt an. »Warum fragst du?«

»Eigentlich wollte ich Miep und die Lämmer besuchen, ich habe sie aber nicht gefunden. Ich dachte schon, Pa hätte sie umgeweidet und ich habe es nicht mitbekommen.«

»Nein, hat er nicht«, sagt Ma. Sie ruft meinen Vater an und erzählt ihm, was ich gesagt habe.

»Nun nichts wie weg«, sagt sie. »Ich hoffe, es klärt sich alles zum Guten.« Ma gibt Gas.

---- 41 ----

Ich konnte mich heute in der Schule überhaupt nicht konzentrieren. Pa und Hilmar sind die ganze Nacht mit beiden Hunden unterwegs gewesen und haben die Schafe gesucht.

Das Mutterschaf haben sie nach einer Stunde im Dickicht auf der anderen Straßenseite gefunden. Es hat jämmerlich geweint, weil das Lamm weg und das Euter schmerzhaft mit Milch gefüllt war. Das hätte das arme Tier nicht mehr lange ausgehalten.

Sie haben das Lamm sofort zu ihr zurückgebracht, und bei den beiden ist alles so weit wieder in Ordnung.

Was aber viel schlimmer ist: Miep mit ihren Lämmern ist noch immer weg. Pa und Hilmar haben das geknackte Schloss am Gatter gefunden. Das ist normalerweise versperrt, damit es keiner versehentlich auflässt und auch nicht hindurchkann. Die Gatter, an denen die Leute die Weiden betreten oder mit dem Rad durchfahren, sind mit Querstreben am Boden gesichert. Darüber laufen die Schafe nicht.

Irgendein Fiesling hat also nicht nur unsere Schafe gejagt, sondern sie auch gleich noch rausgelassen, was das eine Lamm schon fast das Leben gekostet hat. Und er hat auch das Mutterschaf in Gefahr gebracht. Wie schnell hätte es überfahren werden können! Von ihren furchtbaren Schmerzen mal ganz abgesehen.

Ob mit Miep und ihren Kindern etwas Schlimmes passiert ist, will ich gar nicht wissen. War mir schon vorher wegen der Sache mit

Mick nur noch schlecht, befinde ich mich jetzt in einem völlig kaputten Zustand.

Als ich aufgeregt von der Schule nach Hause komme, haben sie Miep und die Lämmer noch nicht gefunden.

Beim Nachmittagstee beratschlagen wir dann in der Küche, was weiter zu tun ist.

»Ich habe die Polizei verständigt und bei allen Bauern in der Umgebung Bescheid gegeben«, erklärt Pa. »Das Wichtigste ist, dass die Schafe gefunden werden. Sie könnten auch vor ein Auto laufen, und es passiert noch Schlimmeres.«

Mir sitzt mittlerweile ein noch dickerer Kloß im Hals als zuvor. Wenn es kommt, dann immer verdammt schlimm. »Und was ist, wenn sie ein Wolf geholt hat? Im letzten Jahr hat er doch auch zwei Lämmer gerissen. Der ist übers Watt zum Deich gekommen. Sie könnten auch von wildernden Hunden angegriffen worden sein.«

»Im Augenblick hat man keinen Wolf hier gesichtet. Aber man kann auch nichts ausschließen. Und ein Wolf kann keine Gatter öffnen. Wer auch immer so verantwortungslos war, das Schloss zu knacken, wird bestraft! Wenn ich den zu fassen kriege.«

Pa steht auf. »Wir kontrollieren jetzt alle Zäune und Gatter engmaschiger. Und wegen Miep und den Lämmern hilft nur noch hoffen. Ich weiß mir keinen Rat mehr.«

Ich rufe Fee an, und wir machen uns gemeinsam mit den Rädern auf den Weg. Ich will nicht einfach so aufgeben, auch wenn wir schon alles abgesucht haben. Irgendwo müssen Miep und die Lämmer doch sein! Drei Schafe können nicht einfach so verschwinden. Es sei denn, man hat sie … Nein, das will ich nicht denken.

42

Fee und ich fahren die ganze Deichstrecke entlang. Wir sind schon ganz heiser, so sehr schreien wir uns die Kehle aus dem Hals. Die Schafe aber finden wir nicht. Mich beschleicht immer mehr die Furcht, dass sie vielleicht für immer verloren sind und wir nie erfahren, was aus ihnen geworden ist.

Fees Telefon gibt seinen Eulenruf von sich. Ihr neuer Ton für Chris. Sie stoppt und geht ran.

»Ja, wir suchen noch. Wo seid ihr? – Gut. Wir sind am Deich hinter Deekendorf«, erklärt sie. »Kommt ihr nach?«

»Was wollte Chris?«, frage ich sie.

»Er und Mick suchen die ganze Zeit mit. Sie haben leider auch nichts gefunden. Die beiden waren überall, haben auf den Höfen nachgefragt. Nichts.«

»Die suchen mit?« Das erstaunt mich nun doch. »Mit welchem Bike ist Mick eigentlich unterwegs? Seins ist doch kaputt«, sage ich.

»Sein Vater hat ihm ein neues gekauft. Und ihm das Versprechen abgenommen, dass er von jetzt an nur noch mit Helm fährt.«

»Und wie kriegt er das mit dem Gipsarm hin?«

»Er ist BMXer, schon vergessen?«

Wir suchen noch einen letzten Teil der Umgebung ab, doch fündig werden wir nicht.

Fees Eulenruf scheppert schon wieder. Sie schreibt eine Weile mit Chris hin und her.

»Gibt es was Neues?«, frage ich, als sie fertig ist.

Sie schüttelt den Kopf. »Aber meinst du, wir können uns gleich noch mit Mick und Chris treffen?«

Erst will ich diese Idee ablehnen, aber dann frage ich vorsichtig: »Warum?«

»Um einen weiteren Plan auszuarbeiten. Wir haben jetzt die ganze Umgebung abgesucht. Eigentlich bleibt nur noch das Moor. Auch wenn es ein Stück weg liegt. Nur können sich die Schafe dort wunderbar verstecken, ohne dass es jemandem auffällt. Wären sie hier, hätte sie doch irgendwer gesehen.«

Warum bin ich eigentlich nicht selbst auf diese Idee gekommen?

»Fee, das ist genial!«

Jetzt läuft meine Freundin feuerrot an. »Hab ich mir halt überlegt. Ich will doch auch, dass die drei zurückkommen.«

»Mick und Chris meinen es mit ihrer Hilfe wirklich ernst, oder?«

»Das tun sie. Und wir sollten uns freuen und jede Unterstützung annehmen, meinst du nicht?«

»Klar.« Für Miep und ihre Lämmer rede ich sogar wieder mit Mick.

»Sag ihnen, wir sind um fünf zurück. Bis dahin haben wir auch hier alles abgefahren.«

Fee gibt die Info schnell ein, und wir radeln wieder los.

Wir suchen den ganzen Nachmittag weiter, sind in ständigem Kontakt mit Pa und Hilmar, aber auch mit Mick und Chris. Doch leider hat niemand unsere Schafe gesehen.

Frustriert radeln wir zurück zur Schäferei, wo die beiden Jungs schon auf uns warten.

»Hi, Dana«, sagt Mick.

»Hi, Mick. Danke, dass du mithilfst«, ringe ich mir ab.

»Ist doch klar«, sagt er mit einem leichten Lächeln. Ich glaube, er ist genauso unsicher wie ich.

»Morgen nach der Schule fahren wir erneut los, wenn man die Schafe bis dahin noch nicht gefunden hat«, sagt Mick.

»Noch was«, gebe ich zu bedenken. »Wir dürfen es unseren Eltern nicht erzählen. Sie erlauben niemals, dass wir allein ins Moor fahren.«

Wir klatschen alle ein.

»Nur wie teilen wir das Moorgebiet auf? Ich kenne mich dort nicht aus«, sagt Mick verunsichert.

»Ich auch nicht«, sagt Chris und sieht verzweifelt zwischen Fee und mir hin und her.

Ich atme einmal tief ein. »Fee und ich wissen da Bescheid, und als Unkundiger sollte man sich dort tatsächlich nicht aufhalten. Ich übernehme also den westlichen Teil mit … mit dir, Mick, und Fee übernimmt mit Chris den Osten.«

Fee zieht erstaunt die Stirn in Falten.

»Für Miep mache ich alles«, sage ich schnell. Nicht, dass Mick sich unnötige Hoffnungen macht.

43

Unsere Suche gestern ist erfolglos geblieben. Pa ist mittlerweile davon überzeugt, dass die drei Schafe gestohlen wurden und deshalb verloren sind. Er hat bei der Polizei bereits Anzeige erstattet, auch wegen des zerstörten Schlosses.

Aber wir wollen die Hoffnung einfach nicht aufgeben und das letzte Gebiet durchforsten. Ich will Miep und ihre Lämmer wiederfinden und ich werde alles dafür tun.

Mick und ich haben das Kriegsbeil für diese Zeit begraben, das Einzige, was zählt, sind die Schafe. Danach werden wir weitersehen, wobei ich es schon wieder viel zu sehr genieße, mit Mick zusammen zu sein.

Gleich nach dem Essen soll es losgehen. Die Schule zieht sich heute noch mehr hin als sonst, und ich bin so froh, als es nach der sechsten Stunde endlich klingelt.

Ich schlinge mir das Mittagessen rein, weil ich es kaum abwarten kann, endlich loszukommen. Ma gibt mir nicht einmal einen Rüffel, obwohl sie es sonst nicht leiden kann, wenn man beim Essen Unruhe verbreitet.

Also packe ich schnell alles zusammen und vergesse auch das Spray für den Mückenschutz nicht.

Die andern sind pünktlich, und wir fahren fast schweigend die zehn Kilometer ins Landesinnere zum Moor.

Mir ist mulmig bei dem Gedanken, mit Mick nun gleich allein in eine der einsamsten Gegenden zu radeln.

Endlich erreichen wir den Rand des Moorgebiets. Es ist heute schwülwarm, und sofort werden wir von Hunderten Mücken angegriffen.

Fee und ich haben beide Jungs gewarnt, sich gut gegen die Biester zu schützen. »Zieht euch lange Kleidung an. Denkt an eine Kappe und Unmengen von Mückenspray.«

Mick hat sich daran gehalten, Chris allerdings nicht. Er wollte nicht nach dem Zeug stinken und wird nachher vermutlich völlig zerstochen sein.

»Ein Stück können wir mit den Rädern noch fahren«, erkläre ich. »Geht das mit deinem Arm, Mick?«

Er nickt. »Jep.«

Ich folge ihm auf dem Sandweg, aber wir müssen schon bald abbrechen, als der Boden immer schwerer wird. Mick kann den Lenker mit einer Hand nicht mehr halten.

»Hier trennen wir uns am besten«, schlage ich vor. »Fee und Chris nehmen die westliche Route auf dem Moorwanderweg, Mick und ich die östliche. Wir bleiben mit dem Handy in Verbindung.«

Wir verabschieden uns von Fee und Chris, die ihre Räder an einer Birke abstellen.

Mick sieht beiden mit argwöhnischem Blick hinterher. »Und nun?«

»Hier können wir nur zu Fuß weiter«, sage ich. »Der Pfad ist eng, und der Sand zu tief geworden.«

Mick sind die heftigen Schmerzen anzumerken, aber er klagt nicht, und dafür liebe ich ihn wieder ein bisschen. Ein ganz kleines bisschen aber nur. Genauso, wie ich ihn ein kleines bisschen dafür liebe, dass er mir hilft, meine Schafe wiederzufinden.

Doch immer, wenn ich das denke, schiebt sich Sofie vor mein inneres Auge, und ich wahre die Distanz.

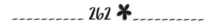

Wir orientieren uns an den Wandermarken, um nicht vom Weg abzukommen.

Leider sind hier noch mehr ekelig viele Mücken unterwegs, die eine wahre Freude daran haben, uns hinterrücks zu überfallen, obwohl ich zu Hause in dem Anti-Mücken-Zeug förmlich gebadet habe. Ich möchte nicht wissen, wie viele Stiche ich nachher am Kopf und im Gesicht habe. Auch mein Langarmshirt hilft kein bisschen, die Viecher stechen überall hindurch.

»Warum gibt es um diese Jahreszeit schon Mücken?«, stöhnt Mick.

»Das sind die, die überwintert haben, und die sind völlig süchtig nach unserem Blut, weil sie ihre Eier ablegen wollen.«

»Da bin ich ja beruhigt, dass es nur weibliche Vampire sind. Erkennt man das irgendwie? Schild um? Ich Mann, du Frau?«

Ich rolle mit den Augen. Aber ich muss lachen. Und das tut mir gut.

Plötzlich bleibt Mick stehen und zeigt auf den schmalen Trampelpfad. Er schlängelt sich rechtsseitig in die Büsche und endet vermutlich gleich in einem Moorloch. »Das ist doch Schafkot, oder?«

Ich bücke mich und stoße mit der Schuhspitze leicht dagegen. »Ja, und er ist noch frisch! Wir sind auf dem richtigen Weg! Bestimmt sind wir das!«

Ein bisschen skeptisch bin ich doch, denn vom Hauptweg im Moor abzuweichen, birgt immer Gefahr. Man weiß nie, ob man versehentlich in ein Moorloch tritt oder wann der Boden zu schwimmen beginnt. Aber dieser Gefahr müssen wir uns nun aussetzen, wenn wir Miep und die Lämmer finden wollen.

Ich laufe voraus, und Mick folgt mir.

»Gruselig«, sagt er. »Nicht, dass wir noch versacken. Ein schrecklicher Tod, in dem Brei zu ertrinken.«

Ich kann mich wieder nicht beherrschen, auch hier wieder zu zeigen, was ich weiß. Das lenkt mich außerdem ganz wunderbar von meiner Angst ab. Ich mag es nämlich gar nicht, hier durchs Dickicht zu kriechen. »Man kann in einem Moorloch übrigens gar nicht ganz versinken. Das ist ein Horrormärchen. Nur so als Info.«

Mick bleibt kurz stehen. »Ich denke, man sackt ein, versinkt und ertrinkt im Schlamm.«

»Irrtum. Man sinkt zwar ein, aber nur so tief, dass man sich nicht von selbst wieder befreien kann. Weiter geht es dann nicht, also man geht nicht so weit unter, dass man ertrinkt.«

»Hä?«, fragt Mick. »Und woher kommen dann die Moorleichen? Du willst mich nur beruhigen.«

»Nein, es ist so. Es ist physikalisch ausgeschlossen. Man ertrinkt im Wasser, weil die Körperdichte eines Menschen größer als die des Wassers ist. Das Moor ist wiederum dichter als die Masse vom Menschen.« Ich stocke, weil ich schon wieder wie eine Klugscheißerin klinge. Nur ist das nichts Besonderes, weil das jeder weiß, der in der Nähe eines Moores lebt.

»Und wie sterben die Moorleichen dann?«, fragt Mick. »Es ist doch kein Märchen, dass Menschen aus dem Moor nicht mehr rauskommen, und man soll schließlich auch auf den Wegen bleiben.«

»Das ist richtig«, antworte ich ihm keuchend. »Wenn man einsackt, kann man sich dennoch meist nicht von allein befreien. Die Leute erfrieren dann. Das Moorwasser ist kalt – und auf den Wegen soll man auch deshalb bleiben, um die Natur nicht unnötig zu zerstören.«

Mick atmet einmal tief ein. »Was du so weißt.«

Ich grinse ihn an. »Frau ist eben schlau.«

Wir stapfen weiter.

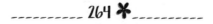

»Wenn Miep und die Lämmer den Weg gewählt haben, müsste er eigentlich sicher sein. Tiere haben einen natürlichen Instinkt«, versuche ich meine Furcht wegzureden.

Trotzdem kann ich nicht anders, als nach Micks Hand zu greifen. Irgendwie fühle ich mich so sicherer. Aber als mir klar wird, was ich da gerade tue, lasse ich ihn schnell wieder los. »Komm, wir müssen den dreien auf den Fersen bleiben.«

Das freudige Aufblitzen in Micks Augen ist mir nicht entgangen.

»Auch wenn man nicht ertrinkt, ist es wohl gefährlich, einem wilden Pfad zu folgen, oder?«, fragt er dann.

»Ein bisschen«, sage ich. »Aber nun komm!«

Er folgt mir, nur wird der Boden immer matschiger und schwerer. Wir müssen genau achtgeben, wohin wir treten. Schließlich endet der Pfad im Nichts.

Unsicher bleiben wir stehen und schauen uns um.

Die Vögel zwitschern, ab und zu quakt ein Frosch seinen knarrenden Gesang. Es ist unheimlich hier, vor allem, wenn die leichten Nebelschwaden über den Wasserstellen und der Moorwiese verharren.

»Hoffentlich sind die Schafe nicht versackt oder in den Moorsee gefallen«, unke ich, als ich einmal fast bis zum Knöchel versacke und zurückschrecke. Ich traue mich nun wirklich nicht weiter. Es wäre lebensgefährlich.

Auch Mick wirkt unsicher. »Sie müssen hier doch irgendwo sein.« Er zuckt zurück, als sich eine Kreuzotter über den Weg schlängelt und im Gras verschwindet.

Ich entdecke nun den Weg wieder. Er ist inzwischen ziemlich zugewuchert, aber wenn man genau hinsieht, kann man ihn doch erkennen. »Da, sieh!«

Wir müssen zweimal einen großen Schritt über sumpfige Stellen machen, dann wird der Boden wieder fester. Dafür ist es schwieriger, durchs Dickicht zu kommen.

»Miep und die Kleinen werden den Weg auch gefunden haben«, flüstert Mick, und ich mag ihn wieder ein bisschen mehr, weil er versucht, mir Mut zu machen.

Und dann sehen wir sie! Auf einer Lichtung grasen Miep, Luna und der kleine Mick 2. Ich kann es kaum fassen! Spontan drücke ich Mick einen Kuss auf die Wange. »Wir haben sie gefunden!«, jubele ich. Und mir fällt auf, dass ich dem Lamm seinen Namen wiedergegeben habe.

Mick strahlt und drückt mich ganz fest.

Vorsichtig nähern wir uns den dreien.

»Miep!«, locke ich meine Schafdame. Sie hebt den Kopf und blökt leise. Nun schauen auch Luna und Mick 2 auf.

Miep kommt sofort zu mir. Es ist, als ob sie mich richtig vermisst hat. Eigentlich bin ich ja auch so etwas wie ihre Mami. »Ach, Miep, was machst du denn nur für Sachen! Schade, dass du mir nicht erzählen kannst, was passiert ist!«

Ich knuddle sie und drücke meine Nase fest in ihre Wolle. Mick streichelt derweil die beiden Lämmer, die ihn wiederzuerkennen scheinen.

»Und wie kriegen wir die drei jetzt zurück zur Schäferei?«, fragt er schließlich.

Ich zupfe mein Handy aus der Hosentasche, aber mitten im Moor habe ich natürlich keinen Empfang. Mick geht es genauso.

»Und jetzt? Wir haben keine Hütehunde, nichts! Wie sollen wir sie zurückbekommen?« Mick erscheint zum ersten Mal heute ratlos.

Ich überlege nur kurz. »Ganz einfach: Ich nehme einen von den

großen Ästen dort und nutze ihn als Schäferstab. Du gehst voraus, weil du mit dem Gipsarm ja nicht viel ausrichten kannst. Miep und die Lämmer werden dir folgen, so, wie sie es vom Schaftreck her kennen. Dann haben wir eben einen winzig kleinen!«

Mick versteht sofort. »Okay, und du treibst sie mit dem Stecken weiter, wenn sie ausbrechen?«

»Genau. Drei Schafe schaffen wir auch ohne Sandy und Sally. Und wenn wir das Moor verlassen haben, können wir meine Eltern anrufen, und sie werden dann mit dem Transporter kommen.«

»Guter Plan!« Mick zeigt auf einen abgebrochenen Ast, der entfernte Ähnlichkeit mit einem Schäferstock hat. »Außerdem sollten wir bei Fee und Chris, so schnell es geht, Entwarnung geben.«

»Das machen wir!«

Und so kämpfen wir uns, die Schafe vor uns hertreibend, den langen, schmalen Weg zurück durchs Moor. Miep und die Lämmer folgen uns ohne Schwierigkeiten. Unsere Gesichter gleichen vermutlich einem Streuselkuchen, so viele Mückenstiche, wie wir haben.

Wir reden kaum, weil es furchtbar anstrengend ist, die Tiere auf dem richtigen Weg zu halten. Und es ist schwierig, den überhaupt zu finden. Ich bin froh, als wir den Wanderpfad erreicht haben. Und noch glücklicher, als wir endlich wieder auf dem Hauptweg angekommen sind.

»Das wäre geschafft, Dana«, sagt Mick. Er ist blass und sieht völlig geschafft aus.

»Schmerzt dein Arm?«, frage ich ihn.

»Ein bisschen. Aber es ist gut, dass die Schafe nun wieder da sind. Dafür hat sich alles gelohnt – wir werden nur ordentlich Ärger mit deinen Eltern bekommen. Trotzdem, das war es wert!«

»Was machen wir nun mit den Rädern?« Entgeistert starre ich

darauf. An die hatte ich gar nicht mehr gedacht. »Die kriegen wir nicht auch noch mit.«

»Lassen wir sie erst hier, wer soll die schon aus dem Moor stehlen?«, schlägt Mick vor. »Chris und Fee müssen ihre Suche schon aufgegeben haben. Ihre Räder sind weg.«

»Gut! Hauptsache, wir kriegen die Tiere jetzt schnell nach Hause.«

Und so kämpfen wir uns weiter, bis wir an einer Wiese angelangt sind, wo wir auch wieder Empfang haben. Erschöpft lassen wir uns fallen und passen auf, dass die Schafe bei uns bleiben. Aber die sind ohnehin anhänglich und zupfen lediglich ein paar Grashalme.

Ich rufe sofort bei meinen Eltern an, die zum Glück erst einmal nicht lange nachfragen, sondern sofort kommen wollen. Mick verständigt währenddessen Chris und Fee. Sie sind noch gar nicht so lange fort und drehen sofort um, damit sie uns beim Hüten helfen können.

Kurz darauf kommen sie um die Ecke gejagt, stoppen aber frühzeitig, um Miep und die Kleinen nicht aufzuscheuchen.

»Das war ja mal eine tolle Idee von Fee«, reimt Chris. Er gibt ihr einen Kuss und sieht sie mächtig stolz an.

»Das stimmt. Ohne diese Eingebung hätte wir die drei wohl nie wiedergefunden.« Ich umarme Fee.

Und dann achten wir zu viert darauf, dass die Schafe nicht wieder entkommen.

Nach zwanzig Minuten kommen Ma und Pa mit dem Transporter angefahren. Es rumpelt laut, und nun haben wir doch Mühe, Miep und die Lämmer am Fortlaufen zu hindern.

Es dauert etwas, weil vor allem Mick 2 immer wieder abhaut und gar nicht daran denkt, auf den Anhänger zu klettern.

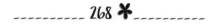

Einmal verschwindet er sogar wieder im Moor, und ich muss ihm nachrennen.

Endlich schaffen wir es aber, auch ihn zu verladen.

»Und eure Räder?«, fragt Pa. Er wirft einen Seitenblick auf Micks Arm. »Ich glaube, du solltest jetzt nicht mehr durch die Gegend fahren«, sagt er bestimmt. »Holt eure Fahrräder, und Micks kommt in den Kofferraum. Das passt schon.«

Mein Vater hat natürlich recht. Mick hat Schweißperlen auf der Stirn und sieht echt blass aus. Nicht, dass er noch umfällt. Ich kann ja nun mit Fee und Chris zurückradeln.

Bevor Mick einsteigt, nehme ich ihn kurz in den Arm. »Danke für deine Hilfe.«

»Hab ich gern getan«, sagt er mit einem feinen Lächeln. »Ich wollte den Bock wirklich gern kaufen, um dir zu zeigen, dass ich es ernst damit meine, mal Schäfer zu werden. Ich dachte, das wäre ein guter Anfang.«

»Er heißt wieder Mick 2«, erkläre ich. »Und das jetzt endgültig. Und er wird bleiben, wir brauchen ihn zur Zucht.«

»Schön«, sagt Mick nur und schließt die Augen. Er muss höllische Schmerzen haben.

Ma schiebt ihn auf den Beifahrersitz. »Chris und Fee, holt ihr mit Dana die Räder? Wir fahren lieber schon los – und dann reden wir!«

44

Ich liege nach der Schule in meinem Zimmer auf dem Bett und denke über alles nach. Was waren das aufregende Tage! Es ist zum Glück alles gut ausgegangen.

Die Standpauke meiner Eltern war zwar heftig, aber am Ende sind sie schließlich auch froh, die Schafe wiederzuhaben.

Nur mit Mick und mir hängt alles noch in der Schwebe. Wir wissen beide nicht, wie wir miteinander umgehen sollen.

Mick war heute komisch in der Schule. Das ganze Leben ist im Augenblick blöd und komisch. Ich bin in ihn verliebt, und er mag mich auch. Und doch gibt es da diese Sofie. Und den Kuss. Und die Umarmung! Ich kann das einfach nicht vergessen. Auch wenn er sich wirklich klasse verhalten hat, als wir Miep und die Lämmer gesucht haben.

Aber egal, wie ich alles betrachte, ich komme immer wieder zu demselben Schluss. Ich und Jungs, das geht nicht zusammen. Deshalb greife ich zu meinem Handy und schreibe Fee eine WhatsApp.

Beim nächsten Vollmond erneuere ich meinen Schwur! So richtig. Wieder bei Vollmond und mit allem Pipapo.

Mir geht es mit diesem Liebestheater so mies, während meine Freundin auf Wolke sieben schwebt und kein Stück tiefer will. Für mich funktioniert die Liebe eben nicht, das muss ich akzeptieren.

Fee hat auch fast nur noch Zeit für Chris – zum Glück stellt sie unseren MiFüUhTe nicht infrage und kommt dafür nach wie vor zu mir. Täte sie das nicht, könnte ich es nicht ertragen.

Ma macht sich große Sorgen um mich und hat vorgeschlagen, ob ich im Sommer in ein Ferienlager will.

Nein, ich will hierbleiben. Es wird schon alles irgendwann besser werden.

Weil mir die Decke regelrecht auf den Kopf fällt, beschließe ich, zum Deich zu radeln und mich zu Miep und den Lämmern auf die Weide zu setzen. Das ist im Augenblick meine einzige Freude.

Kurz entschlossen schnappe ich mir eine Wasserflasche und mache mich auf den Weg.

Am Deich ist sonst keiner, und ich kann die Ruhe zwischen den Schafen genießen. Eines Tages werde ich Schäferin sein.

Nachdem ich dort eine ganze Weile gesessen habe, fahre ich weiter zum Strand. Dorthin, wo es mit Mick und mir begonnen hat. Einfach Abschied nehmen, bevor ich meinen Schwur erneuere.

Ich habe Glück, und einer der Strandkörbe ist unverschlossen. Ich setze mich hinein, schließe die Augen und sauge alle Eindrücke in mich auf. Das Kreischen der Möwen, das entfernte Blöken der Mutterschafe, wenn sie nach ihren Lämmern rufen. Die warme Sonne, die an meiner Nasenspitze kitzelt, und der weiche Sand an meinen aufgestützten Händen.

Vom Meer her weht eine leichte Brise, die nach Tang und Salz riecht. Ich kann glücklich sein, hier und nicht in der Stadt zu leben.

Immer wieder laufen Leute an mir vorbei. Meist öffne ich die Augen nicht, sondern lausche ihren im Sand knirschenden Schritten.

Aber dann verharren Tritte vor dem Strandkorb. Vorsichtig öffne ich meine Augen – und sehe in die von Mick.

»Dachte ich mir doch, dass ich dich hier finde.«

»Was machst du hier?«, frage ich erstaunt. Vorsichtig ruckele ich mich hoch.

»Ich liebe dich und will, dass wir wieder zusammen sind«, sagt er.

Ich schlucke. »Du weißt, warum das nicht geht.« Ich senke meine Stimme und flüstere: »Auch, wenn ich das einmal supergerne wollte! Aber ich kann dir nicht mehr vertrauen.«

Mick wirkt verlegen.

Ich rücke ein Stück zur Seite, und er setzt sich neben mich. Reden können wir ja.

Dann nestelt er an seinem Rucksack. Mit einer Hand geht es nur langsam. »Ich habe dir etwas mitgebracht«, sagt er, während er darin wühlt. »Aber das kann ich dir erst geben, wenn ich dir alles gesagt habe.«

»Was alles?« Nun bin ich doch sehr gespannt.

Er lässt die Hand noch im Rucksack und sieht mich mit seinem typischen Mick-Blick an.

»Meine Vergangenheit. Ich weiß, dass sie zwischen uns steht. Dass sie ein Teil dessen ist, warum wir keine richtige Nähe hinbekommen. Warum du mir nicht glaubst.« Er schluckt. »Es fällt mir so schwer, darüber zu reden, Dana. Aber ich muss es tun, damit du verstehst und mir endlich vertrauen kannst!«

Er wirkt schuldbewusst! Und mein Herz galoppiert so schnell, als würde ich das Rennen meines Lebens reiten. Wahrscheinlich ist es auch so.

»Was ist passiert, Mick? Erzähl es mir!«

»Ich war so dumm. Aber von vorne …« Er zieht die Hand wieder aus dem Rucksack, stellt ihn beiseite und atmet einmal tief ein.

Seine Stimme wird dunkel, als er erzählt: »Nach der Trennung meiner Eltern bin ich mit Papa nach Bremen gezogen. Alles war neu und groß. Vorher haben wir in einer Kleinstadt gelebt. Irgendwie habe ich mich in Bremen klein und dumm gefühlt. Aber dann kamen Monty und Sofie.«

Er macht eine Pause, und wie von selbst berühren sich unsere Fingerspitzen. Vorsichtig streifen sie sich immer wieder, bis ich seine Hand nehme. Seine Haut ist warm, und mein Herz klopft zum Zerspringen, vor allem, als er meine Hand fest umschließt. Erst danach erzählt er weiter. »Ich fand sie beide sofort klasse. Sie haben mich mitgenommen zu ihrer Clique, die hat sich am Bahnhof bei den alten Hallen getroffen. Ich wusste nicht, was sie sonst so machen, das haben sie mir nicht erzählt, aber ich fühlte mich cool. Alle wollten zu Montys Gruppe gehören, und mich hatte man auserwählt.«

»Ich kann mir von dir gar nicht vorstellen, dass du dich mal klein und dumm gefühlt hast«, unterbreche ich ihn. »Du wirkst immer sehr selbstsicher.«

Mick lächelt. »Meine Unsicherheit habe ich immer gut kaschiert, weil ich schnell gelernt habe, dass man angreifbar wird, wenn man Schwäche zeigt.«

Ich rutsche ein Stück näher. Nun berühren sich auch unsere Oberschenkel und Knie. Es ist wie früher und es fühlt sich richtig an. »Erzähl weiter!«, fordere ich ihn auf. Mick streift mit seiner Nase kurz über mein Haar. Ich kann nicht verhindern, dass mein Herz wieder schneller schlägt. »Inzwischen war ich total in Sofie verknallt, und sie hat so getan, als beruhe das auf Gegenseitigkeit. Sie hat mir das Gefühl gegeben, erwachsen zu sein. Von ihr habe ich den ersten Kuss bekommen, aber Monty hat über sie gewacht wie über sein Eigentum. Wir haben uns manchmal heimlich getroffen. Natürlich ist Monty dahintergekommen. Das war dann wohl mein Genickschuss.«

Ich rücke unmerklich ein Stück ab, aber Mick drückt meine Hand. »Bleib! Bitte.«

Mick befeuchtet mit der Zunge seine Lippen. Zuerst denke ich, er kann nicht weitersprechen, aber dann sagt er: »Er war stinkwütend, und ich dachte, Sofie hält zu mir. Wir hatten schließlich gemeinsame Vorstellungen von der Zukunft. Mein Vater und Isa planten nämlich schon eine geraume Weile, nach Deekendorf zu ziehen, weil Isa von hier kommt und Papa mit ihr zusammenwohnen wollte. Ich aber habe mit Sofie einen Plan geschmiedet, wie ich in Bremen bei ihr bleiben kann. Das war natürlich völlig unrealistisch, sie ist ja auch erst sechzehn und lebt bei ihrer Mutter. Und ich hätte Papa nie so verletzt, dass ich ihn hintergangen hätte.« Mick macht wieder eine Pause und sortiert seine Gedanken neu. »Jedenfalls bin ich kurz vor meiner Abreise morgens zur Schule gekommen und sofort zu Herrn Mühlena, das ist der Direktor, bestellt worden. Er hat mir vorgeworfen, ich hätte bei ihm am frühen Morgen ein Kellerfenster eingeworfen. Das war das krumme Ding, von dem ich dir erzählt habe.«

»Lass mich raten«, falle ich Mick ins Wort. »Das waren Sofie und Monty. Sie hat getan, was er wollte, und nicht zu dir gehalten.«

Mick nickt nur. »So ist es. Er war eifersüchtig und wollte mir als Abschiedsgeschenk so richtig eins reinwürgen. Und Sofie hatte wohl keine Lust, sich mit ihm zu zoffen, und hat die Lüge mit aufgetischt. Sie haben mich beim Direktor angeschwärzt, obwohl ich es doch gar nicht gewesen bin.«

»Geholfen hat dir keiner, oder?«, frage ich erschüttert.

Mick schüttelt den Kopf. »Ne, wer auch? Nur mein Vater, meine Mutter und Isa haben mir geglaubt.«

»Wie hat dieser Direktor reagiert?«

»Erst war er stinkwütend, was für mich wirklich schlimm war. Am Ende hat er mir abgenommen, dass ich unschuldig bin. Das war der Moment, wo ich dir gesagt habe, dass nun alles gut wird.«

»Das hättest du mir doch alles gleich erzählen können«, sage ich.

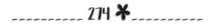

»Hätte ich, ja. Aber es war mir peinlich, dass ich, der große Mick, mich so habe verarschen lassen. Ich bin denen voll auf den Leim gegangen. Stell dir vor, man hätte mich angezeigt!«

Ich überlege und versuche alles zu begreifen, weil ich seine Ex nicht mit in die Geschichte reinbekomme. »Warum aber umarmst du Sofie, wenn sie dich dermaßen benutzt hat?«

»Sie hat aus irgendeinem Grund plötzlich die Wahrheit gesagt und überraschenderweise Monty und die anderen ans Messer geliefert. Und ich bin reingewaschen. Darum hat mir der Direktor am Ende ja doch geglaubt und keine Anzeige erstattet.«

Ich bin erschüttert. »Übel, deshalb wolltest du nie darüber reden.«

Mick nickt. »Es war mir so unangenehm. Ich war einfach unglaublich dämlich, auf Monty und Sofie reinzufallen. Und dann hing mir diese blöde Anschuldigung wie ein Klotz am Bein.«

Ich versuche, das alles zu verstehen.

»Also hast du dich am Strand nur bei Sofie bedankt, und sie hat das in den falschen Hals bekommen und dich im Krankenhaus dann förmlich aufgefressen?«

Mick lacht kurz auf. »Gute Umschreibung. Ja, sie war der Ansicht, jetzt könnte das mit uns was werden. Aber das geht eben nicht. Sie hat mich da mit reingeritten. Mein Vertrauen missbraucht. Und ich liebe sie kein Stück.« Er macht eine Pause. »Im Nachhinein merke ich sowieso, dass ich sie nie geliebt habe. Ich fühlte mich eher geehrt. Liebe ist etwas ganz anderes.«

Und wieder dieser Blick.

»Und jetzt?«, frage ich. Ich muss absolute Klarheit haben.

»Jetzt habe ich den Kontakt komplett abgebrochen. Sofie wirklich überall blockiert und so. Es ist vorbei.«

»Du hast also nichts mehr mit ihr?«, versichere ich mich.

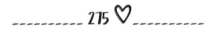

Mick lacht auf. »Mit einem Mädchen, was so etwas macht? Nie im Leben. Wie soll ich ihr denn je wieder vertrauen?«

Ich tauche in seinen wunderschönen blauen Augen ab.

»Und was ist mit deiner Mutter?«, frage ich. »Du sprichst nie von ihr.«

»Das ist ganz entspannt. Ab und zu bin ich dort, aber sie jettet oft in der Welt herum. Wir kommen super miteinander aus.«

»Und dein Vater?«, hake ich nach.

»Der ist voll okay und versucht, das Beste aus allem zu machen. Wir stehen uns sehr nah. Jetzt hat er auch noch Isa. Mittlerweile mag ich sie. Weil sie nicht versucht, meine Mutter zu sein.«

Ich nehme Mick jetzt einfach in den Arm.

So sitzen wir eine Weile da. Ich lausche Micks Atemzügen und sauge seinen Duft ein.

Irgendwann fühle ich Micks Hand auf meinem Rücken. Er streichelt mich sacht. Dann schiebt er mich ein Stück weg, und unsere Blicke versinken tief ineinander.

»Dana!«, flüstert Mick mit heiserer Stimme. »Bitte, gib mir noch eine Chance! Ich habe dich nie verraten!«

Ich nicke vorsichtig, aber anstatt mich zu küssen, will er wieder in seinem Rucksack kramen.

»Hey«, stupse ich ihn an. »Erst einen Kuss!«

Das lässt Mick sich nicht zweimal sagen, und endlich, endlich fühle ich seine weichen Lippen. Genieße seine Nähe. Seinen unvergleichlichen Duft.

Es dauert, bis ich ihn loslasse.

»Ich hab doch was für dich«, sagt er schließlich. Er bückt sich erneut und nimmt den Rucksack wieder hoch. Dieses Mal hat er schnell gefunden, was er sucht.

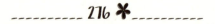

Mick zieht ein Armband heraus, das er mir über das Handgelenk streift. »Es ist krumm und schief geworden. Aber mit Gips strickt es sich nicht so gut, und das Abketten musste ich mir bei YouTube ansehen.«

Ich streiche vorsichtig darüber. »Du Macho hast echt für mich gestrickt?«

»Weil ich kein Macho bin. Ich liebe dich, Dana Weerts. Und bitte: keinen Anti-Verliebtheits-Pakt mehr!«

»Dann doch lieber Strandkorbküsse«, sage ich.

Und dann küsst Mick mich noch einmal. Richtig, richtig lange.

ENDE

Und zum Schluss

Danke, dass ihr euch für das Buch entschieden habt. Es hat mir viel Spaß gemacht, es zu schreiben. Natürlich spielt es wieder in meiner Heimat auf der Ostfriesischen Halbinsel.

Für das Thema Schafe war ich einen Tag lang in einer Schäferei und habe mich dort kundig gemacht. Das war ein wunderbarer Tag, und ich bin sehr dankbar, dass ich dort sein durfte.

Und damit ich beim BMXen richtiglag, musste ich mich auch dort informieren. Nachher hat mich diese Sportart regelrecht gefesselt.

Mit dem Stricken war die Recherche schon einfacher, das mache ich selbst seit vielen Jahren.

Ich hoffe, euch konnten diese drei Themen genauso begeistern.

Und hier mein Dankeschön an alle, die zum Roman beigetragen haben:
- Anna Mechler, meine wunderbare Agentin
- das gesamte Team vom Oetinger Verlag
- Anne-Lena Jahnke, dass sie sofort an das Projekt geglaubt hat
- Isabella Clausing für das hervorragende Lektorat und die tolle Zusammenarbeit!
- Josy Jones für die wunderbaren Illustrationen und die stets exakte Umsetzung! Ich freue mich, dass wir schon zum zweiten Mal zusammenarbeiten durften.
- Kathrin Steigerwald für das wieder mal tolle Cover

- Familie Sassen von der Deichschäferei Sassen, die mir wirklich alles bis ins Detail erklärt und gezeigt haben! Ich musste den Treck zeitlich etwas verschieben und habe die Distanz gekürzt, damit es auch die kleinen Lämmer hinbekommen.
- Tarek Gaida: Es war klasse, was ich über das BMX-Fahren lernen durfte! Wenn was nicht stimmt: meine Schuld!
- meine Familie, Mann, Kinder, Schwiegerkinder und Enkel
- Und meine Freundinnen von Nähclub Hilke Heeren, Ute Mecklenburg und Hannelore Höfkes!
- Birgit Hedemann für ihre Infos zum Moor!

Eine wirklich wunderbare Freundin zu haben, ist so wertvoll! Ich habe unsere vielen, vielen Strick- und Freundschaftsstunden geliebt. Genau wie das Zusammensein mit unseren Schafen und Pferden, unsere Kletterpartien auf den Bäumen und, und, und. ☺ Du hast mir die Angst vor dem Schwimmen im tiefen Wasser genommen. Immer waren wir zusammen und haben jede Freude und jeden Kummer geteilt. Ich wünsche jedem Mädchen eine solche Freundin!

Danke, Meiki, für alles!

Strickanleitungen

Vielleicht hast du jetzt Lust bekommen, wie Dana und Fee ein paar Teile zu stricken, und dabei genauso viel Spaß wie die beiden.

In diesem Buch findest du vier Vorschläge für Modelle, die du auch als Anfänger schaffen kannst. Sie werden dir Schritt für Schritt erklärt.

Du findest eine Anleitung für einen einfachen Loop, Stulpen, ein Stirnband und ein Strickarmband. Alles Modelle, die auch Dana und Fee in dem Buch gestrickt haben.

Sämtliche Teile werden nur mit rechten oder linken Maschen gestrickt, und es können Wollreste verwendet werden.

Dann viel Freude und Erfolg beim Stricken wie Dana und Fee!

Diese Dinge brauchst du immer:

Stricknadeln:

Du brauchst passende Stricknadeln, die es in verschiedenen Ausführungen gibt. Die Stärke richtet sich nach der Wolle, die du verwenden möchtest, und steht auf der Banderole des Wollknäuels. Die Stärke variiert von 2 mm bis 10 mm. Je dicker die Nadeln und die Wolle, desto schneller strickt es sich, aber das Modell wird auch kräftiger und dicker.

Die verschiedenen Stricknadeln sind: Bambusstricknadeln und Nadeln aus Metall oder Holz. Du musst schauen, mit welchen du am besten zurechtkommst. Bei Nadeln aus Bambus gleitet die Wolle am besten.

Die einfache Stricknadel:

An deren Ende befindet sich ein Knopf, damit die Maschen nicht abrutschen.

Rundstricknadeln:

Das sind zwei Nadeln, die in der Mitte mit einem Kunststoffkabel verbunden sind. Damit kann man rundstricken, das heißt, man muss die Teile am Ende nicht zusammennähen, weil sie von vorneherein geschlossen sind. Rundstricknadeln eignen sich aber auch sehr gut, wenn man sehr breite Sachen in Reihen strickt, weil sich die Maschen dann auf den Nadeln nicht stauen. Die Rundstricknadeln gibt es in verschiedenen Längen.

Nadelspiel:
Es besteht aus fünf gleich starken Nadeln, die meist 20 cm lang sind. Mit einem Nadelspiel kannst du Runden stricken; vor allem bei Modellen mit kleinerem Durchmesser, wie zum Beispiel Socken, geht das wesentlich besser als mit einer Rundstricknadel.

Passende Wolle:
Für die hier aufgeführten Modelle reichen Reste von maximal 50 g.

Schere:
um die Fäden abzuschneiden.

Stopfnadel:
Damit vernähst du die Fäden.

Maßband:
Du musst oftmals ausmessen, wie lang und breit dein Modell sein soll.

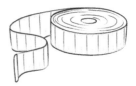

Was musst du wissen?

Fadenführung
Der Faden kommt vom Knäuel und wird von der linken Hand geführt.

Maschen anschlagen
Zuerst ist wichtig, wie viel Faden du für das Modell brauchst.

Dazu wickelst du den Faden so oft um beide Stricknadeln, wie du Maschen benötigst (das ist in der Anleitung immer angegeben), und gibst noch zehn Zentimeter dazu. So hast du die Länge des Fadens für deinen Maschenanschlag.
Halte das Ende fest und entferne beide Nadeln.
Dort, wo du die letzte

Aufwicklung gemacht hast, musst du nun den Grundknoten machen. Rechts liegt jetzt ein langer Faden, links das Wollknäuel.

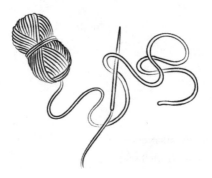

Für den Grundknoten muss der Faden zu einem Knoten gelegt werden, und dort hindurch ziehst du den Arbeitsfaden als Schlaufe. Als Arbeitsfaden bezeichnet man den Faden, mit dem man später strickt.

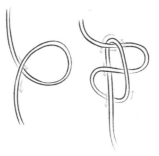

In diese Schlaufe steckst du nun die rechte Stricknadel und ziehst sie gut fest.

Jetzt kannst du die Maschen anschlagen. Dazu spreizt du Daumen und Zeigefinger und legst den Faden so darum, dass er sich kreuzt und am Daumen eine Schlinge bildet.

Du nimmst die Arbeitsnadel und stichst unter dem vorderen Faden am Daumen links ein

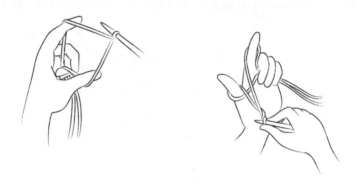

und führst die Nadel von rechts nach links hinter den Faden des Zeigefingers und kannst so mit der Nadel durch die Daumenschlinge gehen, bis die Masche auf der Nadel liegt.

Nun nimmst du so viele Maschen auf wie benötigt. Um die Maschen nicht zu fest oder zu locker aufzuschlagen, braucht es etwas Übung.

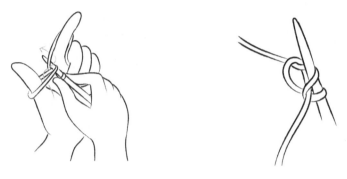

Jetzt musst du deine Nadel einmal wenden, das heißt, du drehst das Strickteil einmal um, sodass die Nadel, von der du abstrickst, in deiner linken Hand liegt. Jetzt geht es mit dem Stricken los.

Rechte und linke Maschen

Rechte Maschen
Dazu legst du den Faden, der vom Knäuel kommt, hinter die linke Nadel, der Zeigefinger ist angehoben, um die Spannung zu halten.

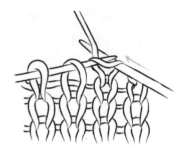

Dann stichst du mit der rechten Nadel von vorne nach hinten in das Maschenglied,

umfasst den Arbeitsfaden, ziehst die Schlinge durch die Masche und hebst sie von der linken Nadel.

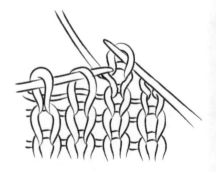

Linke Maschen

Die Arbeitsnadel liegt wie immer zu Beginn in der rechten Hand.

Nun holst du den Faden nach vorne und legst ihn vor die Nadel.

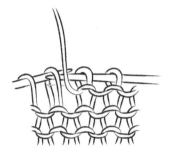

Dann stichst du von rechts nach links in die Masche,

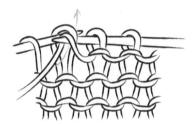

umfasst den Arbeitsfaden, ziehst die Schlinge durch die Masche und hebst sie auf die Arbeitsnadel.

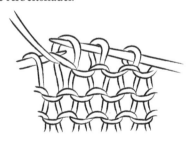

Randmaschen
Der Rand wird schön gleichmäßig, wenn du alle Randmaschen stets links abstrickst.

Einfache Mustermöglichkeiten mit rechten und linken Maschen
Wenn du nun jede Reihe rechts strickst, bekommt das Maschenbild einen krausen Verlauf.

Strickst du eine Masche rechts, eine Masche links und in der Rückreihe (dein Strickteil wird dazu gedreht) alles umgekehrt (linke Maschen werden jetzt rechts abgestrickt, rechte Maschen links), bekommst du ein Perlmuster.

Strickst du eine Reihe rechts und auf dem Rückweg links, ist eine Seite glatt und eine Seite kraus.

Du kannst auch je eine oder zwei Maschen rechts und eine oder zwei Maschen links stricken, dann wird dein Modell dehnbar.
Aber aufpassen! Strickst du mit der Rundstricknadel oder mit dem Nadelspiel, gibt es keine Rückreihen.

Abketten

Wenn alles fertig ist, musst du die Maschen wieder von der Nadel bekommen. Am besten, du kettest alle Maschen rechts ab.

Dazu strickst du zuerst zwei Maschen,

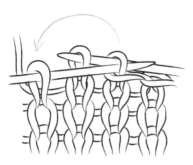

stichst mit der linken Nadel in die hintere der beiden schon gestrickten Maschen und ziehst sie über die Masche.

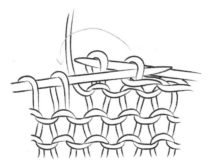

So fällt die Masche dann von der Nadel und ist abgekettet.

Armband

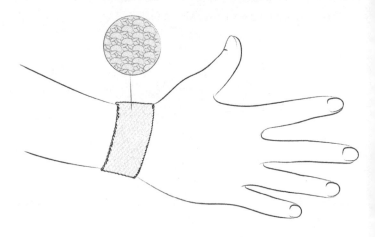

Das Armband, das Dana sich macht, kannst du mehrfach stricken und am Handgelenk mit anderen Farben kombinieren. Dana liebt Grün, aber du kannst natürlich auch andere Farben und verschiedene Musterarten wählen. Dieses Armband ist im Perlmuster gestrickt.

Du brauchst:
- Wollrest für Nadelstärke 3, Farbe nach Wahl
- einfache Stricknadel, Stärke 3
- Stopfnadel mit dickem Öhr

So geht's:

a. Normalerweise reichen 40 Maschen. Hast du eher schmale oder breite Handgelenke, musst du gegebenenfalls ein paar Maschen weniger oder mehr anschlagen.

b. Stricke im Perlmuster, das heißt, eine Masche rechts, eine Masche links im Wechsel, die Randmaschen immer links. Die Rückreihe strickst du gegengleich, das heißt, du strickst die rechte Masche links ab und die linke Masche rechts. In der nächsten Reihe wiederholst du das.

c. Stricke etwa 3 cm hoch, dann kettest du die Maschen ab.

d. Fertigstellung: Nimm jetzt die Stopfnadel und nähe das Armband zusammen. Das geht super, wenn du die Randmaschen nutzt. Am Ende alle Fäden vernähen und abschneiden.

e. Fertig!

Loop

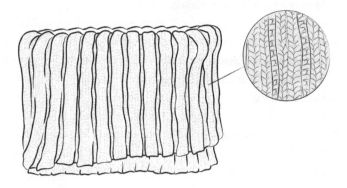

Der Loop muss nicht gewickelt werden, er passt genau über deinen Kopf. Der Loop wird im Rippenmuster, zwei Maschen rechts, zwei links, gestrickt. Dana hat in dem Buch mehrere gestrickt, weil es so schön einfach und schnell geht. So hast du zu jedem Outfit den passenden Loop.

Du brauchst:
- Wollrest, etwa 20 g für Nadelstärke 3
- Stopfnadel mit großem Öhr
- Rundstricknadel, Stärke 3

So geht's:

a. 112 Maschen mit der Rundstricknadel anschlagen.

b. Jetzt müssen die Maschen miteinander verbunden werden. Dabei musst du nur achtgeben, dass die Maschen sich nicht verdrehen. Dann kannst du losstricken.

c. Stricke je zwei Maschen rechts und zwei Maschen links.

d. Wenn du auf der Höhe von 20 cm angekommen bist, kannst du die Maschen abketten.

e. Mit der Stopfnadel die Fäden vernähen.

f. Fertig!

Stirnband

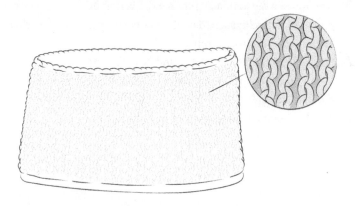

Für das Stirnband empfiehlt es sich, deinen Kopfumfang zu messen. Das Maßband kann ruhig straff sein, das Band ist ja nachher dehnbar. Hier ist für das Modell ein mittleres Kopfmaß zugrunde gelegt. Weil es so schön zu Danas Haar passt, hat sie wieder einen Grünton gewählt. Probiere doch einfach aus, was dir gefällt. Vielleicht strickst du das Stirnband passend zum Loop und dem Armband?

Du brauchst:
- Wollrest für Nadelstärke 3
- Stopfnadel mit großem Öhr
- einfache Stricknadel, Stärke 3

So geht's:

a. Circa 80 Maschen anschlagen.

b. Hin- und Rückreihen rechts stricken.

c. Randmaschen links stricken.

d. Auf der Höhe von 8 cm Maschen abketten.

e. Naht mit der Stopfnadel schließen und Fäden vernähen.

f. Fertig!

Armstulpen

Die Stulpen kannst du wunderbar tragen, wenn es kälter wird. Wenn du sie etwas breiter machst, kannst du sie auch als Beinstulpen verwenden. Dann bitte ein paar Maschen mehr anschlagen, dazu misst du am besten den Umfang deiner Wade, damit du weißt, wie breit sie sein müssen. Auch hier wäre es bestimmt schön, es wie Dana zu machen und alle Modelle farblich miteinander zu kombinieren. Du kannst zweimal dieselbe Farbe wählen oder zwei Farben, die entweder harmonieren oder einen starken Kontrast bildet.

Du brauchst:
- Wollrest, max. 30 g, für Nadelstärke 3
- Stopfnadel mit dickem Öhr
- Nadelspiel, Stärke 3

So geht's:

a. Je 15 Maschen pro Nadel anschlagen und zu einem Kreis schließen.

b. Eine Masche rechts, eine Masche links im Wechsel stricken.

c. Nach 25 cm abketten.

d. Zweiten Stulpen ebenso stricken.

e. Fäden mit der Stopfnadel vernähen.

f. Fertig!

Möwen, Meer, Nähmaschine und ein bisschen Herzklopfen!

Regine Kölpin
Im Zickzackkurs zur Liebe
256 Seiten · Ab 12 Jahren
ISBN 978-3-8415-0599-6

Carlotta muss die Sommerferien in einem kleinen Fischerdorf an der Nordsee verbringen. Ausgerechnet auf dem Kahn ihrer Tante Ruthie! Zum Glück betreibt die eine Änderungsschneiderei, denn Carlotta näht leidenschaftlich gern. Mit ihren neu gewonnenen Freundinnen gründet sie sogar einen Nähclub und verbringt den Sommer zwischen Möwen, Meer und Nähmaschine. Doch das Ferienglück wird getrübt, als herauskommt, dass Tante Ruthie in Schwierigkeiten steckt. Können Carlotta und ihre Freunde ihr helfen? Und welches Geheimnis hütet Pepe, der sensible Junge mit den schönen dunklen Augen?

Auch als eBook

Weitere Informationen unter:
www.oetinger-taschenbuch.de

Fanas magische Reise beginnt.

Sarah Lilian Waldherr
Sternendiamant
Die Legende des Juwelenkönigs (Bd. 1)
416 Seiten · Ab 12 Jahren
ISBN 978-3-8415-0555-2

Fana ist 15, als ihre Muter ihr eröffnet, dass sie ein Aurion ist – ein magiebegabtes Wesen. Von nun an soll sie das fliegende Schulschiff Simalia besuchen und dort alles über ihre Kräfte und die magischen Welten lernen. Auf der Simalia verbergen sich jedoch jede Menge Geheimnisse. Dann ist da noch Kian, der viel netter ist, als es zunächst scheint, und der Fana gehörig den Kopf verdreht. Und was hat es mit der Legende des Juwelenkönigs auf sich? Ehe Fana sich versieht, gerät sie mitten hinein in einen Strudel aus Wahrheit und Legenden, mit denen sie enger verbunden ist, als sie jemals vermutet hätte.

Auch als eBook

Weitere Informationen unter:
www.oetinger-taschenbuch.de

Endlich Gedankenlesen!

Heike Abidi
**Was Jungs mit 15 wollen
und warum ich das weiß**
224 Seiten · Ab 12 Jahren
ISBN 978-3-8415-0577-4

Justines Leben wird auf den Kopf gestellt: Eines Abends erwischt sie im Garten ein Kugelblitz, der sie kurzfristig völlig außer Gefecht setzt. Als sie wieder zu sich kommt, scheint erst einmal alles normal, bis sie am nächsten Tag in der Schule merkt, dass es nun alles andere als normal ist. Denn Justine kann auf einmal die Gedanken der Jungs lesen. Zumindest, wenn sie sich um Gefühle drehen. Das sorgt für einige erhellende Erkenntnisse, allerdings auch für ziemliches Gefühlschaos. Denn da gibt es Lenny, der ganz schön süß ist und dessen Gedanken sich förmlich überschlagen, wenn er in Justines Nähe ist ...

Auch als eBook

Weitere Informationen unter:
www.oetinger-taschenbuch.de